나시마

인 야

인도의 선물 1

나시마, 인야, 인도의 선물

초판 발행 | 2024년 8월 1일

지은이 | 서이언

표지디자인 | 서이언, 장형순

펴낸이 | 장형순

펴낸곳 | 지콘디자인

인쇄 | 이삼공이노베이션

이메일 | digitalzicon@naver.com

ISBN 979-11-988476-0-7

정가 15,000원

비하르를 떠나 캘커타에 잠시 머물렀던 나시마에게,

–

6

나시마

0
그는 다시 떠났다

먼저 단독여행을 떠난 건 그였다. 나는 인도 여행을 권했고 그는 중국행 항공권을 끊었다. 배낭여행을 가본 적이 없으니 그나마 좀 덜 불편한 나라부터 가서 적응하겠다는 게 이유였다. 결국 얼마 지나지 않아 인도로 가버리긴 했지만……. 그는 나름대로 여행에 적응했고 나중에는 만끽한 듯했다. 우리가 지키기로 한 약속은 서로 지켰다. 그리고 비스킷. 그가 얼빠진 얼굴을 감추지 못하며 인도에서 돌아온 이후 평범한 하루에 안착하는 데는 몇 달의 시간이 걸렸다. 약속을 지키기가 쉽지 않았고 앞으로도 그런 어려움에 처할 수 있다는 걸 알았지만 나는 약속을 파기하지 않았다. 그게 우리 사이의 연대를 이어가기 위한 최소한의 장치라고 믿었기 때문에. 1년의 시간이 천천히 흘러갔고 이번엔 내가 혼자 배낭을 꾸렸다. 내 행선지는 네팔이었다. 여자 혼자 장기간 다니는 트레킹은 아무래도 근본적인 위험이 따른다. 나는 그런 위험조차 여행의 일부라고 생각하며 받아들이기로 했다. 조심하면 되니까. 하지만 그건 기우에 불과했다. 히말라야 밑자락을 훑어가며 다닌 모든 날들은 깨질 듯한 코발트색 하늘과 건강한 웃음으로 나를 반겼던 시골 사람들과의 교감으로 충만했다. 나는 어떤 비밀도 간직하지 않고 집으로 돌아와 그에게 안겼다. 그게 그를 더 미안하게 할 줄은 몰랐다. 나에 대한 사랑만큼은 변한 적이 없었던 사람. 그걸 한 번도 의심한 적 없었다. 그도 안다. 그러나 얼마 지나지 않아 그가 다시 배낭을 챙겼다. 이번엔 아이슬란드였다. 추운

걸 그토록 싫어하는 사람이 이름부터 차가운 나라에 왜 가느냐고 물었다. 그래서 가는 거야. 나를 바꿀 수 있을까 해서. 그의 표정은 사뭇 비장했다. 나는 그냥 가만히 그를 안아줄 수밖에 없었다.

그는 떠났다. 그가 만들어낸 온기가 사라져가는 집으로 다시 돌아와 잠시 쉬었다. 그래, 다시 돌아올 거니까. 돌아오겠지? 비밀을 안고서라도 분명 돌아오겠지? 떠오르는 생각을 떨쳐내려 바닥에 방석을 깔고 싱잉볼을 몇 번 타격한 후 명상에 들었다. 꽤 많은 시간이 흐르고 나서야 간신히 생각에서 격리될 수 있었다. 마음을 비워낸 후에 다시 사물들이 제대로 눈에 들어왔다. 나는 계속 일상을 살아야 하니까. 우리가 함께 책을 읽고 글을 쓰고 토론하고 사랑을 나누기를 즐겼던 작은 서재로 들어갔다. 책상 위에 그가 남긴 글이 가지런히 놓여 있었다. 장문의 글, 분량이 상당했다. 그리고 연보라색 반투명 파일에 넣어 둔 다른 사람의 글도. 호기심과 당혹감이 함께 밀려왔다. 그때, 그에게서 톡이 도착했다.

공항에 도착했어. 잘 다녀올게. 걱정 마. 그리고 책상에 편지, 아니 글이 있어. 서로 캐묻지 않기로 한 약속을 지켜줘서 고마운데 나는 말하고 싶었거든.
잘 읽어봐. 내 사람, 내 사랑.

나는 조심스레 그의 글부터 열어본다.

1
뉴델리

뭐야, 인도에는 나중에 간다 하지 않았어?

그러려고 했는데, 갑자기 생각이 달라졌어. 내일 오후 비행기로 뉴델리에 갈 거야.

당신답지 않게 즉흥적이네. 뭐, 여행이란 게 원래 그런 거지. 내가 해줄 말이 많은데. 애들 좀 챙기고, 이따가 자기 전에 보이스톡 해. 당신 중국 별로 안 좋아할 거라는 건 알고 있었지만 북경 하나 딱 보고 그냥 인도로 가 버리다니. 아니 뭐, 더 좋을 수도 있겠다. 당신도 인도를 사랑하게 될지 모르니까. 이따 봐.

맥주 두 캔을 다 비우며 책을 들여다보고 있었지만 몇 장 읽지 못했다. 매번 어느 순간 머리 속에 떠오른 생각으로 넘어가서 결국 글자만 보고 내용은 기억하지 못하는 상태가 되기 일쑤였다. 얼마간 그러다가 점점 취기가 올라오는가 싶더니 잠들어 버렸다. 선잠에서 깨어났는데, 휴대폰의 알림 창이 진동과 함께 반짝이고 있었다. 아내는 보이스톡을 여러 차례 시도했지만 응답이 없자 장문의 카톡 메시지를 남겼다. 인도 여행에 대한 주의사항들이었다.

인도를 가보지 않은 사람은 있어도 한 번만 가본 사람은 없다는 말이 있어. 나는 아직 한 번밖에 안 가봤지만, 언제라도 다시 가고 싶은 곳이야. 당신도 내일 인도에 발을 디디게 될 테고, 놀랍고 황당하고 애처롭고 사랑스럽고 아름답고 지저분하고 불쌍하고 말도 안 되는 인도와 만나게 될 거야. 좋겠다, 후후. 당신이 이 여행을 마치고 돌아오면 더 이상 나한테 인도 얘기 좀 그만하라는 말은 못 하게 될 거야.

한참을 스크롤 하며 아내의, 주의 사항으로 시작했다가 자신의 여행기로 변해 버린, 인도 이야기를 읽어 내려갔다. 나도 그렇게 다채로운 경험을 할 수 있을까? 아내의 말대로 마음을 연다면, 아니 아무것도 기대하지 않고 시간을 보낸다면……

인도에 도착한 지 여섯 시간도 지나지 않았는데 이미 내 마음은 혼란 속으로 빠져들고 있었다. 너무 많은 사람들, 너무 다양한 탈것들, 세상의 모든 장면을 모아놓은 듯 정신 사나운 도심 풍경, 각각의 장면에서 비롯되어 모든 공간 속에 둥둥 떠다니며 느닷없이 후각을 자극하는 정체를 알 수 없는 냄새. 쉽사리 적응할 거라는 기대는 하지 않았지만 이 모든 혼란 속에 불쑥 발을 들여놓는 순간 낯선 장소에 다다르며 가지게 되는 설렘 같은 건 일순간에 다 사라져버렸다. 다행히 비행기에서 내리며 젊은 한국인 여행자들을 만나서 동행하게 되었고 쉽게 숙소를 정할 수 있었다. 어찌되었건 침대가 있는 방에서 첫날 밤을 맞았다. 그들은 각자 인도로 들어온 배낭여행객들이었고 예약해 놓은 숙소는 다 달랐지만 서로 마음이 맞았는지 도시의 중심부에서 조금 떨어진 뒷골목 허름한 게스트하우스에 함께 묵기로 했다. 그들은 도미토리에, 나는 늙은이 취급을 당하며 1인실에 체크인했다. 짐을 풀자마자 바로 로비에서 만나기로 했는데 다들 배가 너무 고팠기 때문이었다. 그 중 대학 신입생인 작은 체구의 여학생이 프런트에 가서 가까운 식당을 알아보더니 환한 미소를 지으며 돌아왔다.

음식 맛이 훌륭한 식당이 가까운 곳에 있대요. 고기 요리도 파는 곳이래요.

그게 무슨 소리야? 고기 안 주는 식당도 있어?

인도에는 채식만 파는 식당도 많거든요.

아, 그래? 자, 어서들 가자.

엄마가 등을 떠밀어 인도 여행길에 올랐다는 복학생은 여전히 툴 툴대고 있었다. 오토릭샤를 타고 게스트하우스까지 오는 동안에도 매연과 소음과 냄새에 대해 끝없이 불평을 늘어놓았다. 직장을 그만 두고 대책 없이 비행기를 탔다는 30대 초반의 여자는 아직도 우울한 표정을 거두지 못하고 있었고, 배가 많이 고픈지 커다란 눈이 얼굴 안으로 꺼질 듯 들어가 있었다. 간간이 가로등이 켜 있기는 했지만, 낯선 거리를 걸어가는 동안 약간 긴장되기도 했다. 몇 분 걸어가다가 한 골목으로 꺾어 들어갔더니 멀리 허름한 식당 간판이 눈에 들어왔 다. 식당 이름은 가네슈 다이닝 플레이스다. 화려한 장식을 쓴 채 신 격화된 코끼리 그림이 여기저기 걸려 있었고 사람들이 꽤 많았다. 서 양인들과 일본 여행객들도 보여서 일단 마음이 놓였다. 메뉴도 영어 로 잘 정리되어 있었다. 나는 아내의 추천대로 탈리를 주문했다.

아저씨, 탈리가 뭐예요?

나도 처음 먹어보는 거야. 탈리는 쟁반이라는 뜻이야. 제일 일반적 인 메뉴래.

뭐가 나와요?

아, 여기 나와 있다. 후 불면 날아가는 쌀밥, 커리, 야채, 요거트, 그리고 별도로 주문하면 나올 수도 있는 치킨이나, 고기류.

그럼 나도 그거 먹어야겠다.

언니는요?

나? 글쎄, 잘 모르겠어. 배는 고픈데 속이 안 좋아서……

그럼, 그냥 계란볶음밥 시켜요. 어느 나라에나 있는 메뉴고 계란은 다 같으니까. 계란 알레르기 같은 거 없죠?

네, 뭐. 그러죠.

탈리 셋에 계란 볶음밥 하나가 테이블 위에 놓였다. 탈리는 예상했 던 대로 커다란 스테인리스 쟁반에, 계란볶음밥은 타원형 사기 접시 에 올려져 있었다. 탈리는 짐작했던 것과 크게 다르지 않았다. 길쭉 한 쌀을 찐 밥은 한국 밥보다 꼬들꼬들했고 커리에서는 강한 향신료 냄새가 퍼져 나왔고 차파티는 고소했다. 다들 배가 고파 천천히 맛을 음미할 여유는 없었다. 볶음밥은 그녀의 입맛에 맞았다. 모두 쟁반과 그릇을 깨끗하게 비웠다. 내가 먼저 일어나 계산했다. 복학생이 말렸지만 한국 기준이라면 한끼 식사 비용 정도 밖에 안 되는 금액이어서 잘 먹었다는 인사를 받기도 머쓱했다. 숙소로 돌아가는 길에 청과물을 파는 가게에 들렀다. 싱싱한 과일들이 아직 남아 있었고 각자 먹을 만큼 봉지에 담았다. 여학생이 재빠르게 돈을 냈다. 화장기 없는 얼굴에 선량하게 빛나는 눈. 나는 딸아이를 떠올렸다. 총명함은 어디서나 환영 받는다. 젊은 여행자들은 도미토리로, 나는 내 방으로 돌아갔다. 사과 하나를 꺼내 세면대로 가져가 물을 틀었다. 수압이 충분하지 않아 힘없이 떨어지는 물로 한참 씻은 후에 껍질째 한 입 베어 물었다. 바나나도 하나 까서 입에 넣었다. 과일은 어딜 가나 풍부할 거야. 맛도 다르지 않아. 음식이 맞지 않거나 탈이 나면 바나나를 사 먹는 게 좋아. 나는 아내가 적어준 주의사항을 떠올리며 침대에 비스듬히 앉아 사과와 바나나를 번갈아 삼키며 천장에 매달려 천천히 돌아가는 선풍기를 쳐다봤다. 졸음이 몰려왔다.

14

나는 붉은 성을 향해 걸어가고 있었다. 등에는 배낭을 메고 허리에는 작은 전대를 두르고 어깨에는 카메라를 걸쳤다. 성 전체가 카메라 앵글에 적당히 들어올 것 같은 지점에서 잠시 숨도 돌릴 겸 걸음을 멈추고 벤치에 배낭을 내려 놓고 앉으려 하는데 순식간에 네다섯 명의 거지들이 몰려와 나를 둘러쌌다. 대여섯 살 정도 밖에 안되어 보이는 여자 아이가 아주 작은 남자 아이를 한 손으로 안아 옆구리로 지탱한 채 반대쪽 손바닥을 내 턱 앞에 내밀고는 원 돌라…… 원 돌라…… 모기처럼 기어 들어가는 목소리로 구걸하기 시작했다. 그 소녀의 얼굴을 자세히 들여다 본 나는 온 몸이 오싹할 정도로 놀랐다. 아이의 커다란 눈 속으로 빨려 들어가는 것 같았기 때문이다. 머리를 가로저으며 다시 정신을 차렸다. 뭔가 허전했다. 아! 전대, 전대가 없었다. 그 속에 지갑과 여권과 중요한 연락처들과 휴대폰까지 다 들어 있다는 사실이 차례차례 떠올랐다. 아까 아이의 뒤로 다가왔던 넝마 차림의 걸인들이 종종걸음으로 멀어져 가는 모습이 보였다. 야, 거기 서, 도둑놈들아! 그러나 내 목소리는 입 밖으로 빠져나가지 않았다. 대신 아이의 입에서 나오던 원 돌라 소리만 점점 커지더니 급기야 귀청이 찢어지도록 쩌렁쩌렁 울렸다. 귀를 막아도 소용이 없었다. 있는 힘껏 비명을 질렀지만 여전히 소리는 입 안에서만 맴돌았다. 순간 그 아이가 옆구리에 끼고 있던 아기를 바닥에 떨어뜨리고 두 팔을 벌리더니 풀쩍 뛰어올라 내 목덜미에 매달렸다. 아기는 자지러지게 울어대기 시작했고 나는 포옹을 풀어 보려고 발버둥을 쳤지만 아이의 팔 힘은 웬만한 어른보다 더 세어서 점점 내 목을 옥죄어 왔다. 급기야 숨쉬는 것마저 힘들어졌다. 아, 혼자 다닐 땐 조심해야 한다고 했는데……, 후회했지만 소용이 없었다. 온 몸에서 힘이 빠져나가더니 스르르 눈이 감겼다.

15

쿵! 큰 소리에 놀라 눈을 떴다. 침대 머리맡에 놓인 낡을 대로 낡아 너덜너덜해진 갓을 씌운 스탠드의 전원을 켰다. 플라스틱 의자에 대충 올려 놓았던 배낭이 바닥에 떨어져 있었다. 온 몸이 땀으로 흠뻑 젖었다. 나는 간신히 몸을 일으켜 배낭을 열어 속옷과 갈아 입을 옷을 꺼내 침대에 올려 놓고 샤워실로 들어갔다. 수압은 여전히 약했고 온수도 나오지 않았지만 샤워를 마칠 때까지 물이 끊어지지는 않았다. 화장실에서 나와 시간을 확인해 보니 아직 이른 아침이었다. 나는 뭘 하려고, 왜 이곳에 온 걸까? 아그라에서 타지마할을 보고 갠지스 강을 보러 바라나시에 가는 것 말고는 별다른 계획도 없었다. 아내는 꼭 캘커타에도 가고 마더 테레사가 설립한 시설에서 자원 봉사도 하라고 적어 두었지만 거리도 먼데다 사람들 말처럼 그 지저분하다는 도시에 나까지 꼭 가야 하는지도 의문이었다. 결정은 못 하고 이리저리 생각만 하며 시간을 보내고 있었다. 똑똑, 누군가 방문을 두드렸다. 소영이었다. 어젯밤의 피로가 사라진 말끔한 얼굴로 미소 짓고 있었다.

아저씨, 아침 식사 하셔야죠.

어, 식사? 그럼 해야지. 또 어디 식당으로 가는 거야?

아뇨. 로비에 딸린 작은 식당이 있어요. 숙박료에 조식 포함이거든요. 늦기 전에 내려오세요.

오~ 그렇구나. 고맙다.

인선과 준성은 이미 식사 중이었다. 준비된 음식은 계란 스크럼블, 식빵, 크루아상, 차이가 전부였다. 아내가 너무 맛있어서 매일 대여섯 잔을 먹었다던 인도식 밀크티 차이를 처음으로 맛보았다. 따뜻하고 부드럽고 달달했다. 식성을 아직 잘 몰라서 일단 생강은 빼달라고 했어요. 그거 넣은 걸 즐겨 마시는 사람도 많대요. 소영은 일행 중에서 가장 어렸지만 마음 씀씀이는 꼭 엄마 같았다. 식사를 하면서 각자의 여행 일정을 공유했다. 소영과 준성도 나와 마찬가지로 뉴델리에서 아그라로 갈 계획이었다. 나는 거기서 바라나시로 갈 예정이었고 두 사람은 자이푸르를 거쳐 자이살메르로 가서 사막을 볼 거라 했다. 인선은 어디로 갈지 정하지 못했다. 그녀에게는 여행 일정이라는 것 자체가 없었다. 다니면서 생각해 본다고 했다. 네 사람은 일단 아그라까지 같이 움직이기로 했다.

집사람이 그랬는데 인도 여행에는 일정이 무의미하대. 그냥 출국 날짜만 알면 된다고 했어. 그러니까 너무 걱정하지 않아도 돼.

그럴까요? 전 너무 무작정 떠나 온 거라서. 사실 아직도 많이 무섭거든요. 여기서 나가는 것도 두렵고요. 근래 안 좋은 얘기도 너무 많이 들리고.

아이, 누나 일단 우린 넷이잖아요. 그리고 남자도 둘이나 있고. 뭐 제가 무술을 배운 건 아니지만 제대한 지 얼마 안됐거든요.

그래요. 여기도 다 사람 사는 데니까. 뉴스에는 안 좋은 것만 나오잖아요. 친구들 중에 인도 다녀온 애들은 너무 좋다고 다시 가고 싶다고 해요.

어차피 인도에 적응하고 마음을 여는 건 각자의 몫이었다. 아그라로 가는 버스는 다음날 아침 일찍 그리 멀지 않은 버스 터미널에서 타기로 했다. 우리는 당일치기 뉴델리 관광을 위해 가벼운 차림으로 길을 나섰다. 오토릭샤 두 대에 나눠 타고 출발했다. 나는 당연한 듯 인선과 함께 차에 올랐다. 숨이 턱턱 막히는 열기에, 매연에, 경적 소리에, 레드 포트로 가는 내내 불편했다. 그런 혼돈 속에서도 사람들은 아무렇지 않게 일상을 살아가고 있었다. 무언가에 열중해 있는 인도인들, 아무것도 하지 않으며 주변의 소란에 아랑곳하지 않고 평화롭게 잠을 자거나 멍때리는 사람들. 앞서거니 뒤서거니 가던 다른 릭샤에 앉은 소영과 준성은 연신 감탄사를 내뱉으며 새로운 도시의 풍경을 받아들이고 있었지만 인선의 얼굴에는 걱정스러움이 여전했다. 매연과 소음과 냄새가 어느 정도 차단된 성 안으로 들어와서야 그녀는 한숨을 내쉬며 긴장을 풀었다.

내가 무슨 생각하고 있는지 아세요?

언제 한국행 비행기를 타야 하나, 그거지?

어, 어떻게 그걸……

당황하며 커진 눈이 반달 모양으로 바뀌며 그녀가 처음으로 미소를 지었다.

이마에 다 써 있는 걸, 뭐. 그래도 한 일주일만 버텨 봐. 아그라 가서 타지마할도 보고, 그런 다음에 생각하는 게 좋을 것 같은데.

그럴까요? 해외여행이 이게 처음이라서 더 그런가 봐요.

첫 해외여행을 인도로 온 거야? 보기보단 용감한 사람인걸.

아뇨, 아무 생각이 없는 사람인 거죠.

유명하다지만 별로 볼 것 없었던 성을 나와 찬드니 쵸우크로 향했다. 오전이었는데도 소문처럼 거리는 혼돈의 도가니가 되어가고 있었다. 소똥을 조심해야 한다고 해서 처음에는 다들 바닥만 보고 걸었지만 차츰 고개를 들어 주변을 돌아보게 되었다. 진정한 바자르가 뭔지 보여주는 인도식가로형 쇼핑몰을 천천히 구경했다. 점심을 먹으러 한 식당에 들어갔다. 소영과 준성은 시장에서 구입한 옷과 장신구들을 널어 놓고 자랑했고 더위에 지친 인선과 나는 콜라와 물만 들이켰다. 거기서도 어제와 마찬가지로 탈리와 계란볶음밥을 주문했다. 인선은 소영이 먹던 탈리에 손을 댔고 인도식 커리를 조금 먹기도 했다. 저녁에는 그녀도 탈리에 도전해 보기로 했다. 식사를 다 마치고도 식당에서 좀 더 뭉그적거리며 한낮의 더위가 한풀 꺾이기를 기다리다가 오후 네 시가 넘어서야 거리로 다시 나왔다, 오토릭샤를 불러 간디가 화장되었다는 라즈가트로 향했다. 경내에는 꽤 많은 방문객들이 있었다. 검은 대리석 판 위에 놓인 꺼지지 않는 불이 놓여 있었다. 간디의 정신은 그 불꽃과 함께 불멸하는 존재가 된 것 같았다. 입구 쪽 기둥에 음각된 글귀가 눈에 띄었다. Seven Social Sins.

Politics without Principles (원리 없는 정치)
Wealth without Work (노동 없는 부)
Pleasure without Conscience (양심 없는 쾌락)
Knowledge without Character (인격 없는 지식)
Commerce without Morality (도덕 없는 상업)
Science without Humanity (인류애 없는 과학)
Worship without Sacrifice (희생 없는 제사)

지친 네 사람은 숙소로 돌아와 잠시 쉬고 나서 저녁식사를 하러 나갔다. 이번에는 다같이 탈리를 시켰다. 기본적인 구성은 같았지만 야채는 어제와 다른 종류였고 커리의 맛도 약간 달랐다. 어디를 가든 탈리를 먹을 수 있다면 음식 걱정은 할 필요가 없을 것 같았다. 인선의 얼굴에도 약간 생기가 돌았다. 내일은 일찍 일어나야 하는데다 하루 종일 많이 걸어 다녀 피곤한 탓에 다들 일찍 잠들었다.

2
아그라

이른 아침에 출발한 버스는 인도 사람들 말로는 고속도로, 내가 보기에는 허접한 국도에 불과한 도로를 달리기 시작했다. 차량이 정체되는 것도 아닌데 속도가 느려지곤 했는데, 앞을 내다보면 도로 위에 소, 닭, 염소 같은 동물들이 올라와 있었다. 운전 기사는 아무런 불평도 하지 않고 속도를 줄이거나 기다렸다가 동물들이 내려가면 다시 가속 페달을 밟았다. 가끔 정류장이 아닌 곳에서 사람을 태우거나 내려주기 위해 차를 세우기도 했다. 승객들은 아무 말 없이 기다려 주었다. 그래서 결국 예정 시간보다 한 시간 늦게 도착했지만 환불을 요구하거나 투덜거리는 사람은 아무도 없었다. 차 안에는 사람도 많이 탔지만 닭과 개 등 동물들도 꽤 많았고 각종 야채, 특히 인도 음식에 들어가는 향신료 보따리를 들고 탄 사람들이 있었다. 거기서 뿜어져 나온 묘한 냄새는 사람들이 내뱉은 공기와 섞여 차 안을 돌아다녔다. 나는 약간의 두통을 느끼기 시작했다. 바깥 공기를 쐬려고 창가로 옮겨 앉아 유리창을 열었다. 창 밖 풍경은 아름다웠다. 지저분한 곳도 있었지만 그런 모습마저 자연스러웠다. 드넓은 농경지와 그 사이를 오가는 사람들과 가축들의 행렬이 끝없이 이어졌다. 얼마간 더 달리자 타지마할이 스모그 뒤로 실루엣을 드러냈다. 젖빛 무덤은 멀리서 보니 더 신비스러웠다. 인터넷에서 본 사진들에서처럼 거대하거나 위압적이지 않았고, 오히려 사랑스러운 느낌이었다. 어서 가보고 싶다는 생각을 하면서 여행 시작한 이후로 처음 설렘이 일었다. 아그라 터미널에 발을 디디자마자 온갖 호객꾼들이 몰려들었다. 야, 이거 삐끼들 장난 아닌데, 어디로 가야 하는 거지? 걱정 마세요, 오빠. 내가 예약해 놓은 데가 있어요. 네 사람이 다 들어갈 수 있을 지는 모르겠지만. 아, 잘 됐다. 네 자리 다 확보됐대요! 휴대폰을 들 여다보던 그녀가 환호했다. 우리는 소영을 따라 그녀가 미리 예약해 둔 숙소를 향해 걸어가기 시작했다. 싸구려 호텔! 싸구려 호텔!이라 고 외치는 사람들을 헤치고 나가면서도 소영은 웃는 얼굴로 고맙지 만 사양할게요, 라고 말하고 있었다. 앳된 어미 새 뒤를 졸졸 따라다 니는 세 남매 같은 느낌이어서 좀 우습기도 했다. 호객꾼들은 차츰 떨어져 나갔지만 어린 소년 하나가 자전거를 타고 끝까지 우리를 따 라왔는데, 게스트하우스 맞은 편 자전거 가게 주인의 아들이었다. 처 음에는 자전거 빌리라며 가격 흥정을 했지만 나중에는 친해져서 그 냥 잡담을 나누며 숙소까지 갔다. 이번에는 4인실 도미토리에 다 같 이 투숙하게 되었다. 숙박비가 상상을 초월하게 저렴해서 내가 돈을 다 냈다. 넓은 방 네 개의 벽면에 1인용 침대가 하나씩 길게 나란히 놓인 구조였다. 천장은 꽤 높았는데 손이 닿지 않는 곳에도 통풍창이 나 있어서 방안 공기는 나쁘지 않았다. 바닥에는 화려한 색으로 기하 학적 무늬를 수놓은 양탄자까지 깔려 있었다. 남녀 혼숙인 셈이었는 데 별도의 제약은 없는 것 같았다. 나는 좀 당황했지만 젊은 일행들 은 별 내색 없이 각자 마음에 드는 침대에 짐을 풀어놓았다. 나중에 알았지만 우리가 묵은 도미토리는 그 게스트 하우스가 자랑하는 대 표 도미토리였다. 다른 도미토리들은 흔히 볼 수 있는 좁은 공간에 2 층 침대를 들여놓은 방이었다. 타지마할을 충분히 돌아보기엔 이미 좀 늦은 시각이라 각자 알아서 시간을 보내기로 했다. 피곤했던 나는 밖으로 나가지 않고 호텔 마당에서 쉬었다. 중정을 가운데 두고 빙 둘러 가며 객실이 줄지어 있는 3층짜리 건물이었다. 군데군데 바람 길이 뚫려 있어서 선선한 공기가 드나드는 게 느껴졌다. 그늘에 있는 허름한 나무 의자에 앉아 앞에 놓인 탁자에 책을 올려놓고 멍하니 하늘을 올려다봤다. 까마귀 몇 마리가 소리를 지르며 날아다녔다.

일찍 잠들었던 탓에 이른 시간에 깨어났다. 세 사람은 약속이나 한 듯 벽을 향해 몸을 돌린 채 깊은 잠에 빠져 있었다. 미명을 머금은 서늘한 공기가 고창을 통해 들어와 사람들의 내뱉은 눅눅한 숨과 섞였다. 며칠 전만 해도 서로 만날 가능성이 없었던 사람들인데……. 조용히 옷을 입고 크로스백을 챙겨 밖으로 나왔다. 무심코 발길을 옮기다가 골목을 돌아 나왔는데 멀리 타지마할이 보였다. 새벽 안개에 싸인 무덤은 몽환적이었다. 끌려가듯 걸음을 계속 옮기다 보니 골목을 빠져 나왔고 어느새 입구에 도착해 있었다. 매표소에는 벌써 사람이 나와 있었다. 나는 지갑에서 루피화를 꺼내 입장권을 구입하고 경내로 들어갔다. 아직 이른 시각이라 관람객은 아무도 없었다. 기단부까지 길게 이어진 선형의 연못을 따라 무덤을 향해 걸어갔다. 신발을 벗으라는 팻말이 보였다. 샌들을 벗어 계단 밑에 두고 천천히 올라갔다. 기단부에 깔린 대리석은 새벽안개의 물기를 머금은 탓에 몹시 차갑고 축축했다. 발을 디딜 때마다 온몸으로 한기가 올라왔다. 정사각형의 사방 대칭, 단 한 곳도 빈틈없이 아랍어와 여러 가지 문양으로 장식된 입면, 높이 솟은 네 개의 미나렛. 아름다운 건물이었다. 이렇게 아름다운 무덤을 만들어 기념할 정도로 사랑했다면서 왜 그렇게 많은 아이를 낳게 했을까? 남자는 결코 상상할 수 없는 고통을 겪어야만 아이를 낳을 수 있다는 걸 몰랐을까? 나는 열네 번째 아이를 낳다가 세상을 등진 부인을 기념하기 위해 국가의 재정이 휘청거릴 정도로 돈을 쏟아 부었다는 왕을 이해할 수 없었다. 기단에서 내려가 신발을 신고 무덤 주변을 천천히 돌았다. 서서히 안개가 걷히고 명료하게 자태를 드러낸 무덤. 단지 무덤일 뿐인데……. 내가 관여한 것 중에 그럴 만한 건물이 있었는지 생각해보다가 고개를 가로저었다. 다시 고개를 들어 타지마할의 정면을 바라보다가 본채 주변 가상의 큰 직사각형 수직변에 위치한 미나렛들이 없다고 상상해보았다. 투시도 효과를 부여하며 앞뒤로 서 있는 미나렛들을 손으로 가렸더니 전혀 다른 건물처럼 느껴졌다. 뭔가 허전했고, 미완성으로 남겨진 듯했다. 설계자는 그걸 알았기에 정확한 위치에 알맞은 크기의 미나렛 네 개를 배치했다. 샤 자한이 죽은 왕비에게 바친 사랑의 증표와는 별개로 건축가는 자신의 작품이 완벽한 예술로 남기를 바랐을 거다. 씁쓸한 미소를 지으며 그곳을 빠져 나왔다. 이제 막 깨어나 일상을 시작하려는 부산함으로 가볍게 들썩이는 거리를 지나 숙소를 향해 걸었다. 어제 밤늦게까지 술을 먹은 탓인지 세 사람은 아직 잠들어 있었다. 그들이 뿜어내는 숙취의 냄새와 누군가 피워 놓은 향불에서 퍼져 나온 향기가 뒤섞여 도미토리 안의 공기는 뻑뻑했다. 조심스럽게 이불을 목덜미까지 올려주고 나서 창문과 문을 열었다. 신선한 아침 공기와 함께 온갖 소리들이 거리와 골목을 지나 방 안으로 밀려 들어왔다. 잠든 이들의 눈꺼풀 아래 눈동자들이 흔들리는가 싶더니 몸을 뒤척여 자세를 바꾸었고 편안하고 긴 한숨을 내뱉었다. 세 사람의 호흡이 한결 편안해졌다. 소리 나지 않게 문을 닫아두고 다시 숙소 밖으로 나오는데 자전거 가게에서 크리슈나가 환한 미소를 지으며 다가왔다.

헤이, 아저씨, 어디 가세요?

어디? 글쎄, 잘 모르겠다. 그냥 가는 거야.

그래요? 나 따라가도 돼요?

왜? 가게는 어떻게 하고?

가게는 문제 없어요. 그리고 아저씨랑 나는 친구니까. 친구는 같이 시간을 보내도 되는 거 아닌가요?

네가 나랑 친구? 우리 어제 처음 본건데……. 그래 뭐, 같이 가자.

잠깐, 자전거 타고 가요. 어디 보자, 아저씨 키면 이 자전거가 좋겠는데요. 나는 이거.

나는 순간 당황했다. 이건 또 무슨 고단수 상술 아닌가 했다.

야, 난 자전거 안 탈 거야. 그냥 걸어갈 거라고.

아, 이거 돈 받는 거 아니고, 그냥 친구에게 빌려 주는 거예요. 내가 다리가 좀 불편해서 자전거가 더 편하거든요.

　나는 소년의 다리를 살펴봤다. 왼쪽 다리가 약간 짧았고 걸음을 옮길 때마다 한쪽 어깨가 아래위로 움직였다. 잠깐이었지만 어린 아이를 의심했다는 게 미안했다. 그 표정을 알아챈 소년은 고개를 옆으로 까딱 경쾌하게 움직이며 말했다. 문제 없어요. 자전거에 올라탄 소년은 먼저 페달을 밟기 시작했다. 행선지 없이 그냥 길을 나섰다는 말을 했기 때문에 나는 그저 앞서 달려가는 자전거의 꽁무니를 따라갈 수밖에 없었다. 크리슈나는 매연으로 가득한 아그라 시내를 빠져 나와 서쪽으로 자전거를 몰았다. 아이는 잠시도 쉬지 않고 달렸다. 속도가 느려질 때 고개를 돌려 주변을 둘러봤다. 헝겊 쪼가리들을 엮어 만든 천막 안에는 퀭한 눈으로 밖을 응시하는 빈민들이 있었고, 그 천막들이 기댄 높은 담장 너머로는 거대한 성채 같은 저택들이 우릴 내려다보고 있었다. 한적한 거리를 조금 더 달리고 나자 짙은 적갈색 사암으로 지은 성이 나타났다. 입구에 도착한 아이는 익숙한 동작으로 자전거를 대고 열쇠를 채웠다.

　아저씨 자전거에도 열쇠를 채워야 해요. 여긴 도둑이 많거든요. 입장권은 사 주실 거죠?

　크리슈나, 근데 여긴 어디냐?

　시칸드라. 관광객들은 잘 안 와요.

　마치 수십 번 반복했던 일을 한 번 더 하는 것처럼 자연스러웠다. 미안함이나 고마움이라고는 전혀 보이지 않는 당당한 표정. 나는 아무 말 없이 소년에게 표를 내밀었다. 살짝 미소를 지으며 고개를 옆으로 까딱한 것으로 감사를 대신한 아이는 바로 등을 돌려 절뚝거리며 천천히 성 안으로 걸음을 옮겼다.

　여긴 사람보다 원숭이가 많아요. 조금 거칠게 다가와도 그냥 무시하세요.

　오케이.

　정말 그랬다. 성 안에서 돌아다니는 작은 사람 형상의 실루엣은 자세히 보니 거의 원숭이들이었다. 나에게 다가와 손을, 앞발을 내밀기도 했다. 내가 빈 손을 펴 보이면 약간 실망스럽거나 화난 표정을 지어 보이며 돌아섰다. 크리슈나는 마치 자신의 집 안마당에 온 듯 자유롭게 성 안을 돌아다녔다. 소년은 말을 많이 했는데, 그 말을 들은 원숭이들은 마치 사람처럼 고개를 끄덕이기도 하고, 환호하듯 소리를 내지르기도 했다. 소년이 그 원숭이 무리의 우두머리인 것처럼 보였다. 나는 카메라를 꺼내 줌으로 당겨 그 모습들을 찍어 두었다. 잠시 후 크리슈나가 바나나 한 무더기를 들고 다가왔다.

배고프지 않아요?

뭐, 조금. 근데 그거 어디서 산 거니? 이 안에는 가게 같은 거 없던데?

이거요? 친구들이 준 거예요.

친구?

네, 원숭이 친구들. 얘들하고 친해요. 오늘은 새 친구를 데려 왔다고 하니까 특별히 더 많이 주네요.

장난하는 건지, 진짜인지 알 수가 없었다. 소년을 바라보는 원숭이들의 표정은 나를 쳐다볼 때와는 확실히 달랐다. 자주 만나고 많은 시간을 함께 보내면 원숭이도 길들일 수 있겠지. 크리슈나 덕분에 바나나를 배불리 먹었다. 그건 몽키 바나나였다.

시칸드라를 나온 뒤 혼란스러운 시내 중심을 통과해 자전거 가게로 다시 돌아왔다. 여전히 손님은 없었다. 내가 원한 건 아니었지만 그래도 자전거를 한참 탔기 때문에 지갑에서 돈을 꺼내 주려고 했다. 크리슈나가 정색하며 내 손을 잡는다.

아저씨, 내 말 무시하지 말아요. 친구에게 베푼 친절은 돈으로 갚을 필요가 없어요. 문제 없죠?

나는 한방 맞은 듯 잠시 멍해졌다가 돈을 도로 집어넣으며 크리슈나가 원했던 말을 했다.

가이드 해줘서 고마워.

내가 즐겁죠, 헤헤. 소년의 웃음은 순진무구했다. 크리슈나와 헤어지며 점심을 같이 먹자고 했다. 아이는 고개를 옆으로 기울이면서 눈을 살짝 가늘게 뜬 채 말했다. 문제 없어요. 나는 이 아이가 이번 여행에서 사귄 첫 번째 인도인 친구가 될 거라 생각했다. 그리고 이 아이와 함께 있으면 영원히 아무 문제도 없을 것 같았다. 도미토리는 텅 비어 있었다. 하루치 만큼 내 체취를 머금었던 침대가 보이자마자 한꺼번에 나른함이 몰려왔다. 오후 2시로 휴대폰 알람을 맞추고 침대 가장자리에 내려놓자마자 잠들었다.

아저씨, 아저씨. 일어나세요.

어?

저 소영이에요. 알람 시각은 2시였던 것 같은데, 지금 2시 반이 지났어요. 너무 곤하게 주무셔서 그냥 둘까 하다가, 혹시 중요한 약속이라도 있는지 몰라서 깨워 드리는 거예요.

아~ 함, 그래 고맙다. 근데 약속 같은 게 있을 리가……

나는 대충 옷을 걸치고 소영과 함께 거리로 나왔다.

근데 그렇게 이른 새벽에 어딜 다녀오신 거죠? 연락도 안 돼서 우리끼리 그냥 타지마할에 다녀왔어요.

나도 거기 갔다 왔어. 너무 일찍 가긴 했지만. 아무도 없는 무덤을 혼자 보는 것도 나쁘진 않았어. 헤이, 크리슈나, 점심 안 먹었지?

아저씨 기다리고 있었죠. 안녕, 소영.

하이, 크리슈나.

인도인 친구를 처음 사귄 사람이 나 혼자는 아니었다.

같이 가자. 문제 없지? 아 참, 점심들은 먹었어?

지금 식당에 있을 거예요. 한국 음식을 파는 식당을 찾았거든요. 다들 신났어요.

소년은 싱긋 웃으며 아까 탔던 자전거를 꺼내 안장에 올랐다. 소영과 나의 걸음이 빠른 편이 아니었는데도 크리슈나의 자전거는 편안하게 보조를 맞춰 우릴 따라왔다. 야, 크리슈나, 너 자전거 늦게 타기 올림픽 하면 금메달 따겠다. 신기해. 헤헤, 이정도야 뭐.

식당에는 인선과 준성 외에도 한국인 여행자들이 꽤 많이 있었다. 다들 오전에 보고 온 아름다운 무덤 얘기를 중심으로 떠들썩한 수다와 함께 식사를 즐겼다. 나는 라면을 시켰고, 크리슈나는 탈리 하나를 깨끗하게 비웠다. 주방에 부탁해서 마늘 한 줌만 으깨 넣어달라고 했다. 덕분에 국물 맛이 더 시원하고 깊어졌다. 크리슈나에게 한 젓가락 먹어보라고 했는데, 면발을 입안에 넣고 이리저리 굴리던 녀석의 얼굴이 곧 빨갛게 달아올랐다. 소영이 깔깔대며 웃었다. 하하, 이 아저씨 장난꾸러기야, 몰랐지? 이젠 문제 없니? 큰 문제! 후~ 정말 맵다고요. 하하, 귀여워. 일행들은 맥주까지 주문했다. 크리슈나는 식사만 마치고 일하러 가야 한다며 일어나려 했다.

아, 잠깐만 아저씨가 아까 찍었던 사진 너 줄게.

어머, 즉석 인화기까지 가져오신 거예요?

중국에 있을 때 샀어, 좀 심심해서.

여기 네 얼굴 잘 나온 것 하고. 야~ 이건 네가 원숭이들 왕 같이 나왔다. 자, 내 친구된 기념이야.

그런데 크리슈나의 얼굴은 좀 심각했다.

왜? 사진 갖기 싫어서?

아뇨. 이거 아저씨가 가져요.

어, 왜? 네가 나온 사진인데 네가 가져야지.

그래서요. 아저씨가 가지고 있어야 가끔 이 사진을 보고 나를 기억할 수 있잖아요. 그러니까 아저씨가 가져요.

크리슈나는 잠시 내 눈을 똑바로 쳐다보더니 몸을 돌려 식당을 빠져나갔다. 나는 다시 약간 멍해졌다.

인도는 뭔가 다르다더니, 저런 꼬맹이가 이해 못할 말을 하네. 참 대단하다.

그러게요. 왠지 이 나라 사람들을 좋아하게 될 것 같아요.

생각에 잠긴 듯한 표정으로 소영이 말했다. 크리슈나가 남긴 여운까지 더해 이야기 거리가 더 풍성해진 우리는 그 식당에서 저녁 식사까지 하고 나서야 자리에서 일어났다. 땅거미가 내려앉은 거리를 지나 숙소로 돌아온 우리는 도미토리 안에 들어와서도 양탄자 위에 모여 앉아 오는 길에 사 온 맥주를 계속 더 마셨다. 여행을 떠나오기 전에 어떻게 살았는지, 왜 굳이 인도로 오게 되었는지, 인도는 왜 이 모양인지, 각자의 삶은 왜 그 모양들인지, 주정인지 진심인지 모를 얘기들을 끝없이 쏟아 냈다. 나는 제일 연장자였지만 뭐라 해결책을 제시할 수가 없었고, 그럴 마음도 없었다. 젊은 사람들은 나야말로 정말 속 편한 사람이라 했다. 직장을 다니다 결혼하고, 아이들을 낳아 길렀고, 회사에서 잘린 것도 아니고 휴가를 받아 여행하는 사람이 뭐 걱정이 있겠느냐는 거였다. 나는 그저 웃고만 있다가 결국 몇 마디 내뱉고 말았다.

그래, 너희들이 아직 하지 않은 것 몇 가지, 직장, 결혼, 육아를 했지. 뭐, 우리 세대에선 다들 하는 거지만, 이제는 당연하지 않을 수도 있게 돼버린 것들이야. 예전에는 그러기 위해서 그다지 잘날 필요도 없었어. 그런데 그것도 다는 아니야. 내가 인도에서 찾고 싶은 건 이런 거야. 누구나 다 하는 밥벌이, 누구나 다 아는 거 말고, 좀 더 근원적인 뭔가에 대한 갈망…… 그래, 배 부른 소리지. 그렇지만 나는 배부르기 전에도 늘 그런 생각을 했었어. 하지만 그냥 흘러가는 대로 살았지. 편하게 살았다고 한대도 할 말은 없어. 핑계 대기도 편하고. 그런데 근원에 대한 탐구는…… 잘 모르겠다. 그게 아닐 수도 있으니까. 결국 그런 게 다 의미 없다고 결론 내리고 인도를 떠나게 될 지도 몰라. 너희들에겐 아직 시간이 많아. 최소한 나보다는 많지. 당장 하지 않아도 돼. 그냥, 잊어버리지만 말고 살아가. 아, 횡설수설이네, 미안. 자, 한 잔씩 더 하고. 이제 자야지.

실망인지, 의아함인지 모를 표정들이었지만, 최소한 거기다 대고 반박하지는 않았다. 내 마음은 불편했다. 내가 그들과 달라서가 아니라, 내가 이미 그 시기를 지나온 더 늙은 사람이 되어 있다는 게, 단지 그 시간을 통과해 뒤돌아보며 말할 수 있게 되었다는 사실이. 그리고 그들이 지나가고 있는 시절의 나와 그 무의미함 때문이었다. 대충 자리를 정돈하고는 다들 각자의 침대 속으로 들어가 바로 잠들어버렸다. 나는 천장 가운데 매달려 천천히 돌아가는 선풍기가 만들어 낸 바람을 느끼며 멍때리고 있었다. 잠시 후 눈꺼풀이 내려왔다.

3
바라나시, 인선

바라나시행 기차에는 혼자 올랐다. 소영과 준성은 하루 더 아그라에 있다가 다음 날 서쪽으로 가기로 했고, 인선은 아직도 다음 행선지를 정하지 못한데다, 몸도 좋지 않아 일단 아그라에서 쉬면서 어떻게 할지 생각해 본다고 했다. 그렇게 말하며 나를 바라보는 눈길이 뭔가 달랐는데 나는 그게 무슨 의미인지 알 수 없었다. 단지 며칠 같이 시간을 보냈을 뿐인데, 그래도 정이 들었는지 준성과는 포옹을, 두 여인과는 악수를 나누고 헤어졌다. 기차는 붐비지 않았다. 몇몇 한국인들이 있었지만 다가가지 않았다. 수염이 덥수룩하게 자란 내 모습이 일본인 같은지 일본어로 말을 걸어오는 여행자들이 꽤 있었다. 살이 빠져서 허리띠의 여유분이 길게 빠져 나왔다. 그렇게 필요 없는 살점들이 사라지듯 내 속의 쓰레기들도 떨어져 나갔으면 좋겠다고 생각했다. 오후 일찍 출발하기로 되어있던 기차는 해질 무렵이 되어서야 플랫폼에 나타났다. 전세계에서 가장 많은 사람을 고용하고 있다는 회사가 이래도 되나 싶었지만 아무도 불평하거나 항의하지 않았다. 외국인 여행자들도 꽤 많았지만 이미 그런 일에는 익숙하다는 듯 그저 책을 읽거나 수다를 떨거나 인도인들처럼 멍하니 앉아 있었다. 내 표는 원래 좌석이 배정되지 않은 대기표여서 자리도 없이 긴 밤을 어떻게 보낼지 걱정하며 기차에 탔다. 통로의 끝 부분 약간 여유 있는 구석에 배낭을 내려놓고 서 있었다. 이리저리 소리를 지르며 지나가는 인도인들, 고함지르고 되받아 치고 엄청난 짐 덩어리를 가볍게 어깨에 올리고 나르는 짐꾼들. 갑자기 피곤이 몰려와 나는 선 채로 눈을 감고 졸기 시작했다. 시간이 조금 흘렀을 때 기차의 출발을 알리는 호각 소리가 멀리서 들려와 눈을 떴는데 막 기차에 올라탄 인도인 남자 하나가 내 앞으로 다가왔다. 깔끔한 흰색 만다린 칼라 셔츠에 짙은 코발트색 바지를 입고 콧수염을 가지런히 기른 마른 체격의 청년이었다.

자리가 없나요?

네? 아, 내 건 대기표인데요.

좀 볼 수 있을까요?

인사말도 없이 바로 말을 걸어온 인도인 남자에게 순간 약간의 경계심이 생겨났지만 대기표로 뭘 어떻게 할까 싶기도 해서 순순히 표를 꺼내 보여주었다. 잠시 표를 들여다보던 그는 복도를 이쪽 저쪽 살피다가 마침 다가오던 차장을 불러 세웠다. 차장은 가방에서 종이 뭉치를 꺼내 내 표와 대조해 보더니 그에게 살짝 미소를 지었다. 차장은 펜을 꺼내 표에 뭔가를 적어 그의 손에 쥐어주었다. 그가 밝은 표정으로 말했다.

당신 표에 좌석이 배정되어 있네요.

네, 뭐라고요?

여기 차량번호와 좌석이 적혀있습니다. 이제 당신은 문제 없어요.

나는 너무 고마워서 어쩔 줄 몰라 하며 뭐라도 사례를 해야 할 것 같았지만 그는 손을 내저으며 사양했고, 어서 자리를 찾아가야 한다며 재촉했다. 저 쪽 방향으로 두 칸 더 가야 합니다. 혹시, 이메일이라도 적어 줄 수 있나요? 자, 여기. 나는 바라나시에 외곽에 살고 있습니다. 바라나시 근처라, 그럼 혹시 만날 수도 있겠구나 생각했다. 내 자리는 통로와 나란한 침대의 2층 칸이었다. 통로를 기준으로 한쪽으로는 상중하 세 개의 침대가 마주보는 콤파트먼트였고 통로 맞은편은 평행한 침대 두 개가 아래위로 배치되어 있는 전형적인 2등 칸 기차였다. 낮에는 6인 칸의 중층 침대를 접고 여섯 사람이 마주보며 앉고 평행한 쪽은 두 사람이 마주볼 수 있게 아래층 침대가 접히게 되어 있었다. 내 맞은 편 자리는 아직 비어 있었다. 배낭을 위칸에 올려 철재 프레임과 사슬로 연결하고 자물쇠를 채워 놓은 뒤 아래쪽 좌석에 앉아 책을 꺼내 들었다. 통로 맞은편에는 한국인 승려 한 사람과 아주머니 네 사람이 모여 앉아 얘기를 나누고 있었다. 그들의 대화에서 소외된 인도인 중년 남자는 맨 위 침대에서 이미 잠들어 있었다.

아니, 그래 그 강물에 들어가서 목욕을 하겠다고? 언니 미친 거 아니우?

그럼, 언제 내가 그 성스런 강에서 몸을 씻을 수 있을 것 같아? 그래야 윤회의 사슬을 끊을 수 있다며. 그리 어려울 것 같지도 않구먼, 뭐.

스님은 어쩔 작정이신가요? 갠지스 강에 몸을 담그실 건가요?

내가 미쳤어? 그 더러운 물에 몸을 담그게. 그게 다 관념의 노예가 돼서 그런 거야.

호호호, 맞다 맞아. 나도 안 들어갈래.

승려의 대답은 장난기와 욕심이 가득 차 보이는 그의 얼굴과는 어울리지 않았다. 알아들은 척하면 그들과 말을 섞게 될까 두려웠던 나는 귀로만 그들의 대화를 엿듣다가 일찌감치 씻기 위해 화장실로 갔다. 그다지 깨끗하지 않았지만 별 문제는 없었다. 세수를 하고 이빨을 닦고, 양말을 벗어 발까지 씻었고, 이리저리 튀긴 물을 휴지로 말끔하게 닦았다. 아내가 챙겨준 내가 유일하게 사용하는 화장품 키엘 아이리스 에센스를 조금 짜내 얼굴에 발랐다. 번져가는 상쾌함을 느끼며 내 자리로 올라가 침낭을 꺼내 깔고 배낭을 다시 잘 단속한 후에 침낭 속으로 들어가 눈을 감았다. 레일 위를 달리는 기차바퀴가 반복해서 내는 소리, 가끔 울리는 기적소리, 역에 정차할 때마다 나는 금속성의 브레이크 소리, 응축된 공기가 빠져나가는 쉬익 소리, 인도사람들이 내뱉는 힌두어의 된소리, 서로 다른 국가의 사람들이 뱉어내는 다채로운 영어, 옆자리 불자들이 내는 한국어 수다 소리. 한참 동안 그 혼란스러운 소리들과 내 귓속에서 솟아나오는 이명이 뒤섞여 편두통이 시작되는 줄 알았는데 한 순간 그 모든 소리들이 내 두개골의 하부에 얇은 껍질처럼 퍼지며 붙어버리고 그 아래로 깊이를 알 수 없는 침묵의 공간이 생겨났다. 이상한 느낌이었다. 소리와 소리의 공간이 각각 분절된 채, 그 상태를 인식하는 내 의식은 그것과 분리된 다른 공간에 존재한다고 느꼈다. 한동안 비현실적인 느낌 속에 침잠해 있었고 곧 하루 동안 내려앉은 노곤함에 굴복했다.

강은 안개 속에 모습을 드러냈다. 서양인 단체 여행객들을 태운 배들이 느릿느릿 오가고 있었고 강가의 가트들에서는 시신을 화장하는 연기가 피어 오르고 있었다. 좀 더 살펴보니 목욕을 하거나 빨래를 하는 사람들도 보였다. 한쪽에서는 수염을 덥수룩하게 기른 장발의 깡마른 일본 남자애들이 시끌벅적 떠들어대며 물에 들어갔다 나오기 내기를 하고 있었다. 그런 식으로 윤회의 사슬을 끊을 수는 없을 것 같았다. 그들에게 강물이 깨끗한지 아닌지는 중요하지 않다. 나는 게스트하우스에 체크인하자마자 방에 들어가 옷만 갈아입고 바로 강변으로 다시 나왔다. 숙소는 강가에서 한 켜만 뒤로 물러난 곳이라 길을 잃을 염려는 없었다. 밤기차에서의 불편한 잠자리 탓에 몸은 지쳐 있었지만 밖으로 나와보지 않을 수 없었다. 배정받은 방에 들어가 환기를 위해 창을 열자마자 골목에서 여러 사람이 내는 소리가 작게 들리기 시작했다. 그 소리가 점점 커지더니 숙소가 면한 골목까지 다가왔다. 밖을 내려다보니 대충 천으로 동여맨 시신을 올려놓은 들것을 여러 남자들이 어깨 위로 들고 구호 비슷한 말을 반복적으로 외치면서 어디론가로 서둘러 달려가고 있었다. 허름한 접수대로 다시 내려와 나와 비슷한 나이의 주인에게 물었다.

방금 지나간 그건 뭐지?

그거 시신. 가트에 가서 태울 거야.

그런데 왜 저렇게 떠들썩하게 달려가는 건가? 다들 하나도 슬퍼 보이지 않았다.

당신은 죽음이 슬픈 거라 생각하는군. 슬퍼할 이유가 있나? 행복하게 잘 살았다면 한 인생 잘 살았으니 된 거고, 불행했다면 다음 생에선 그보다 나을 거니까 문제 없고. 안 그런가?

여긴 도무지 아무것도 문제 될 게 없는 나라다. 허름한 게스트하우스 주인일 뿐인데 인도라서 그런지 바라나시라서 그런지 그의 입에서는 심오한 말이 아무렇지도 않게 툭툭 튀어나왔다. 가트라는 게 어떻게 생긴 건지, 또 화장하는 모습은 어떨지 궁금해서 그 소리가 사라진 곳을 따라 걸어가다 보니 화장터에까지 이르렀다. 아까 본 것인지는 알 수 없었는데 한 남자의 시신이 강가에 놓여 있었다. 곧 화장을 할 거라면서 왜 물을 적시는지 궁금해서 한 사람에게 물어봤다. 먼저 강물에 시신을 적시는 게 순서라고 했다. 잠시 후에 그 시신을 미리 쌓아 둔 장작 더미 위로 올려 놓고 맨 아래쪽에 불을 붙였다. 제재하는 사람이 없어서 가까이 다가가 불타는 시신을 볼 수 있었는데 불길이 점점 세지면서 뒤로 물러나야 했다. 처음으로 시신이 타는 광경을 찬찬히 바라봤고 냄새를 맡았다. 얼마 전까지만 해도 살아 있었을 사람이 눈앞에서 불에 타 재가 되는 장면은 비현실적이었다. 나도 언젠가는 저렇게 불에 타 사라질 거다.

다음 날 늦게 일어난 나는 식사도 하지 않고 어제의 그 화장터를 다시 찾았다. 그곳에는 옅은 잿빛의 잔해만 남아 있었는데 가운데에서는 가느다란 연기가 피어 오르고 있었다. 마치 일말의 생명이 흔적으로 남아 마지막 온기를 퍼뜨리는 것 같았다. 거기서 얼마 떨어지지 않은 곳에서는 몇몇 사람이 새로 장작더미를 쌓아 올리고 있었다. 그런데 마치 쌓다가 만 것처럼 장작더미가 듬성듬성했고 높이도 현저하게 낮아 보였다. 나는 천천히 그곳으로 다가갔다.

여긴 나무가 왜 이렇게 적은 거요?

돈이 없어서 그렇소.

돈?

모르겠소? 장작을 충분히 살 돈이 많이 없는 사람은 형편이 되는 만큼만 나무를 구해서 화장하는 거요. 이제 시신이 들어오는군. 아, 이건 또 강물에 던져 넣게 생겼네.

상여꾼은 몇 명 되지 않았고 시신도 대충 싸맨 탓에 군데군데 맨살이 드러나 있었다. 갓 죽음을 맞이한 것 같은 피골이 상접한 시신. 유족은 없었다. 아까처럼 강물에 적시는 절차도 생략한 채 부실한 장작더미 위에 시신을 바로 올렸다. 밑부분에 불을 놓았지만 골고루 타오르지 않았다. 바람이 불어오는 방향 반대쪽에 놓인 상반신만 간신히 다 태웠고 하반신은 약간 그슬린 정도가 되었을 때 이미 불길은 사그라들기 시작했다. 어디선가 작은 배 한 척이 다가왔고 두 사람이 시신을 들어 배 안으로 옮겼다. 시신과 함께 배에 오른 두 사람 중 한 사람이 사공에게 돈을 지불했고, 배는 몇십 미터 정도 강의 중심을 향해 나아갔다. 그러다 두 사람이 몸을 일으키는가 싶더니 반쯤 타다 만 시신을 강물에 던져 넣었다. 그리 크지 않은 소리였지만 내 귀에는 엄청난 반향을 일으켰다. 시신은 잠시 물 속으로 사라졌다가 조금 떨어진 곳에서 다시 떠올라 강물과 같은 속도로 떠내려가기 시작했다. 한 사람의 인생이, 타다 남은 잔해가 잔잔한 강물을 타고 흘러가다 사라졌다. 나는 순간 심한 허기를 느꼈다. 가트와 강물이 잘 내려다보이는 식당을 찾아 들어갔다. 강변 쪽 테라스에 놓인 자리에 앉아 탈리를 주문했다. 기다리면서 강변을 따라 늘어선 가트들을 바라봤다. 다양한 크기의 화장터가 보였다. 그리고 더 멀리 강물을 바라봤는데 시신인지 뭔지 모를 크고 작은 덩어리들이 군데군데 둥둥 떠내려가고 있었다. 고개를 돌려 앞에 놓인 탈리를 보는 순간 갑자기 구토가 올라와 바닥에 주저앉았다. 속은 텅 비어 있었기 때문에 거의 헛구역질만 나왔고 씁쓸한 위액이 섞인 침만 뱉어냈다. 누군가 다가와 내 등을 두드렸다. 주저함이 느껴지는 부드럽고 연약한 손이었다. 식당에서 일하는 인도인 소년일 거라 짐작했다. 토악질이 쉽게 멈추지 않아 뒤돌아볼 수가 없었다. 서빙하는 어린 아이가 말 없이 다가와 바닥의 오물을 닦았다. 배가 고픈데 먹을 수가 없다니. 지금까지 한 번도 탈을 일으킨 적이 없는, 오히려 한국에서보다 더 소화가 잘돼서 신기하다고 생각했었던 탈리를 앞에 두고 구토가 올라오다니. 그런데 지금 내 등을 두드리는 사람은 누구지?

괜찮아요?

내 눈에는 아직 뻑뻑한 눈물이 고여 있어서 그렇게 말을 걸어온 사람의 얼굴을 정확하게 바라볼 수 없었다. 낯설지 않은 여자의 목소리는 축축하게 가라앉아 있었다. 그녀가 쥐어준 냅킨으로 대충 눈물을 닦고 나서 시력이 회복되기를 기다렸다. 인선이었다. 화들짝 놀라던가 반가워하던가 할 수 있었겠지만 나는 거의 탈진한 상태였다.

뭐야, 나 따라 온 거야?

그럴 수도 있고, 아닐 수도 있고. 그런데 내가 하나도 반갑지 않은가 봐요?

어? 으억!

등 조금 더 두드려 줘요? 아저씨, 원래 탈리 좋아하지 않았어요?

좋아했지, 어~ 후~

여기 공기가 이상한가? 저도 여기 온 이후로는 식욕이 많이 줄었어요.

아, 이제 됐다. 고마워. 원래 많이 먹지도 않았으면서. 뭐, 차이라도 한 잔 시켜 줄까?

아뇨, 이미 여러 잔 마셨어요. 아침부터 내내 죽치고 앉아 있었거든요. 근데 갑자기 아저씨가 나타난 거예요. 그러니까, 아저씨가 날 따라온 건지도 몰라요.

그게 무슨 소리…… 나랑 같은 기차를 탄 것 같은데, 맞지?

아마도.

진작 얘길 했으면 같이 타고 왔을 텐데.

원래 그러려고 한 건 아니었어요. 아저씨가 떠나가고 난 다음에 할 일도 없어서 그냥 정처 없이 여기저기 걸어 다니다 보니 기차역이더라고요. 들어가서 한국사람들을 몇 명 만났는데 바라나시행 기차가 계속 연착되고 있고 언제 도착할지 아무도 모른다는 거예요. 바라나시나 가 볼까 싶어서 내 표 좀 사달라고 돈을 준 다음에 숙소로 가서 배낭을 챙겨 왔죠. 좀 아슬아슬했지만 기차에 오를 수 있었어요.

모험을 즐기거나 고생을 사서 할 사람은 아닌 것 같은데.

그러게요. 게다가 좌석도 없어서 거의 밤새 쪼그리고 앉아서 자는 둥 마는 둥 했죠. 숙소에 도착하자마자 뻗어 버렸고 오늘 아침에야 좀 정신이 난 거예요. 아저씨를 만날 수도 있을 거라 생각하긴 했지만 이렇게 바로 만날 줄이야. 이거 인연인가? 후후.

농담도 할 줄 아네.

네? 그녀의 눈이 동그랗게 커지면서 볼이 약간 상기되었고 나는 억지로 미소를 지어 보였다.

근데, 왜 그렇게 토한 거예요?

글쎄, 잘 모르겠어. 어제 오늘 계속 화장터에서 시신이 타는 장면을 지켜봤거든. 별로 거북하지도 않았는데 아까 강 위로 둥둥 떠내려가는 덩어리들을 보다가 탈리로 눈을 돌리자마자 속이 뒤집힌 거야.

걱정이네. 난 인도에서 내내 탈리만 먹으려고 했었는데.

화장터요? 가까이서 본 모양이네요. 나도 보고 싶은데. 아, 금방 토한 사람한테 다시 데려가 달라 할 수도 없고.

곧 괜찮아질 거야. 조금만 쉬었다 가자.

우리는 한참 동안 말없이 흘러가는 강물을 바라봤다. 나는 애써 그 덩어리들을 보지 않으려고 초점을 흐리거나 강 건너편 더 먼 곳을 바라봤다. 그 동안 밥을 많이 먹지 못해서인지 그녀의 낯빛은 더 창백해져 있었고 적갈색 입술 화장은 더 도드라져 보였다. 어디서 구했는지 미간에 붙인 청록색 빈디가 커다란 눈 사이에서 반짝이고 있었다. 가끔 그런 생각을 했었다. 잘생기고 못생기고 예쁘고 흉하고. 사람의 외모, 특히 얼굴의 모양으로 우열을 가리는 세상은 참 우스꽝스럽다. 누군가 특수 안경이나 렌즈를 발명해서 모든 사람이 쓰고 다니게 한다. 그 장치를 착용하면 피부와 근육은 안보이고 그 아래의 골격만 보인다. 그래서 피부의 형태로 인해 생겨난 외모는 구분이 안된다. 그런데 그렇게 해도 결국 뼈가 잘 생겼다, 못 생겼다, 예쁘다, 아니다 구분하게 될 것 같기도 했다. 인간은 영영 외모로부터 자유로울 수는 없을 것이다. 어떤 사람들은 아무리 미워도 인도를 용서하는 이유가 거지들마저 예뻐서라고 했다. 어차피 죽으면 뼈만 남고 다 썩어버릴 육체인데, 타서 재가 될 물질들인데.

이제 갈까요? 사실 아까 근처에 가볼까 했었는데 왠지 무섭기도 하고, 또 남자들밖에 없어서 그냥 지나갔었어요. 아, 저기 준비하는 게 보이네요.

밥도 거의 먹지 않았다는 깡마른 여인의 걸음걸이는 가벼웠다. 나는 아직도 약간 울렁거리는 속을 진정시키기 위해 상체의 움직임을 절제하며 차분하게 그 뒤를 따랐다. 인선은 호기심과 두려움과 거북함이 뒤섞인 묘한 표정으로 화장터 앞에 아무렇게나 놓인 나무 상자 위에 앉았다. 나는 그 옆에 서 있었다. 비교적 여유 있는 망자였는지 장작은 넉넉했고 가족들도 많이 와서 곧 불에 타 사라질 사람의 몸을 바라보고 있었다. 젊고 잘생긴 남자였다. 인도인치고는 피부색이 밝아서 더욱 눈에 띄었다. 유족들 속에서 아름다운 젊은 여인이 내내 눈물을 흘리고 있었다. 서로 닮지 않았으니 그들은 갓 결혼한 신혼부부이거나 결혼을 앞둔 연인 사이였던 것 같다. 그 모습을 바라보는 나에게도 슬픔이 전이되었다.인선의 어깨에 손을 얹었고, 나를 올려다보는 인선의 눈가에도 눈물이 그렁그렁했다. 시간이 흐르고 나면 이 여인은 다시 좋은 사람을 만나고, 사랑을 하고, 결혼을 하고, 아이들을 낳고, 그리고 다시 이별의 순간에 이를 것이다. 부부란 아무리 오랫동안 같이 산다고 해도 한쪽은 언젠가는 반드시 사별을 경험한다. 젊은 날의 이 가슴 아픈 이별은 아름답고 슬픈 추억으로 간직된다. 모든 절차가 끝났다. 뒤로 돌아서는 여인의 어깨가 흔들렸고 가족들이 그녀를 부축했다. 우리는 사람들이 다 가버리고 난 후에도 잔불이 여전히 남은 채 연기가 올라오는 화장터를 바라보았다. 사람들은 떠났고 슬픔이 남았다. 여전히 축축한 인선의 눈은 바라나시의 아름다운 석양을 머금었다. 그녀의 목소리는 물기를 잔뜩 품었다.

속 괜찮아요? 난 배가 좀 고픈데. 밥 먹으러 가도 될까요?

그래, 가자.

선선한 바람이 불어왔다. 아직 친구들과의 놀이에 열중하고 있는 어린아이들의 어깨 위에도 주황색 황혼이 어른거렸다. 몇몇 서양인 여행객들이 앉아 음식을 기다리고 있는 식당의 테라스 좌석에 앉았다. 메뉴를 가지고 오려는 아이에게 손을 들어 손가락 두 개를 펼치며 말했다. 탈리 둘.

탈리 괜찮아요?

문제 없어. 음식이 문제가 아니고 내가 문제였으니까. 근데, 인선도 이제 탈리를 잘 먹게 된 건가?

뭐, 여기서 먹고 살려면 적응해야죠. 나름 맛있는 것 같아요. 아! 이 강은 밤 풍경이 더 아름답네요. 약간 무섭기도 하지만.

나도 고개를 돌려 강을 바라봤다. 거기서 불어오는 바람에서는 낮 동안 벌어진 모든 일들을 내포한 묘한 냄새가 났다.

이번에는 어떻게 나올까요?

글쎄, 탈리는 어디서나 비슷하면서도 약간씩 다르고 같은 식당이라도 매일 다르니까.

그게 이 음식의 매력이라고 했었죠? 기억나요.

봐, 아까 내온 거랑 약간 달라졌어.

그래요?

여기 야채가 다른 종류로 바뀌어 있어.

내 속은 별 거부감 없이 음식을 받아들였다. 인선도 천천히 앞에 놓인 차파티와 밥과 커리를 번갈아 먹었다. 반쯤 먹었을 때 그녀는 가운데 놓인 요거트에 설탕을 섞었다.

벌써 다 먹은 거야? 반이나 남았는데?

아직 많이 먹지는 못해요. 아저씨, 더 드실래요?

아니, 난 대식가는 아니야.

그렇겠군요. 배도 안 나왔으니……. 숙소는 어디죠?

여기서 가까워. 저쪽으로 올라가다가 첫째 골목으로 꺾어서 세 번째야.

어? 나도 그 근처인 것 같은데, 잘됐다. 같이 가면 되겠네요. 무서워서 해 지기 전에 숙소로 돌아간 후로는 꼼짝 없이 방에만 있었거든요. 데려다 줄 거죠? 같은 방향이니까.

반대방향이라도 데려다 주려고 했거든.

후후, 역시. 아직 위험한 일이 닥친 적은 없지만, 그래도 걱정이 되긴 하더라고요. 처음으로 어두워진 후에 숙소로 돌아가는 거예요.

그녀가 안심이 된다는 듯 미소를 지었다. 내가 요거트를 거의 다 먹고 조금 남은 콜라 잔을 입에 댈 즈음 재빠른 동작으로 일어서서 카운터로 간 그녀가 식대를 지불하고는 뒤 따라온 나를 보고 말했다. 다른 사람들과 함께이긴 했어도 아저씨한테 많이 얻어먹어서 좀 그랬거든요. 이제 빚을 갚네요.

시민박명 상태이긴 했지만 외국인 여성이 혼자 다니기에는 다소 부담스러울 만큼 좁고 어두운 골목을 말없이 나란히 걸었다. 그녀의 숙소는 내가 머무는 게스트하우스에서 두 집 건너 맞은편이었다. 이름은 강가 게스트하우스.

강가에 있다고 강가 게스트하우스인 건가? 아, 농담.

어머, 아직 모르세요? 갠지스강의 다른 이름인데 엄마라는 뜻이래요. 강가라고 부르면 인도인들도 좋아한다고 했어요.

오~ 그래? 나보다 빨리 적응하는 것 같은데?

그럴까요? 어쨌든 바래다 줘서 고마워요. 내일 또 봐요.

어디서?

뭘 하든 강가의 가트나 강이 바라다보이는 식당에서 보게 되지 않을까요?

하긴 그렇군.

나는 천천히 오른손을 내밀었다. 그녀는 약간 머뭇거리다가 살짝 내 손을 잡았다. 아까 내 등을 두드려주었던 가냘픈 손에는 조금 더 힘이 실려 있었다. 숙소 앞에서 뒤를 돌아봤는데, 그녀는 여전히 나를 바라보며 우두커니 서 있었다. 어색하게 손을 들어 인사했다.

잠을 자기에는 아직 이른 시각이라 숙소 로비의 공용 피씨 앞에 앉아 이메일과 톡 몇 개를 보냈다. 아내에게는 결국 바라나시에 오게 되었고 어디서도 할 수 없는 경험을 하며 의미 있는 시간을 보내고 있다고 알렸다. 그녀는 내가 드디어 인도 여행의 참 맛을 알게 될 거라며 반가워했다. 아그라역에서 대기표였던 내 기차표를 좌석표로 바꿔주었던 인도 청년에게도 메일을 썼다. 시간이 된다면 식사라도 대접하고 싶다는 지극히 한국적인 발상에서 비롯된 인사치례 같은 메일을 보냈다. 바라나시에서 얼마나 있을지 모르니 가능한 빨리 만나고 싶고 나는 자유로운 여행자이니 장소를 정해주면 찾아가겠다고도 적었다. 이메일 계정과 이름이 같다면 그의 이름은 파완. 구글링으로 알아보니 산들바람, 친절함이라는 뜻이다. 아내가 보낸 장문의 톡이 도착했다.

그거 기억하지? 여행지에서 생긴 일에 대해서는 서로 묻지 않기로 한다. 집으로 돌아온 당신에게 나는 묻지 않을 거야. 여행은 참 묘해서 어떤 인연이 다가올지 정말 알 수가 없거든. 호감을 느끼는 사람을 만날 수도 있고, 더 깊은 감정을 주고받을 인연이 기다리고 있을지도 몰라. 당신이 결혼한 몸이라고 그런 것까지 거부하지는 말라는 거야. 당신 마음이 가는 대로 그 사람을 대하도록 해. 내가 당신을 신뢰하는 것과는 상관없는 거 알지? 돌아온 당신의 얼굴이 달떠서 잠시 나를 어색하게 대하더라도 나는 묻지 않을 거야. 그저, 여행 참 좋았구나, 누군가를 만났겠구나, 그렇게 지나칠 거야. 다만, 너무 오래 그 감정에서 헤어나지 못하면 곤란해. 언젠가 내가 홀로 여행을 떠났다가 돌아왔을 때, 당신도 나에게 그렇게 해줘야 해. 그래야 우리가 나이 들어서도 서로에 대한 열정이 식은 상태에서도 동행으로 남을 수 있을 거니까. 내가 뭐 눈치라도 챈 거라 생각하지도 마. 그냥 당신 속 깊은 곳의 움직임에 순응해. 홀로 떠나는 여행의 맛은 바로 거기 있어. 캘커타에도 가. 충분히 그 나라와 공기와 사람들을 느끼고 와 줘. 당신이 아무리 변해도 나는 당신 속의 변하지 않는 곳에 닿을 수 있을 테니. 잘 자, 내 사랑. 당신이 부러워.

하얀색 창 위에 까맣게 적힌 글자가 흐려졌다. 내가 이 여인을, 함께 한 시간을 감당할 수 있었던 건 오로지 그녀의 사랑 때문이었다. 자유롭게 놓아주면서도 엄마처럼 포근하게 안아주는 사람. 엄마의 사랑을 충분히 받지 못한 채 어른이 되어버린 나는 아내의 품 안에서 그 포근함을 느꼈고 그 속에서 안주했다. 모니터 한 쪽의 카톡 채팅 창을 멍하게 바라보고 있던 나에게 주인이 다가오더니 책상을 톡톡 두드렸다. 그는 눈을 동그랗게 뜬 채 팔짱을 끼고 내 얼굴과 벽에 걸린 시계를 번갈아 바라봤다. 나는 고개를 끄덕이며 천천히 피씨를 끄고 방으로 올라갔다. 쉽게 잠들 수 없었다.

콰쾅! 누군가 방문을 세차게 두드리는 소리에 간신히 들었던 잠에서 깨어났다.
미스터, 미스터!
주인의 다급한 소리에 나는 불이라도 난 줄 알았다. 맨발로 달려가 문을 열었다.
무슨 일이죠?
아래로 내려와 보시오. 누가 당신을 찾아 왔소.
누가? 나를? 찾아 올 사람 없는데?
나를 따라와요. 서둘러요.

궁금증을 품은 채 그를 따라 급히 계단을 내려갔다. 어둑한 로비의 카운터 앞에 후드 티를 걸친 한 여인이 몸을 덜덜 떨며 서 있었다. 나를 보더니 힘겹게 걸음을 옮겨 다가온다. 인선이었다.

아니, 뭐야? 이 시간에 무슨 일이야? 왜 이렇게 떨고 있어?

그녀는 말 없이 내 손을 잡았다. 손은 뜨거웠다. 뭐라 힘없이 말을 내뱉었는데 알아들을 수가 없었다. 나는 어찌해야 할지 몰랐다. 주인이 다가와 내 어깨에 손을 얹더니 계단을 향해 고개를 까딱한다.

일단 방으로 가자.

그녀를 부축해 계단을 올라 방으로 들어왔다. 문을 닫자마자 그녀가 내 품으로 무너져 내렸다. 몸은 여전히 덜덜 떨렸고 빠르게 뛰는 심장박동이 내 몸까지 전해졌다. 무슨 일일까? 한 손을 올려 이마에 손을 댔다. 불덩이였다. 아, 결국 탈이 난 건가……. 구겨진 이불을 급히 치우고 그녀를 눕혔다. 열을 내리는 게 급선무다. 화장실로 가서 수건을 깨끗하게 빨아 네 번 접어 그녀의 이마에 올렸다. 눈을 감고 신음을 뱉어내고 있었다. 침을 삼킬 때마다 얼굴이 일그러졌다. 수건은 금방 데워졌고, 계속 화장실을 들락거리며 찬물로 씻고 이마에 올리기를 반복했다. 아내가 챙겨준 상비약이 생각났다. 배낭 안쪽 작은 주머니의 지퍼를 열어보니 아직 그대로 있었다. 해열제 한 알을 꺼내고 생수통에서 물을 받아 그녀의 상체를 조심스럽게 일으켜 세우고 약을 먹였다.

마침 약이 있어서 다행이야. 좀 쉬면 나을 테니 편하게 자.

미안해요.

그녀의 작은 목소리에는 쇳소리가 섞여 있었다. 다시 누운 그녀는 바로 깊은 잠에 빠져들었다. 발갛게 달아오른 볼 위로 얇은 눈꺼풀이 떨렸고 숨결은 불규칙했고 뜨거웠다. 수건을 하나 더 꺼내 물을 적신 후에 팔과 다리도 닦았다. 차가운 수건이 살갗에 닿자 신음소리와 함께 반사적으로 움찔했지만 이내 순응했다. 차가운 수건이 지나간 깡마른 다리에서도 열기는 차츰 잦아들었다. 몇 시간을 그렇게 했는지 모르겠다. 인선의 신음소리는 작아졌고 맥박과 호흡도 안정되었다. 이마에 다시 손을 얹었다. 열이 내렸네. 다행이다. 그녀는 여전히 깊은 잠에 빠져있었다. 잠든 사람의 얼굴에서는 어린 시절의 얼굴이 떠오른다. 깊이 잠든 그녀의 얼굴에서도 어린 소녀의 얼굴이 보였다. 그 두 얼굴의 차이, 그 사이를 이어주는 주름은 곧 그 사람이 살아온 여정이다. 그녀의 얼굴에 새겨진 흔적에서는 연약한 자신을 지켜내야 했던 힘겨운 나날들이 보였다. 누구나 그렇게 자신의 자리를 세상 한구석에 만들기 위해, 그 자리를 지키기 위해, 다른 사람의 자리를 빼앗기 위해 살아가고 그랬던 시간은 고약한 주름으로 얼굴에 남는다. 내가 스스로 젊다고 생각했을 때는 중년에 이르면 자신의 얼굴에 책임을 져야 한다는 말을 받아들이지 않았다. 타고난 얼굴이 있는데 그런 말은 못생긴 얼굴을 물려받은 사람들에게 상처를 준다고 생각했다. 그런데 내가 중년이 되고 학교와 직장과 그 밖의 사회생활을 통해 만나 가끔이라도 접촉하게 된 사람들의 얼굴에 생긴 변천사와 내 얼굴의 변화를 살펴보면서 그 말을 어느 정도는 인정할 수 밖에 없게 되었다. 고약한 바탕 얼굴에 착한 주름이 덧입혀져 결국 전체적으로는 선한 느낌의 얼굴로 변한 사람이 있었고 누가 봐도 잘생기고 예쁜 얼굴에 심술궂은 주름이 생겨나 결국 부담스런 얼굴로 변한 사람들도 있었다. 냉소와 무표정 사이를 오가던 내 얼굴은 서른이 넘어서야 변하기 시작했다. 아내가 선물한 웃음과 다양한 감정을 받아들이며 반영했던 내 얼굴이 다른 형태의 주름과 굴곡을 지어냈고 아이들이 가져다 준 즐거움까지 더해져 지금의 내 얼굴이 만들어졌다. 이젠 땀이 말라 윤기가 사라진 그녀의 이마를 쓸어 머리카락을 넘겨주었다. 조금씩 날이 밝아오는 듯 푸르스름한 기운이 어른거리는 창문을 바라보며 침대 옆 바닥에 앉아 벽에 등을 기대고 눈을 감았다. 어린 아이의 숨소리처럼 약간 빠른 숨소리가 내 귓속을 파고들었고 맥이 풀린 나는 만족스러운 노곤함에 잠겼다.

아저씨, 아저씨, 일어나요. 여기서 이렇게 잠들어 있으면…… 내가 너무 미안해요. 침대로 올라가서 자요.

언제 기운을 차렸는지, 어제 오후와 별반 다르지 않은 얼굴의 그녀가 미안함과 고마움이 섞인 표정으로 나를 흔들어 깨웠다.

아, 깜빡 잠이 들었나 봐. 아니, 이제 좀 괜찮아진 거야? 열이 많이 났었는데. 그러지 말고 좀 더 자. 나는 여기 침낭에서 자도 돼.

아뇨, 푹 잘 자서 괜찮아요. 이제 곧 날도 밝아질 테니 숙소로 돌아갈 거예요.

나는 쏟아지는 졸음을 이기지 못하고 침대 위로 올라갔다. 이불에서는 그녀가 밤새 앓으며 몸에서 내보낸 땀과, 알 수 없는 향수와, 그 전에 내가 몸을 뒤척이며 남긴 체취가 뒤섞인 냄새가 났다. 아내의 향기와 비슷한 것 같이 느껴져 잠시 혼란스러웠지만 밀려오는 피곤함을 이기지 못하고 곧 눈을 감았다.

44

강렬한 햇살이 눈꺼풀을 뚫고 들어왔고 거리의 소음이 크게 들렸다. 그리고 웅크린 내 뒤에서 느껴진 인기척. 어찌된 일인지 알아보려고 몸을 돌리려는데, 시나브로 나타난 깡마른 팔이 내 허리를 감쌌다. 따뜻한 온기가 등에 닿았고 살갗을 타고 온몸에 소름이 번졌다. 낯선 감촉이 포근함으로 바뀌면서 그녀의 포옹을 받아들였다. 왼쪽 등으로 그녀의 맥박이 느껴졌다. 남녀 사이에는 말이 필요 없고 말을 해서는 안 되는 때가 있다. 결혼식 전날 아내와 나는 신접살림을 시작할 방 두 개짜리 작은 빌라로 이사했고 근처의 시청으로 가서 혼인신고를 했다. 혼인신고 절차에 두 사람의 증인이 필요하다는 사실을 그때 알았으나 문제가 될 건 없었다. 환한 표정의 남녀가 다가와 곧 부부가 될 사람들의 증인이 되어달라는 부탁을 거절할 사람은 없었으니까. 처음이자 마지막이 될 그 모든 새로운 경험도 그때는 즐겁기만 했다. 잘 몰라도 상관 없고 익숙하지 않아도 괜찮았다. 혼자가 아니니까, 함께 해나가면 되니까. 근처의 마트에 들려 필요한 살림살이를 잔뜩 산 후에 우리만의 공간으로 다시 돌아왔고 아무렇게나 옷을 벗어 던지고 같이 샤워실로 들어갔다. 아내가 나중에 이렇게 말했다. 당신 눈은 그때부터 이미 불타는 듯 했어. 그 전에도 함께 밤을 보낸 적이 있었지만 혼인신고까지 마치고 나자 나는 더 자유롭게 욕망에 몸을 맡길 수 있었다. 아내도 그런 나를 받아들이고 부부가 누릴 수 있는 모든 행위를 마음껏 즐겼다. 결혼식을 위해 다이어트까지 했던 아내의 몸은 새처럼 가볍고 아름다웠다. 나는 몸을 돌려 나를 안았던 사람을 마주 바라보며 엎드렸다. 인선의 몸은 환하게 빛나고 있었다. 옅은 선홍색 젖꼭지와 작은 그림자를 품은 배꼽과 아랫배가 끝나는 지점에서 시작해 더 아래로 사라지는 언덕의 검은 부분만 도드라졌다. 나는 천천히 상체를 내려 그녀 위에 몸을 포갰다. 서로 깊은 숨을 내쉰 후에 잠시 그대로 있었다. 욕망은 사라지지 않았으나 그 주변으로 번지는 평온함이 느껴졌다. 이상한 느낌이었다. 처음으로 아내가 아닌 여인 속으로 들어갔다. 그녀는 부드럽고 따뜻했다. 간밤에 앓으며 몸 안의 독소를 다 배출한 그녀의 몸에서는 생기 넘치는 향기가 났다. 우리는 서두르지 않고 서로의 몸이 원하는 대로 순응했다. 그녀의 몸은 가냘펐고, 조금 전까지 아팠고, 그래서 나는 내내 조심스러웠다. 그러나 욕망은 천천히 솟아나 두 사람을 지배했고 서로를 이끌었다. 그녀는 가끔 머뭇거렸지만, 결국은 온전히 몸을 열어 나를 받아들였다. 단순하지만 간절하게 서로의 몸을 탐했고, 다채로운 쾌감이 명멸했다. 등 위에 얹힌 그녀의 손이 떨리며 세차게 나를 안았다. 절정의 순간에 나는 몸을 떼어내려고 했으나 그녀가 나를 끌어당기며 고개를 끄덕였다. 잠시 후 그녀는 가늘고 깊은 신음을 내뱉었고 나도 곧 그 뒤를 따랐다. 나는 그녀 밑으로 들어가 누웠고 그녀는 내 위에 올라온 채로 몸을 나란히 포개고 엎드려 잔잔한 떨림이 잦아들 때까지 기다렸다. 욕망이 사라진 공허를 친밀함과 편안함이 채우는 나른한 평온함을 나는 좋아한다.

　혹시······

아뇨, 아프지 않았어요. 아프지 않아요. 괜찮아요. 좋았어요. 지금
은 편안해요.

내 가슴에 팔을 엇갈리게 놓고 엎드렸던 그녀가 고개를 숙이며 눈
을 깜빡였다. 그녀의 속눈썹이 기분 좋게 살갗을 쓸었다. 내가 가장
좋아하는 찰나의 행복. 온 몸으로 다시 소름이 번져나갔다. 나는 다
시 눈을 감았다.

잠이 많은가 봐요. 배가 고파서 깰 만도 한데…… 너무 잘 자서 깨
울 수가 없었어요. 밥 먹으러 가요.

나는 그녀가 나를 향해 가지기 시작했을 다른 양상의 친밀함이 불
편했지만 내색하지 않으려 애썼다. 사람의 마음은 그런 노력으로 감
출 수 없다. 잘 알고 있으면서도 그랬다. 이제는 반대가 되어버렸다.
나는 말수가 줄었고 그녀는 말이 많아졌다. 어디로 가서 밥을 먹을지
는 말할 필요가 없었다. 가트와 강이 잘 내려다보이는 식당, 우리가
다시 만났던 그곳으로. 나는 식욕이 동하지 않아 먹는 둥 마는 둥 했
고 그녀는 인도 음식에 드디어 적응한 듯 식사를 즐겼다. 다음에는
인도인들처럼 손으로 먹어보겠다는 용기까지.

그런데 어떻게 내 방에 다시 들어왔지? 어제 밤에야 아팠으니까
주인이 들여보내 줬겠지만.

주인은 아무 말도 하지 않았어요. 노크를 여러 번 했는데 반응이
없었고, 방문은 잠겨있지 않았고, 흔들어 깨웠는데 미동도 하지 않았
고, 머리맡에 앉아 한참을 바라보다가 지쳐서 그만……

……

사실은 혼자 있을 수가 없었어요. 바라나시에 와서부터 혼자 있는
게 너무 두려워요. 알 수 없는 중요한 순간이 다가오는 느낌이랄까.
그런데 그게 뭔지는 모르겠어요. 그런데 여기서 아는 사람이라곤 아
저씨 밖에 없거든요. 사실은, 그래서 부탁할 게 있어요.

그녀는 뜸을 들이며 망설였다.

아저씨도 결국 여기서 떠날 거잖아요? 다음 목적지가 어딘지는 모르지만 그때까지만이라도 나랑 같이 있어주면 안될까요? 또 아프지는 않겠다고 약속…… 은 못하겠지만 노력할 테니, 네?

……

그럼 오늘 숙소를 옮길 게요. 아, 그냥 아무 말 하지 말아요. 내가 하는 거니까. 아저씨는 그냥 가만히 있으면 돼요. 아픈 사람 하나 챙겨준다고 생각하면서.

반달모양이 된 그녀의 눈 아래 귀엽고 멋쩍은 미소가 나타났지만 황당한 제안에 놀라 당황한 내 얼굴을 보더니 금새 사라졌다. 어쩔 수 없는 건가? 이런 인연을 받아들여야 하는 건가? 여긴 여행지니까, 게다가 인도니까, 무슨 일이든 일어날 수 있는 곳이니까. 아내의 글이, 그 속에 담긴 마음이 내 속을 뒤흔들었다. 나는 결국 고개를 끄덕였고 그녀는 안도하며 미소를 지었다. 나는 천천히 차파티를 조금 뜯어 커리에 찍은 후 입에 넣었다. 휴대폰을 열어 메일박스를 확인했는데 어제 보낸 메일에 답장이 도착해 있었다.

뭘 그렇게 봐요?

응, 메일이 하나 왔는데, 이게 영어라서…….

어디 봐요. 어? 누가 아저씨한테 답장 보낸 거군요. 읽어 줄까요?

영어로?

아뇨. 통역, 아니 번역해서요.

그게 바로 된다고?

영어는 좀 해요. 해외 관련 업무도 많이 했거든요.

그럼 부탁해.

안녕, 내 친구, 잘 지내나요? 당신의 이메일을 받고 정말 기뻤어요. 때때로 좋은 일을 하며 살아가는 사람, 답례를 바라지 않고 호의를 베풀며 살아가는 사람에게는 이렇게 감사의 인사를 받는 것보다 기쁜 일도 없죠. 내 기억이 틀리지 않는다면 당신이 이 신비롭고 불가해한 도시에 도착한 지도 며칠 지났겠군요. 어때요, 견딜만한가요?

아님 이미 이곳의 매력에 푹 빠져 있나요? 당신의 이야기는 만나서 듣기로 하죠. 저는 바라나시 외곽의 대학교에서 학생들을 가르치고 있어요. 내 과목은 요즘 젊은이들은 별로 좋아하지 않는 철학이지만 빛나는 눈으로 날카로운 질문을 하는 미래의 철학자들 몇몇 덕분에 살아갑니다. 수요일 오후와 목요일에는 강의가 없어서 내 연구실에 머무르며 개인적인 연구를 하거나 쉽니다. 그 시간에 찾아오면 나를 만날 수 있습니다. 위치는 밑의 링크를 확인하세요.

당신과의 만남을 기대하며,

신시얼리,

파완

어디서 이런 멋진 사람을 만난 거죠?

바라나시행 기차 탈 때 나를 도와준 사람이야. 그 사람이 대기표를 좌석표로 바꿔 줬어. 덕분에 나는 편안하게 누워서 밤을 보냈지. 그 땐 정신이 없어서 제대로 고맙다는 말도 못했는데 이메일 주소를 받았던 기억이 나서 편지를 보냈거든. 사실은 이렇게 답장을 받을 거라 기대한 것도 아닌데.

멋진데요. 나한테는 왜 이런 천사가 안 나타난 거지? 인도에서 여행하다 보면 신기한 인연으로 사람들을 만나기도 한다던데, 부럽네요. 아! 오늘 수요일 아닌가요? 그럼 오늘 오후부터 내일까지 시간이 된다는 건데. 달리 할일 없으면 이 사람, 아니 교수님 만나러 가요.

그럴까?

내가 방을 먼저 옮겨야 하니까 있다가 숙소에서 만나면 되겠네요. 먼저 일어날게요. 나, 같이 가도 되는 거죠?

응? 어, 그래.

너무 순식간에, 내 의지와는 별 상관없이, 전혀 예상하지 못했던 일들이 일어난다. 이래도 되는 건가? 여행지에서 만난 인연이니까?

숙소로 돌아와 인선을 기다리는 동안 휴대폰에 저장해 둔 오래 전에 아내가 보낸 메일을 열었다. 언제나 나를 제자리로 돌아오게 하는 편지.

　난 알아. 당신은 착한 사람이야. 내가 아닌 다른 사람들에게도 그렇게 대한다는 것도 알아. 내가 아닌 다른 어떤 여인이 당신의 아내가 되었더라도 당신은 내게 하는 것과 같이 했을 거야. 처음에는 받아들이기 힘들었어. 그런데 차츰 그게 얼마나 특별한 건지 알겠더라. 나는 매일 일터에서 돌아오는 당신을 맞이하는 사람이고, 당신과 함께 자는 사람이고, 우리가 함께 만든 아이들을 키우는 사람이야. 모든 사람을 똑같은 자세와 좋은 마음으로 대하는 사람에게는 그 사람과 가장 많은 시간을 함께 한 사람이 가장 특별하겠지. 나는 당신에게 그런 사람이 된 거야. 그러니 억지로 뭘 더 하지 않아도 돼. 내가 당신에게 바라는 건 당신의 시간이야. 내 곁에 있어 주는 시간 말이야. 당신은 그 시간을 내어주려고 애썼어. 나도 알아. 아이들이 어렸을 때 피곤한 몸으로 돌아온 당신은 아이들보다 먼저 나를 바라봤지. 나는 집안일을 하려는 당신을 말렸어. 대신 아이들과 놀아달라고 했지. 당신도 주말이면 아이들을 온전히 맡아 보기도 했지만, 나처럼 매일 온종일 아이들과 함께 씨름했던 사람의 마음을 당신이 다 알 수는 없었을 거야. 아이들을 누군가 맡아준다면 나는 나만의 시간을 가질 수 있어. 당신과 아이들이 노는 소리를 들으며 저녁 만드는 일에 집중하던 시간도 괜찮았어. 아이들이 당신이 매일 지어내서 들려주는 이야기를 들으면서 잠을 청하던 시간에 나는 홀로 거실에 앉아 맥주를 마시며 하루의 피곤을 달랬지. 조금 후에는 온전히 내 차지가 될 당신을 기다리는 시간은 달았어. 작은 방 이불 속에 옷을 다 벗고 설레는 마음으로 기다리는 나를 향해 뿌듯한 미소를 지으며 다가오던 당신을 지금도 사랑해. 때때로 아이들과 같이 잠들어버린 당신을 흔들어 깨우며 짜증을 내기도 했지. 그래도 못 일어나는 날이면 많이 힘든 날을 보냈구나 생각하면서도 당신이 미웠어. 첫째가 아직 많이 어렸을 때 언니가 우리 집에서 몇 달 지낸 적이 있었지. 저녁을 먹고 아이를 언니에게 맡기고 둘이서 동네 골목을 돌아다니며 산책하던 시간이 기억나. 어찌나 좋던지. 종종 약국에 들려 피임약을 사 들고 나오던 당신을 보는 것도 즐거웠어. 추운 겨울에 난방도 안 되는 지하 창고방에 들어가 한쪽 벽면을 가득 채웠던 거울에 하얗게 김이 서리도록 숨죽이며 나누던 사랑도 참 좋았지. 이렇게 이야기하면 정말 특별한 것 같기도 하네. 세상 모든 부부들이 그렇게 한다고 해도 그게 뭐가 대수냐고 한대도 내게는 모두가 특별해. 그 모든 시간은 사라지지 않아. 다 여기 있어. 그러니 뭘 더 하려고 하지 말아줘. 그냥 당신으로 살아가. 나는 나로 살아갈 거야. 그리고 우리는 함께 늙어가는 거지. 우리를 갈라놓을 무언가가 닥치기 전까지 말이야. 이게 내 사랑이야. 내겐 너무 특별한 사람, 내 사랑.

4
파완과 나시마, 춤추는 밤

숙소에서 호출한 노란 색 택시를 타고 파완이 일러준 대학교로 향했다. 인선은 발목 위까지 내려오는 연한 청록색 원피스를 입었다. 택시 기사는 터번을 두르고 얼굴의 반을 수염으로 덮은 넉넉한 풍채의 전형적인 시크교도였다.

어이, 내 친구들, 대학교에는 무슨 볼일이 있습니까?

아, 친구를 만나러 가요. 사실은 이 분의 친구이고, 나는 처음 만나는 거예요. 사실은 이 분도 딱 한 번 만났을 뿐이지만.

그런가요? 하긴 여러 번 만나지 않아도 친구가 될 수 있지요. 나는 내 차에 태웠던 친구들을 좀 아는데 서로 한두 번 밖에는 만난 적이 없답니다. 그래도 우린 친구죠. 언제라도 여기 바라나시로 오면 내 집으로 오라고 했고 몇몇은 실제로 내 집을 방문해 좋은 시간을 보내고 함께 멋진 추억을 만들고 돌아갔답니다. 나는 내가 결코 응할 수 없을 초대장도 수십 개 받아놓았습니다. 언제 갈 수 있을지도 모른 채로 말이죠.

갈 수 있을 거예요. 앞날을 누가 알겠어요.

그럴까요? 내 인생에 그런 행운도 기다리고 있을까요? 아~ 꿈 같은 이야기죠.

운전수는 희미한 미소를 머금고 시선을 더 먼 곳으로 보내며 왼손으로 핸들을 톡톡 두드렸다.

왜요? 내가 너무 말이 많아졌다고 생각하는 거죠?

어? 어떻게 알았지?

말수 적은 사람들이 다른 사람들의 마음을 더 잘 읽는다는 거 몰라요?

그럼, 이제 내가 좀 무서워해야 하는 건가?

그럴 정도로 나쁜 사람은 아닌 것 같은데요, 후후.

알아주니 고맙군.

시가지를 벗어나자마자 매연이 사라진 차창 밖 풍경은 전형적인 인도 시골로 바뀌었다. 도로는 울퉁불퉁했지만 차분하고 소박한 가옥들과 푸르게 자란 나무와 다채로운 색깔의 꽃과 그 사이로 다니는 원색의 사리를 입은 여인들이 만들어내는 풍경을 바라보며 마음이 편안해졌다.

조금씩 인도를 받아들일 수 있을 것 같다는 생각을 해요. 아직 냄새도 지저분함도 다 극복한 건 아니지만요.

한차례 몸살을 앓고 나서 그녀의 얼굴은 더 창백해졌지만 눈동자는 전에 없었던 생기를 드러내며 빛났다.

여~ 친구들, 이제 다 왔습니다.

미터기에 표시된 금액에 조금 더 보태 요금을 건네자 기사는 돈을 쥔 손을 이마에 댔다 떼면서 환한 미소로 둘을 번갈아 바라보며 고맙다는 인사를 한다.

잘 가시오. 행복하시오. 당신들은 문제가 없어요.

학교의 정문에 놓인 조형물 겸 게이트는 추상적인 현대식 조형물과 인도풍의 장식이 절묘한 조화를 이루고 있었다. 보통의 경우 그런 조합의 디자인은 유치하기 마련인데 우리가 통과한 입구는 묘하게 신비스러워서 어떤 다른 세계로 들어가는 관문을 통과하는 느낌이었다. 파완이 일러준 대로 교양학부동을 가리키는 화살표를 따라 걸었다. 강의실을 찾아가는 학생들이 간간이 눈에 띄었다. 청바지와 후드티 등 검소한 차림의 학생들 중 상당수의 여학생들은 다양한 파스텔톤의 개량 사리를 걸치고 있었다. 그들과 전혀 다르게 생긴 동아시아

52

계 남녀의 등장에 곳곳에서 수줍은 웃음이 터져 나왔다. 경멸도 경외도 적대감도 없이 생경함에 대한 반가움만 흩뿌려지는 웃음이었다. 콘크리트나 적벽돌 마감의 건물들을 배경으로 펼쳐지는 색채의 향연은 이곳이 다양한 사고와 지적 추구와 유희가 펼쳐지는 대학 캠퍼스라는 걸 확인시켜주는 듯했다. 나의 젊은 날이 떠올랐다. 그들의 젊음이, 그 앞에 놓인 수많은 기회로 채워질 텅 빈 미래가 부러웠다. 우리는 곧 2층짜리 작은 건물에 도착했다. 구멍이 송송 뚫린 벽돌 벽으로 둘러싸인 원형의 계단을 올라 남쪽으로 뻗어나간 복도의 끝에 파완의 교수연구실이 있었다. 노크를 하기도 전에 안에서 목소리가 들려왔다.

문은 열렸습니다. 안으로 들어오세요.

어머, 우리가 온 걸 어떻게 안 거죠?

나마스테~ 내 친구, 환영합니다. 오, 이렇게 아름다운 숙녀도 함께였군요. 만나서 반갑습니다. 기다림은 감각을 민감하게 만들죠.

나마스테, 너무 불쑥 찾아와서 실례가 아닌지 모르겠습니다.

아, 별 말씀을. 절대 문제 없습니다. 이리 와서 앉으세요.

파완은 환한 미소로 우리를 맞았다. 깡마른 체구에 키는 나와 비슷했지만 인도인답게 길쭉한 다리를 가졌다. 짙은 눈썹 아래로 어린아이의 것 같은 까만 눈동자가 반짝였다. 방은 크지 않았다. 업무용 책상은 출입문 반대편 벽에 커다란 창문을 등지고 놓여있었고, 네 사람이 앉아 이야기를 나눌 수 있는 나무 책상과 의자들, 그리고 그 사이에 역시 네 사람이 마주보고 담소를 나눌 수 있을 만한 소파와 낮은 탁자가 자리잡고 있었다. 책으로 가득한 책장이 바닥부터 천장까지 한쪽 벽면 전체를 차지하고 있었고 반대편 벽면에는 허리 높이의 수납장이 있었는데 그 위에는 각종 조각들과 사진을 담은 액자들이 놓였다. 강렬한 색채의 단순한 비구상 회화 몇 점이 그 위 벽면에 걸려 있었다.

이쪽 벽면을 보면 철학 교수의 방이 확실한데 반대쪽 벽면은 뭐랄까 하루 종일 명상으로 일관하는 구루의 냄새가 나는데요?

하하, 단번에 방 주인의 정체성을 알아채다니, 혹시 인도에 오래 있었나요?

그럼요. 오래 있었죠, 후후. 한 일주일 쯤?

네? 오, 7일 만에…… 놀랍군요, 하하.

두 사람은 마치 온라인으로 교류하던 오래된 친구를 만나기라도 한 듯 친밀한 분위기로 이야기를 나누기 시작했고 나는 그 사이에서 조금 뻘쭘해졌다. 파완이 재빨리 나를 향해 고개를 돌렸다.

기차 안에서 연락처를 적어줄 때 당신이 나를 만나러 올 거라고 생각했죠..

어떻게……

나는 기차를 많이 타고 다닙니다. 외국인들도 많이 만나고요. 도움을 주는 경우도 많죠. 말을 하지 않아도 전해지는 마음은 언제나 정확하게 알 수 있어요. 당신에게서는 미안함과 고마움이 온전히 느껴졌어요. 그 다음은 나의 직관인데, 꼭 만날 거라는 확신이 생기더군요. 내 예상보다 빨리 이메일이 도착했고, 지금 여기 당신이 내 앞에 있군요. 그리고 당신도. 이 모든 게 선물 같아서 나는 매우 기쁩니다. 자, 먼저 차이를 좀 마실까요? 혹시 생강 넣나요?

나는 좋아요.

나는 고맙지만, 사양합니다.

문제 없습니다.

단아한 움직임으로 차를 준비하는 나이답지 않게 성숙한 분위기를 풍기는 젊은 교수와, 정성스레 트레이에 올라갔다가 세 사람 앞에 놓인 전통문양의 찻잔을 바라보며 김이 모락모락 나는 차이를 홀짝이는 동안 잠시 침묵이 흘렀다. 인도에 극동아시아 지역과 비슷한 다도 같은 차문화가 있다는 말은 못 들었는데 그의 모든 동작에서는 반복을 통해 몸에 익은 절제와 여유가 베어났다. 조금의 흔들림도 머뭇거림도 없이 물 흐르듯 부드러운 동작, 얼굴에 힐끗 나타났다 사라지기를 반복하는 온화한 미소, 찻물이 찻잔으로 쏟아지며 퍼져가는 잔잔하고 경쾌한 소리. 굳이 사람들 간에 대화가 없어도 그 공간은 더 깊은 대화를 나누는 것처럼 충일하게 차올랐다.

침묵에 익숙한 분들이군요. 저는 그런 사람들을 좋아합니다.

품! 네? 아니, 뭐랄까, 말을 하면 안될 것 같은 분위기라. 나는 사실 좀 어색한데.

파완이 손수건을 꺼내 볼이 약간 붉어진 인선에게 내밀었다.

고마워요.

별 말씀을.

나는 어른이 되고 나서도 한참이 지나서야 침묵에 적응했습니다. 같이 있는 사람들과의 친밀함은 물론이고 자신에 대한 자존감도 굳건해야 그게 가능하니까요.

맞습니다. 가끔 학생들과 차를 마시면서 침묵하기 연습을 하는데 다들 힘들어해요. 어찌나 침 넘기는 소리, 찻물 넘기는 소리가 큰지. 그 소리에 놀라 웃음을 터뜨리기도 하고요. 그 과정까지 다 거치고 나서야 침묵의 시간과 공간, 그리고 각자 몸에서 내뿜는 소리들까지 자유롭게 받아들이게 됩니다. 그 다음 만남부터 한층 편안한 관계로 진전되곤 하죠.

학생들에게 침묵의 편안함에 대해서도 가르치는 당신은 참 좋은 선생이군요.

무슨 말씀을. 그저 내가 좋아하는 여러 가지를 다른 사람에게도 알리고 나눠주고 싶은 마음을 모른 척 할 수가 없을 뿐입니다.

그리고 잠시, 다시 침묵이 세 사람 사이로 내려왔다. 이번에는 인선도 적응했는지 여유 있게 차를 마시고 사람들과 배경을 바라보며 흘러가는 시간을 즐겼다. 파완은 오르내리는 우리들의 찻잔을 가끔씩 힐끗 보다가 적당할 때마다 찻물을 더 따라주었다. 그는 종속관계가 아닌 사람들 사이에서도 전폭적인 봉사를 주고 받을 수 있다는 것을 잘 아는 사람이다.

혹시 저녁에 특별한 일정이나 약속 있습니까?

아뇨.

인선과 나는 얼굴을 마주보며 동시에 말했고, 살짝 웃었다.

그럼, 혹시 내일 아침까지 여기서 시간을 보낼 수도 있나요? 아, 이 방은 아니고, 여기 이 학교 캠퍼스에서.

네? 무슨 특별한 일이라도……

오늘 밤에 내 소울메이트 나시마의 공연이 있습니다. 두 분을 초대하고 싶군요.

소울메이트라면, 혹시 당신의 아내?

아, 아뇨. 우린 서로 독립적입니다. 나는 결혼했고 아이들도 있어요, 나시마는 만인의 연인이죠. 오늘 밤에는 당신들도 그녀를 사랑하게 될지 몰라요.

어떤 공연인가요?

독무 공연입니다, 물론 춤이 전부는 아닙니다만. 공연은 밤에 시작해서 해가 떠오를 즈음 마칠 겁니다.

네? 그렇다면 그렇게 오랫동안 혼자 춤을 춘다는 건가요?

맞습니다. 아, 걱정 마세요. 관객들은 편한 자세로 공연을 볼 거고 졸리면 자도 됩니다. 담요랑 베개도 다 나눠줄 거고요. 다만 이른 아침이 되면 다 함께 떠오르는 태양을 맞이하며 행사가 끝납니다.

아!

우린 각자의 마음에 떠오르는 대로 그 광경을 상상했다. 파완은 이미 그 공연을 보고 있기라도 한 듯한 표정으로 말을 이어갔다. 일반인들에게는 알려지지 않은 공연입니다. 진행을 돕는 스태프를 제외하고는 학생들도 잘 모르죠. 오늘 함께할 관객들은 모두 개인적으로 초대받은 사람들입니다. 영성 지도자, 수행자, 철학자도 있습니다. 멀리 유럽과 캐나다에서 오는 사람도 있죠.

그런 대단한 공연에……

초대해주어 감사하다고요? 아닙니다. 공연 중에 알게 될겁니다. 당신이 왜 그곳에 있는지를요.

네? 그게 무슨 말……

오, 나시마가 바라나시역에 도착했답니다. 같이 나가볼까요? 그녀는 이곳에 오면 캠퍼스 중앙의 광장으로 먼저 갑니다. 찻잔은 그대로 두셔도 됩니다.

휴대폰에 뜬 메시지를 확인하던 그가 일어섰다. 차를 준비하고 대접하던 내내 그를 둘러쌌던 여유는 사라졌다. 그는 내게 예상치 못했던 친절을 베푼 사람이고 나는 지금까지 별 사고 없이 무난하게 인도를 여행하는 중이지만, 그래도 이 나라와 사람들에 대한 경계심이 모두 사라진 것은 아니었다. 그럼에도 불구하고 뛰어드는 게 여행의 매력이기도 하겠지. 나는 인선의 얼굴을 바라봤다. 그녀의 얼굴에도 나와 같은 마음이 드러나 있었다. 그런 공감은 포기에 이르게도 하고 용감한 시도로 이끌기도 한다.

가요.

담담하게 말하며 그녀가 일어섰다.

오랜만에 소울메이트와의 만남을 앞둔 그의 걸음에는 서두르는 기색이 역력했다. 앞서 걸어가던 그는 몇 번이나 걸음을 멈추고 뒤를 돌아보며 기다리곤 했다. 영혼의 동반자라 불리는 두 사람의 관계는 과연 어떤 것일까? 우리는 조금 전에 지나왔던 길을 반대로 걸어가다 방향을 꺾어 광장으로 향했다. 태양은 막 지평선 아래로 넘어간 후였지만 황혼의 잔해로 남은 선홍 빛 흔적과 시민박명 상태의 어스름한 푸른 색이 캠퍼스 안 오밀조밀하게 자리한 건물의 외벽에 드리워져 있었다. 중앙 광장은 사방대칭의 기하학적인 조경과 바닥 패턴으로 가득했다. 여러 갈래의 길이 다양하게 뻗어 나와 어디서든 접근할 수 있었고 모든 길은 중심에서 모였다. 파완은 한가운데에 자리한 오렌지색의 원으로 우리를 이끌었다. 거기서 잠시 말없이 하늘을 올려다보더니 천천히 한 바퀴를 돌며 캠퍼스의 여러 건물과 그 사이사이 이어진 공간을 응시했다.

따라 해도 좋습니다.

인선과 나는 잠시 머뭇거렸지만 곧 그를 따라 하늘을 향해 고개를 들고 천천히 주변을 둘러봤다. 그가 하는 대로 천천히 들숨과 날숨을 쉬었다.

이렇게 위를 바라보면 주변의 사물들이 시야에서 사라지고 하늘과 나 사이의 거대한 공간만을 인식할 수 있습니다.

심호흡을 마친 그가 양팔을 천천히 들어올리며 다시 제자리에서 돌기 시작했다.

나를 따라와요. 문제 없습니다.

인선과 나도 그를 따라 제자리 돌기에 합류했다.

어지러우면 눈을 감아요. 너무 빨리 돌 필요는 없어요. 감당할 만큼만. 넘어질까 봐 무서워지는 말아요. 다치지 않을 테니.

어린 시절 이것 저것 하며 놀다가 그 모든 놀이가 다 지겨울 때, 정말 할 게 없을 때 친구들과 제자리돌기를 했다. 세상이 핑핑 돌고 몸을 가누지 못하면서 이리저리 술 취한 듯 휘청대며 깔깔대던 즐거운 추억이 떠올랐다. 더 커서는 레크리에이션 시간의 유치한 게임들 중에서 코끼리 코를 하고 제자리돌기를 했던 것도 기억났다. 천천히 돌았지만 발바닥이 바닥을 차며 추진력을 가하는 움직임 때문에 시선은 아래위로 출렁였고 조금씩 어지러움이 올라왔다. 주변의 건물들이 부드럽고 기다랗게 물결치는 수평선으로 인식되기 시작하면서 눈을 감았다. 인선은 의외로 편안한 표정이었는데 마치 누군가가 몸을 지탱하고 있기라도 한 듯 안정적이기까지 했다. 파완이 멈추라고 말할 거라 예상했는데…… 한참을 그러고 있었다고 생각했지만 그에게서는 아무 소리도 들리지 않았다. 안구 뒤편에서 생겨난 이상한 느낌이 머리 속을 꽉 채우고 천천히 온 몸으로 번져가더니 수평으로 펼친 손끝까지 뻗어나가 몸 밖으로 흘러나갔다. 몸의 중심에서는 뭔가가 계속 생겨나 손가락 말단으로 연결된 모든 통로로 흘러 빠져나갔다. 생경하고 무서웠지만 멈출 수 없었다. 그때였다. 계속 바닥을 디디며 원심력을 가하던 발에 바닥이 닿지 않았다. 눈을 감고 있었지만 그 느낌이 나쁘지 않았다. 몰려오는 두려움을 이겨내며 계속 돌고 있었기 때문에 나는 잠시 부유하고 있다고 느꼈다. 그리고 휘청! 눈꺼풀을 슬며시 들어올렸을 때 암청색 하늘과 흩어지기 시작한 비행운이 보였다. 시각이 정신을 차리고 촉각도 서서히 회복되었다. 파완이 쭈그리고 앉아 내 겨드랑이에 팔을 밀어 넣고 지탱하고 있었다.

처음 해 보는 사람이 이 정도로 몰입하는 경우는 별로 없는데…….

아, 미안합니다. 나는 황급히 일어나 옷매무새를 가다듬었다. 우리와 2~3미터 떨어진 곳에 중심 원이 있었고, 인선은 아직도 눈을 감은 채 천천히 돌면서 한가운데를 향해 조금씩 움직이고 있었다. 나는 그녀도 나처럼 넘어지지 않을까 걱정스러워 거리를 유지하며 다가갔다. 파완이 내게 가까이 다가오더니 집게 손가락을 입에 댔다. 나는 고개를 까딱했다. 그녀는 무아지경에 이르려는 듯했다. 눈을 지그시 감은 채 고개를 약간 쳐들어 하늘을 향했고 호흡이 가쁘지도 않은지 다문 입가에는 옅은 미소가 살짝 어른거렸다. 파완이 다가와 귓속말을 했다.

더 대단한 분이 여기 있었군요. 연결성이 없다면 벌어질 수 없는 일입니다.

나는 그가 말한 연결이라는 단어를 알아들었다. 그녀와 저 오렌지색 원이 어떻게 연결된다는 건지.

파완! 마이 디어!

높은 톤의 영국식 영어-인선이 나중에 이야기해주어 알았다-로 부르는 소리에 우린 그곳으로 고개를 돌렸다. 하늘거리는 연한 청록색 사리를 입은 한 여인이 다가오고 있었다. 그런데 그녀가 갑자기 놀란 표정을 지으며 사리자락을 움켜쥐더니 뛰기 시작했다. 그녀의 시선이 향한 곳에 인선이 천천히 무너져 내리고 있었다. 마치 공연하던 중에 매달린 줄이 끊어진 꼭두각시 인형 같았다. 놀란 내가 몸을 움직이려는 찰나의 순간, 인선의 등이 땅에 닿기 직전에 쏜살같이 달려온 그 여인이 그녀를 뒤에서 안았다. 1초도 안 되는 시간은 아주 천천히 흘러서 나는 그 모든 과정을 자세하게 눈에 담을 수 있었다. 잠시 자세를 가다듬은 그녀는 아예 가부좌 자세로 원의 가장자리에 편안하게 앉아 호흡을 가다듬으며 인선을 내려다보고 있었다. 모든 행동이 너무 자연스러워서 조금 전 제자리돌기를 하며 느꼈던 비현실적인 감각이 다시 밀려왔다. 파완도 말없이 두 여인을 바라보기만 했다. 두 사람 다 성숙함의 초입에 들어선 여인들이었지만 나시마가 인선을 감싸 안은 모습에서 풍기는 따뜻한 기운은 어린 아이들을 돌보던 아내에게서 보았던 모성애와 닮았다. 여성성의 신비로움이란 그런 것인지. 나는 연애하던 시절 발랄한 처녀였던 아내가 아이들하고 놀거나 품에 안고 재우는 모습을 볼 때마다 그녀가 발산하는 무조건적 사랑의 기운을 느끼며 몸을 떨곤 했다. 배가 불러오고 산달이 가까이 다가서도 그녀는 늘 말괄량이 처녀같이 깡총깡총 뛰기를 좋아해서 내 심장을 덜컥 내려앉게 했다. 산고가 끝나고 갓 나온 생명을 가슴에 안아 젖을 물린 그녀는 충만한 사랑으로 아이를 품었다. 그녀는 바로 엄마가 되었다. 나시마는 발그레하게 상기된 인선의 볼에 손등을 데어 보고 작은 탄식을 내뱉더니 머리카락을 쓸어 넘기며 입술을 내밀어 땀으로 젖은 인선의 이마를 후후 불기 시작했다. 미명을 반사하던 동그란 물방울들이 납작한 타원형으로 변하다가 사라지며 그녀의 열도 앗아갔다. 놀다 지쳐 엄마 품에 안겨 잠든 어린아이와 엄마처럼 두 사람 사이에는 범접할 수 없는 고요한 평화가 흘렀다.

노란색 원형 바닥에 드리운 채 소리 없이 하늘거리는 나시마의 사리자락 그림자가 조금 더 길어졌을 때, 인선의 속눈썹이 바르르 떨렸고, 천천히 그녀의 연갈색 눈동자가 드러났다. 오랫동안 입을 닫고 살았던 사람이 잊었던 말을 내뱉는 것처럼 아! 낮은 탄성을 내뱉었다. 나시마는 환한 미소로 그녀의 눈길을 받았다.

웰컴, 웰컴 백, 스윗하트. 도운트 워리. 노우 프로블럼.

그 말을 들은 인선이 천천히 눈을 깜빡였고 물 한 방울이 상기된 볼을 타고 주르륵 흘러내렸다. 두 사람은 천천히 일어났고 나시마는 한번 더 가볍게 인선을 안았다. 그제서야 그녀는 파완과 나를 향해 고개를 돌렸다. 파완은 그 동안 숨을 참고 있기라도 한 듯 크게 한숨을 내쉬며 나시마에게 다가갔다. 그녀도 인선만큼이나 마른 몸이었다. 나시마의 피부가 좀 더 짙은 것 말고는 키도 눈매도 닮았다. 그녀들은 마치 거의 동일한 유전자를 지닌 채 서로 다른 나라에 태어났다가 우연히 만난 사람들 같았다. 여행 중에 그런 사람과 마주쳤다는 이야기를 아내가 들려준 적이 있었다.

쾰른 대성당을 보고 나서 뿌듯해진 마음을 안고 근처 정류장에서 숙소로 가는 버스에 올랐을 때였어. 창가에 앉아 아무 생각 없이 밖을 바라보다가 소스라치게 놀랐지. 내가, 아니 나랑 똑같이 생긴 사람이, 아니 서양인으로 변신한 내가 거기 정류장에 앉아 있었거든. 내가 거울을 보고 있는 건가 싶기도 했어. 눈을 뗄 수가 없었어. 그 사람도 놀란 표정으로 멍하니 나를 바라보고 있었어. 그러다 서로 깨달은 거지. 나는 동양인, 그 사람은 서양인. 유전학은 잘 모르지만, 아마 그런 게 아닐까? 육체적 형질을 결정하는 유전자가 거의 같은데 동양인, 서양인을 구분하는 그 인자만 살짝 다른 사람들이 존재하고, 나는 그날 그런 사람, 나의 서양인 분신을 본 거라고. 왜 말 안 걸었냐고? 당신도 그런 일 겪어 봐. 얼이 빠져서 아무 것도 할 수가 없어. 정신을 차렸을 땐 이미 버스가 속도를 올려 달리고 있었지. 그저 그 사람의 행복을 빌어주면서 멀어졌어. 또 다른 나야, 독일에 태어난 나야, 행복해. 잘 살아. 당신도 여행하다 보면 그런 사람을 만날 수 있을 거야.

나사마가 두 손을 모으고 고개를 살짝 숙이며 나에게 인사했고, 나도 같은 동작으로 첫인사를 나눴다. 열정을 품은 설렘과 온화함과 매력적인 아름다움이 어른거리는 눈동자였다. 파완과 그녀는 긴 포옹을 나눴다.

나시마, 내 친구들과 인사해요.

반가워요. 첫 만남이 이 광장의 눈에서 벌어지다니 놀랍고 특별한 일이에요.

당신이 왜 이곳에 먼저 오는지 알 것 같아요.

인선이 뭔가에 홀린 듯한 표정을 지으며 낮은 목소리로 말했다. 나시마가 고개를 갸웃하며 묘한 웃음을 지었을 때 파완이 말했다.

그렇죠? 여긴 특별합니다. 이런 일이 벌어지면 더 잘 느낄 수 있습니다. 축제 때는 학생, 교직원, 주변 마을 주민들까지 다 여기 모여서 춤추고 노래하고 이곳을 중심으로 빙글빙글 돌며 밤을 보냅니다. 그러다 지치면 불을 놓고 둥그렇게 모여 앉아 명상에 들어갑니다. 행사가 다 끝나고 나면 그을린 바닥을 청소하고 다시 색을 칠합니다. 이 학교 인도회화과 교수님 한 분이 수십 년 동안 자원봉사하고 있습니다.

아~ 어쩐지 바닥이 움직이는 것 같았어요. 빨려 들어갈 것 같기도 하고.

가끔 정신을 잃고 쓰러지는 사람도 있어요. 그래서 경비원은 이곳을 주기적으로 살핍니다.

그렇군요. 저는 경비원에 의해 발견되지 않아 다행이네요, 후후.

왠지 오늘 밤 내내 나는 당신을 주시하게 될 것 같다고 느껴요.

당신들 두 사람, 닮았어요.

알아요. 멀리서도 바로 알아챌 수 있었죠. 우린 이국이족자매랍니다. 자, 파완.

자, 친구들은 잠시 이쪽으로. 나시마가 이곳의 땅과 조우하는 시간이 필요합니다. 원래는 여기 오자마자 하는데, 오늘은 약간 달라졌군요. 오, 미안해할 필요는 없어요. 아무 문제 없습니다.

우리는 파완과 함께 뒤로 물러났고 나시마는 중앙 원에서 3~4미터 떨어진 곳에서 해가 넘어간 서쪽 하늘을 보며 발을 일자로 모은 채 가만히 선 상태에서 심호흡을 시작했다. 나시마를 따라 호흡해보세요. 힘들면 자신의 리듬대로 하면 됩니다. 파완이 속삭였다.

나시마의 여린 듯하면서도 단단한 뒷모습을 바라보며 그녀의 호흡에 맞춰 우리도 들숨 날숨을 반복했다. 광장 주변에도 가로등이 간간이 켜져 있었지만 해양박명과 천문박명의 경계에 다다른 시점이라 사물이 또렷하게 보이지는 않았다. 숨을 크게 들이쉬고 내쉬며 오르락내리락하는 그녀의 어깨를 바라보며 보조를 맞춰 갔다. 파완과 인선도 조용히 호흡에 집중했다. 그러나 나는 곧 나시마의 호흡을 놓쳤다. 이제 그녀의 호흡 주기는 분당 한 번에 근접하고 있었다. 놀랍게도 파완과 인선은 그 호흡을 따라 아주 천천히 편안하게 숨쉬고 있었다. 나는 그 호흡 주기의 두 배, 분당 두 번 호흡했다. 그게 나의 한계였다. 잘 하고 있어요. 그렇게 하면 됩니다. 문제 없어요. 파완이 내게 속삭였다. 말하고 나서 약간 빨라졌던 그의 호흡은 몇 번 지나지 않아 다시 그녀의 호흡과 동기화되었다. 인선은 어떻게 된 걸까? 아까 나시마의 품에 안겨 있었던 게 이런 효과로 나타나는 건가? 이제 나시마는 발을 어깨 넓이로 벌리고, 들숨을 시작하면서 허리를 굽혀 양 팔을 땅에 내렸다가 마치 보이지 않는 커다란 물건을 들어 올리는 것 같은 동작으로 허공에 뜬 무언가를 밀어 올렸다. 보이지 않는 그 덩어리를 가슴께로 올린 후 손바닥을 하늘을 향해 뻗었다가 날숨과 함께 팔을 앞으로 쭉 뻗으며 왼발을 내디딘 채 후~ 소리까지 내며 폐부 속 공기 전체를 뿜어냈다. 팔과 다리를 처음 상태로 되돌리면서 들숨을 쉬며 자세를 안정시킨 뒤 뒤로 돌아선 후 다시 그 동작을 반복하면서 한 주기를 마무리하고 몸을 오른쪽으로 90도 돌리고 잠시 멈췄다. 그리고 한 번 더. 가만히 있을 때보다 호흡의 주기가 빨랐기 때문에 나도 무리 없이 따라 할 수 있었지만 몸에 힘이 많이 들어갔는지 땀이 나기 시작했다. 그렇게 같은 동작을 네 방향을 향해 반복했다. 중간에 파완이 힘들면 그만 두어도 좋다고 했지만 우리 네 번의 움직임을 모두 따라 했다. 나시마와 인선의 얼굴은 평온했다. 나는 조금 지쳤고 호흡도 가빠진 상태였다.

힘들어요?

잘 하는데? 폐활량이 그렇게 좋은 줄 몰랐어.

잘 모르겠어요. 나시마를 믿으니까 그냥 따라 하는 거예요.

믿는다? 오~ 이건 호흡이나 몸동작의 문제가 아닌 건가? 아까 파완이 연구실에서 한 말이 빈말이 아니었구나.

인도에 오래 있었던 것 같다는 거요? 그게 뭐가 중요하겠어요? 나는 오늘 밤이 정말 기대되거든요. 뭐든지 받아들일 준비가 됐어요.

나는 다리가 후들거려 그 자리에 양반다리를 하고 앉았다. 파완도 지쳤는지 그 자리에 털썩 앉았다. 편안하면서도 왠지 기품 있어 보이는 자세로 서 있는 인선을 올려다보며 파완이 엄지손가락을 세워 보였다.

파완은 행사 시작까지 시간이 좀 남았고 행사장은 여러 가지 준비를 하느라 조금 분주할 수 있으니 자신의 교수연구실에서 휴식을 취하고 나서 행사장으로 와도 된다고 했다. 나는 그러고 싶었지만 인선은 바로 그곳에 가기를 원했다.

준비 과정을 보며 거기서 시간을 보내도 괜찮은 거죠?

물론이죠. 그럼 요기가 될 만한 음식을 좀 미리 가져다 주도록 이야기해 놓겠습니다. 참석자들이 하나 둘 그곳에 모여들 거고 나시마도 행사장 주변에 출몰할 테니 볼 수 있을 겁니다.

좋아요. 좋죠?

나는 얼떨결에 고개를 끄덕였고 인선이 먼저 몸을 돌려 파완을 따라 걸음을 옮겼다. 그 앞으로 미끄러지듯 사리자락을 휘날리며 이동하는 나시마의 뒷모습이 빠르게 멀어져 갔다. 기대와 설렘을 간직한 두 사람의 걸음은 활기찼고 그냥 따라가는 내 발걸음에는 아무런 감정도 내려앉지 않았다. 광장에서 동북쪽으로 향한 길 양 옆으로는 간간히 불이 켜진 건물 안에서 몇몇 학생들이 모여 토론하고 노래하고 책상에 엎드려 자고 음식을 나눠 먹으며 깔깔대고 있었다. 그 소리와 장면을 뒤로하고 키 큰 나무들이 일정한 간격으로 서 있는 곳을 지나자 동남쪽으로 탁 트인 공간이 나타났고 멀리 보름달이 보였다. 행사장은 야외 원형극장 비슷한 곳이었다. 한 단 높이의 무대와 그것을 둘러싼 평지와 그 뒤로 완만한 경사의 계단식 객석이 있었다. 우리는 그곳으로 가서 앉았다. 미리 그렇게 만든 건지 닳아서 그랬는지 모르겠지만 엉덩이가 적당히 들어갈 만한 굴곡들이 있었고 앉아보니 편안했다.

아, 이건 이 야외원형극장을 설계한 사람이 일부러 이렇게 한 겁니다. 대략 몸에 맞을 겁니다.

그렇군요. 귀여워요, 호호.

앉아서 고개를 들자 아까 그 보름달이 바로 앞에 다가와 있었다.

밤이 지나면 해도 저렇게 떠오르겠죠? 이것도 다 의도한 거군요.

물론이죠. 자, 이제 좀 쉬도록 하세요. 잠을 자도 됩니다. 저쪽에 한 사람씩 누울 수 있는 쿠션들도 있어요. 밤을 온전히 새우게 될 거니까 미리 자두는 것도 좋습니다. 뭐, 중간중간 잠을 자는 사람도 있어요. 모든 건 자유롭습니다. 자, 그럼.

파완은 행사를 준비하기 위해 자리를 떴고, 인선과 나는 텅 빈 행사장에 남아 말없이 앉아 있었다. 침묵을 깬 건 연녹색 사리자락을 휘날리며 다가온 앳된 여학생이었다. 그녀의 목에는 스태프 명찰이 걸려 있었다.

파완 교수님의 친구분들 맞죠?

네, 맞아요.

여기 음식을 좀 가져왔어요.

그녀가 내려놓은 대나무로 짠 작은 바구니 안에는 커다란 바나나 잎으로 감싼 여섯 개의 묶음과 머그컵으로 쓸 수 있는 뚜껑으로 달은 텀블러 두 개가 놓여 있었다.

어머, 예쁘기도 해라. 고마워요. 같이 좀 들래요?

아뇨. 고맙지만 사양할게요.

볼이 살짝 붉어진 여학생은 재빨리 손을 모아 인사했고, 맑고 수줍은 미소를 남기고 총총히 사라졌다.

귀엽다, 후후. 나도 저랬을 때가 있었는데……

가느다란 새끼줄을 풀고 따끈따끈한 바나나 잎을 열었다.

아, 탈리구나. 맛있겠다.

그러게요. 정성스럽게도 만들었네요.

우리는 천천히 온기가 사라져가는 음식을 하나하나 음미했다. 스태프들이 참석자들을 하나 둘 행사장으로 데려왔다 돌아갔고 그렇게 여러 번 반복되더니 계단식 객석에 꽤 많은 사람들이 모였다. 식사를 하는 사람도 있었고 아무 것도 먹지 않고 바로 자리를 잡고 앉아 명상에 드는 사람도 있었다. 어떻게 알고 온 것일까? 이 사람들이 모두 파완이나 나시마와 친구 사이일까? 내가 이런 데 껴도 되는 것일까? 우리 앞을 지나가던 사람들은 무해한 웃음을 지어 보이며 손을 모아 인사했고 우리도 같은 동작으로 답했다. 말을 거는 사람은 없었다. 대부분은 혼자 온 사람들이었고 아는 얼굴을 보면 인사하긴 했지만 소리를 크게 내거나 길게 이야기를 나누지는 않았다. 이 행사를 많이 기다려온 듯 모두에게서 읽을 수 있었던 앞으로 벌어질 일에 대한 조심스러운 기대감은 점차 고조되어가고 있었다. 모든 것을 내려다 보는 보름달은 더 높이 떠올랐다.

스태프들이 나눠준 차이를 마시고 있던 나와 인선에게 나시마가 다가왔다. 우린 이미 구면이었고 친해진 것 같다고 생각했는데 보름달을 배경으로 어두워진 공기를 가르며 다가오는 나시마는 다른 사람 같았다. 그녀의 몸과 그녀를 감싼 사리와 그 주변을 둘러싼 기운이 함께 접근해온다고 느꼈다. 사람의 육체 안에 영혼이 깃들어 있는 게 아니고 영혼 속에 육체가 자리하고 있다는 말이 뭘 의미하는지 어렴풋이 알 것 같았다. 우리가 일어나려고 하자 나시마가 손을 내밀어 말렸다. 그녀는 우리 옆에 약간 거리를 두고 앉았고 한 남학생이 건네준 차이를 마시며 호흡을 가다듬더니 자신에 대한 이야기를 꺼냈다.

나는 다르질링 티벳인 난민촌에서 나고 자랐어요. 인도에서 태어났지만 정체성은 티벳인이었죠. 나는 착하고 든든한 아빠의 그늘 아래서 아무 걱정 없이 자랐어요. 사춘기에 접어들었을 무렵 학교에서 역사 공부를 하다가 내가 태어날 때부터 강제로 중국인이 되어 있다는 사실을 알고 충격을 받았어요. 학교에서 돌아와 나는 어떤 나라 사람으로 살아야 하느냐고 물었을 때 당혹스러워하던 아빠의 얼굴이 지금도 생생하게 기억나요. 어떤 곤란한 질문도 피하지 않고 대부분 내 생각을 물어보는 역질문으로 시작해서 스스로 답을 내리도록 유도했던 분이었어요. 나는 꼬리에 꼬리를 무는 그런 대화를 좋아했죠. 늘 아빠의 미소와 나의 깔깔대는 웃음으로 끝나곤 했었는데…… 그 질문에는 아빠의 침묵이 길어졌어요. 나는 자리를 박차고 나갔고 사춘기 반항 같은 게 시작되었죠. 내가 갓난아이였을 때 돌아가신 엄마의 부재로 인한 빈자리까지 더해져서 방황의 시간은 더 길어졌어요. 아빠는 많이 고통스러워했어요. 춤과 노래를 좋아했던 말괄량이 소녀가 갑작스럽게 닥친 혼돈과 삶의 무게로 힘들어한 게 마치 당신의 책임이었던 것처럼요. 그런데도 날카로운 칼을 던지듯 퍼붓던 비난과 종잡을 수 없이 오르내리던 감정과 끝이 날 것 같지 않던 방황의 나날들을 그저 지켜보며 기다려주셨죠. 간신히 학교를 졸업하고 미래를 모르는 벽 앞에 선 사람이 그렇듯 멍하니 흘러왔다 흘러가는 시간 속에 있던 나에게 아빠가 다시 다가왔어요.

나시마, 네가 만나야 할 사람이 있다.

응?

좋은 분이야. 너도 좋아하게 될 거다. 내일 아침 일찍 아빠랑 같이 가자. 나는 너를 데리고 가기만 할 거야. 그분을 만나는 건 너다. 오늘은 일찍 자 둬라.

그 사람이 누구인지는 사실 궁금하지도 않았어요. 나 자신에게도, 나의 미래에 대해서도, 모든 가능성에 대해서도, 사람들에 대해서도 무관심했거든요. 마음 속 깊은 곳에서는 어떤 계기를, 누군가를, 한 마디의 말을, 손길을 애타게 기다리고 있었죠. 그때는 몰랐어요.

달라이 라마가 온화한 미소와 함께 눈을 반짝이며 말했다.

평화는 주어지지 않아요. 그 누구도 당신에게 그 평화를 가져다 주지 못합니다. 돌아가신 당신의 엄마가 나타나 당신을 안아주어도 소용 없어요. 그건 이미 당신 속에 있어요. 발견되기를 기다릴 뿐이죠. 그 평화를 누리고 말고는 오로지 당신의 마음에 달렸습니다. 춤을 좋아한다고 했죠? 당신은 그 평화를 춤사위 속에서 이미 맛보았을 겁니다. 회복은 당신에게 달렸습니다. 여기서 쉬면서 당신의 몸 속에, 그리고 영혼 속에 깃들었던 춤, 그 모든 동작 속에 잉태되었던 당신과의 화해를, 평화를 찾아요. 당신은 할 수 있어요.

그의 목소리는 차분했지만 나시마는 무너지며 오열했다. 알현을 기다리던 사람들도 시중들던 승려들도 아무 말 없이 그녀의 응어리가 눈물과 통곡과 흐느낌으로 흘러나가는 모습을 가만히 지켜봤다. 그녀의 어깨가 잔잔해졌을 때 그가 부드럽고 두터운 손을 내밀어 그녀의 떨리는 손을 감쌌다. 그가 보내는 응원과 확신에 찬 눈길과 미소를 통해 그녀에게도 미래가 찾아왔다.

하늘을 향한 인선의 눈에서 눈물 한 방울이 달빛을 받아 반짝이며 그녀의 볼 위로 또르르 흘렀다. 다시 나시마를 향해 고개를 돌린 그녀의 얼굴에는 공감이나 감사함이 아닌 부러움이 서려 있었다. 나시마가 손을 내밀어 볼에 흐르던 눈물을 훔치던 인선의 손을 잡았다.

그래요. 알아요. 나는 운이 좋았죠. 다른 사람들보다 일찍 그 순간과 그 사람과 조우했으니까요. 그런데 조금 늦어도 괜찮답니다. 그분과의 만남이 내게 처음 찾아온 기회는 아니었어요. 매일 나를 바라보며 하지 못한 말을 쌓아가던 아빠의 눈길 모두가 다 내겐 기회였어요. 아빠는 다 알고 있으면서도, 내가 그 숱한 기회를 다 걷어차고 있는 모습을 뻔히 보면서도 단 한번도 다그친 적이 없었어요. 성하와의 만남은 아빠의 기다림이 맺은 열매일 뿐이에요. 사람들에게 찾아오는 기회는 빗나갈 때가 많아요. 잊지 말아요. 언제나 다음 기회는 찾아와요. 그래서 죽지 않고 살아있어야 해요.

인선의 앙다문 입가로 눈물 한 방울이 다시 내려와 멈췄다. 나시마가 천천히 일어나 사라졌다.

팜플렛에는 춤에 대한 설명이 다음과 같이 적혀 있었다.

우리 인간들은 모든 것을 시작과 끝으로 구분하고 규정합니다. 무엇을 시작할 때와 그 일이 끝날 때, 하루의 시작과 끝, 일주일, 한달, 계절의 시작과 끝, 1년, 10년의 주기, 한 사람의 인생, 세대, 세기, 지질학적 연대기……. 그러나 사실 끝은 없습니다. 당연히 시작도 없죠. 모든 것은 영속합니다. 다만 형태가 바뀔 뿐.

이 춤은 우리가 흔히 하루의 끝이라 부르는 밤에 시작해 다음 날의 일상이 시작된다고 여겨지는 일출을 맞이하며 끝납니다. 이 춤은 그 사이, 끝의 이후와 시작의 이전에 대한 이야기입니다. 잠의 세계, 무의식의 세계, 당신에게 내재되어 있지만 의식으로 불러내기 전까지는 도달할 수 없는 세계, 당신의 생애를 통해 켜켜이 내려 앉아 두터워진 기억 아래 실재하는 그곳에 다가갈 겁니다. 언어적 소통은 없습니다. 어떻게 말해야 할지, 표현해야 할지, 어떻게 상대를 이해시켜야 할지 걱정하지 않아도 됩니다. 다만 감정을 숨길 필요는 없습니다. 비명, 고함, 탄식, 흐느낌, 통곡, 포옹, 악수, 우리가 모르는 그 어떤 방식이라도 상관없습니다. 꼭 기억하기 바랍니다. 우리는 여기 기억과 감정의 덩어리인 객체로만 모여있습니다. 다른 모든 외부적 껍질은 이미 아무 의미도 없습니다. 타인을 대상으로 하지 않는 한 어느 정도 과격해져도 괜찮습니다. 자신과 주변에 심각한 위해가 예상될 경우는 스태프들이 개입할 테니 안심해도 좋습니다. 구체적인 어휘를 사용하지 않는 이유는 언어 자체가 종종 야기하는 왜곡과 비약을 피하고 더 깊은 근원에 자리한 감정의 핵심만을 건드리며 나아가기 위해서입니다. 아픈 기억을 애써 잊고 살아온 사람이라면 이 춤, 또는 그와 유사한 몸의 움직임은 당신이 그 기억을 굳이 외면하지 않아도 되고, 온전히 자신의 것으로 받아들여도 괜찮다는 걸 알게 해줄 겁니다. 내가 온전히 소유하고 느끼고 이끌어갈 수 있는 것이 나 자신이며 동시에 나는 거기에 국한되지 않으며 모든 만물의 일부이자 또 그 자체라는 것도 확인하게 될 겁니다. 온전한 개체성과 온전한 전체성을 모두 받아들일 때 당신은 비로소 전체이자 객체로 동시에 존재할 수 있습니다. 개체성을 뛰어넘어 더 큰 하나의 일부이면서 동시에 그것 자체로 존재할 수 있고 시작과 끝이 규정되지 않은 영존의 세계를 맛볼 수 있습니다. 당신의 기억이 과거이며 당신의 소망이 미래이고 이 글을 읽고 있는 당신이 느끼는 것이 현재가 아니라, 나뉘어지지 않은 현존의 상태를 제대로 알아차리고 살아가는 것만이 당신의 영혼 속에 자리한 몸과 그 몸을 감싼 영혼과 당신이 속한 더 큰 전체에 대해 제대로 반응하는 유일한 길입니다. 당신은 잃을 것도 얻을 것도 없습니다. 그러나 마음을 열고 닫는 일은 온전히 당신의 일입니다.

　도대체 어떤 춤을 추길래 그토록 심오한 의미를 부여하는 것일까? 세상에 그런 춤이라는 게 존재할 수 있단 말인가! 그러나 나에게도 평생 잊을 수 없는 춤에 대한 기억이 있다. 오래 전 신입생 때의 일이다. 친구가 다니던 학교에 놀러 갔는데 전대협 의장 출정식이라는 행사가 진행 중이었다. 캠퍼스 한쪽 작은 광장에 무대가 만들어졌다. 많은 사람들이 모여 있었다. 민중가요를 부르고 반정부 구호들을 외치며 식전행사는 달아올랐다. 의장 사수대로 선발된 학생들이 무대 위에 등장해 목숨을 바쳐 의장을 지키겠다는 불굴의 각오를 담은 구호를 외치고 내려갔다. 군사정권 시절 전대협 의장은 취임과 동시에 지명수배의 대상이 되곤 했다. 구호에 맞춰 움직이던 그들의 팔은 마치 로봇 같았다. 함께 구호를 외치던 주변의 학생들은 크게 둘로 나뉘었다. 로봇 팔처럼 불가사의한 동작을 하는 사람들과 나도 할 수 있을 정도로 단순하게 팔을 들었다 내렸다 하는 사람들. 얼마나 많은 나날을 하늘을 찌를 듯 충만한 결기로 채워야 그런 로봇 팔을 가질 수 있을까? 나와는 먼 길이라고 느꼈고 그들이 참 대단해 보였다. 순박한 외모와 달리 그들의 눈빛은 비장함으로 이글거렸다. 그리고 의장이 등장하기 직전, 한 무용과 여학생이 무대 위로 올라왔다. 가냘픈 몸매에 화장기 없이 창백한 얼굴이었다. 그녀는 하얀 소복 위에 커다란 태극기를 휘감고 있었다. 무대 한 켠에서는 의장으로 선출된 학생이 물끄러미 그녀를 지켜보고 있었다. 무희는 무대 가운데 서서 눈을 감고 조용히 주변의 소음이 잦아들기를 기다렸다. 음악도 없이 모두의 침묵 속에 춤이 시작되었다. 무대를 끄는 발소리와 하얀 옷자락과 태극기가 그녀의 춤사위에 따라 펼쳐지고 접히는 소리가 처연하게 사람들의 귀를 지나 하늘로 퍼져가며 사라졌다. 살풀이처럼 슬픈 춤사위와 무언가를 갈구하는 듯 간절한 움직임과 하늘을 향해 기원하는 동작들이 이어졌다. 그녀의 몸짓은 슬프고 아련하고 강렬했다. 몇 번 무대의 가장자리로 다가왔을 때 그녀의 얼굴을 가까이 볼 수 있었다. 아! 어떤 감정도 담겨있지 않은 무표정. 그래서 더욱 사무치게 아름다운 얼굴이었다. 몸동작만으로 감정을 드러낼 수 있다는 걸 그때 알았다. 그 무표정한 얼굴 위 까만 눈동자로 허공을 응시하는 눈과 내 눈이 마주칠 때 나는 부르르 떨었다. 그 눈동자와 내 눈동자는 분명 마주봤지만 눈맞춤을 통해서는 어떤 감정의 교류도 일어나지 않았다. 그녀의 시야는 초점 없이 무한대로 확장되고 있었고 내 시선은 그녀의 얼굴에서 정지하지 않고 통과되어 어딘가로 사라져버렸다. 그녀의 동선이 조금씩 작아지더니 무대 한가운데서 제자리를 맴돌게 되었다. 춤사위를 통해 끄집어내고 풀어헤치고 끌어당겼던 모든 기운은 그 한 지점으로 모여 응어리가 되어가고 있었다. 똘똘 뭉친 덩어리를 품에 안은 그녀가 마침내 의장 앞으로 다가갔다. 그는 머뭇거리며 몇 걸음 움직여 무대 가운데 섰다. 처음에는 무희를 바라보며 살짝 미소를 짓기도 했으나 곧 표정은 굳어졌고 손을 모으고 눈을 감았다. 처음에는 다리를 모으고 있었지만 차츰 어깨 넓이 정도로 벌렸다. 몸을 지탱하기 위해서…… 그녀가 다시 움직이기 시작했고, 춤은 절정을 향해 날아올랐다. 그녀는 그를 맴돌며 세상의 모든 기운을 받아 그에게 전했다. 무대 바닥에 납작 엎드려 온 몸으로 땅의 기운을 흡수하고 의장을 중심으로 빠르게 회전하며 만물의 기운을 온 몸으로 빨아들였다. 그리고 사방의 하늘을 향해 한껏 허리를 뒤로 젖히고 두 팔을 끝까지 벌려 그 위로부터 내려오는 기운을 받았다. 그 모든 기운과 에너지를 어찌 모두 흡수할 수 있단 말인가. 저런 가냘픈 몸으로는 도저히 감당할 수 없겠다 싶을 정도로 처절한 수용이었다. 저러다 제풀에 꺾여 정신을 잃어버리기라도 하면 어쩌나 마음이 졸여왔다. 그러나 그녀는 강했다. 앙다문 입술은 그녀가 받아들인 기운을 조금도 누설하지 않겠다는 굳은 의지를 드러냈다. 극한의 절제를 통과해 밖으로 나온 그 모든 것들은 깊고 깊은 심연에서 기원한 듯 무겁게 무대 위로 흘러나왔다. 무희의 동작은 빠르고 정확하고 거침이 없었다. 그 모든 몸짓이 만들어내는 언어화될 수 없는 소리들이 모든 이의 귀청에 찌렁찌렁 울렸다. 폭풍과도 같은 춤사위가 갑자기 멈추고 그녀가 의장 앞에 섰다. 사람들의 가슴에서 분출된 가쁜 숨소리와 맥박으로 그곳은 불덩이 같은 열기로 가득했다. 이렇게 가볍고 무겁고 슬프고 장엄할 수 있다니. 그녀가 천천히 의장을 향해 고개를 숙이더니 허리를 굽히고 팔을 목 뒤로 돌려 그녀의 몸을 감싸고 있던 태극기를 풀었다. 그녀가 받은 하늘과 땅의 모든 정기가 그 태극기 안에 스며들어 하늘거렸다. 의장 앞으로 바싹 다가선 그녀는 까치발을 한 채로 의장의 목에 태극기를 걸어주고 뒤로 한걸음 물러났다. 찰나의 순간이었으나 그녀와 그의 몸이 닿은 그 잠깐 동안 그녀가 주고자 했던 모든 것이 그에게 전달되었다. 그는 크게 숨을 쉬고 난 후 그녀와 눈을 맞추고 천천히 마음을 다해 고개를 숙였다. 그녀는 한 손을 가슴에 얹고 한 손은 허리춤에 놓은 채 그에게 몸을 숙여 경의를 표했다. 의장도 몸을 낮추어 그녀의 마음과 그녀가 담은 온 세상의 기운과 거기에 보탠 우리들의 마음을 받았다. 견고하고 충만했던 침묵이 깨지고 우레와 같은 박수가 터져 나왔다. 축축해진 공기 사이로 내지르는 함성과 격렬한 박수로 만들어진 바람은 뜨거운 공기를 하늘로 밀어 올렸고 그 사이사이로 시원한 산들바람이 스며들었다. 무희는 인사도 없이 조용히 무대 뒤로 사라졌다. 자신이 주인공이 아니라는 사실을 알고 자리를 내어주는 사람의 뒷모습은 그 무엇보다 아름다웠다.

이것이 내가 여태껏 본 것 중 가장 강렬한 기억으로 남아있는 춤이다. 생명의 위험을 무릅쓴 채 부당한 공권력과 맞서고 경찰과 정보원들의 감시망을 피해 다녀야 할 한 인간의 평화와 안전을 기원하는 간절한 춤사위였다.

뭘 그렇게 생각해요?

어? 아냐. 예전에 봤던 춤이 기억나서.

생각에서 빠져 나온 나는 고개를 들어 주변을 둘러봤다. 행사의 시작이 임박했는지 스태프들도 대부분 모여 있었다. 파완은 한 사람 한 사람 손을 맞잡거나 포옹하거나 입을 맞추며 인사했다. 그들은 국적도 성별도 나이도 다 달랐다. 모두 온화한 미소를 지었지만 어둠 속에서 빛나는 그들의 눈동자는 설렘으로 가득했다.

사람들이 어느 정도 다 모이고 스태프들의 안내에 따라 각자의 자리를 찾아갈 무렵 파완이 무대 위로 올라갔다. 마이크는 없었다. 그는 가만히 사람들이 조용해질 때까지 기다렸다. 인선이 그의 인사말을 통역해 주었다.

  올해도 이곳을 찾은 친구들에게 고마움을 전합니다. 세상도, 각 나라도, 여기 인도 역시 혼란 속에 있지만 우리가 사는 작은 행성 지구는 무사히 태양을 다시 한 바퀴 돌았습니다. 다행이죠? 처음 참여하는 분들은 긴장을 풀고 마음을 열어 당신의 안과 밖에서 벌어지는 변화를 받아들이기 바랍니다. 열려야 들어갈 수 있고 비워진 만큼 받을 수 있음을 다 알고 있으리라 믿습니다. 저는 여전히 학생들에게 생명과 죽음의 의미를 제대로 알려주고 그들이 온전한 알아차림에 이르도록 옛 스승들의 가르침과 각자의 내면에 숨겨진 불씨에 불을 붙이는 방법을 전하기 위해 노력해 왔습니다. 나시마의 춤도 그간 흘러간 시간 속에 변모했을 것이고 영원히 변치 않을 소중함을 여전히 간직하고 있을 겁니다. 우리가 추구하고 인정하는 성장이란 지식이나 기술 습득을 통한 특정 부분의 능력 확대나 향상을 의미하지 않습니다. 성장의 목적이 자신의 영향력을 확대하여 누군가를 지배하거나 개인적인 이득을 도모하기 위해서라면 전체적인 의미에서도 개인적으로도 성장이라 할 수 없습니다. 우리의 성장은 나와 주변의 사람들과 그 모든 것의 배경이며 주체인 자연과 그 너머의 것과의 교감과 공감이 확대되는 것을 의미합니다. 오늘 그녀가 어떤 춤을 추고 우리에게 무엇을 선사하고 우리가 어떤 선물을 받을지, 우리가 함께 무엇을 만들어 낼지는 나도 모릅니다. 여기 모인 우리는 하나이지만 그녀와 우리 각자는 또 특별한 하나하나의 개체이기도 하니까요. 그저 마음을 열어 지금 벌어지는 사건과 그 작용을 수용하면 됩니다. 성장의 여부를 가늠하는 잣대를 들이대지 않고 모두의 현존 앞에 마음을 비우고 기다리는 것이야말로 더할 나위 없이 아름다운 자세입니다. 기쁨이나 슬픔은 그대로 받아들이면 됩니다. 두려움이나 고통이 몰려와 견딜 수 없을 것 같다면 손을 들어 도움을 청하세요. 당신 옆에 있겠습니다. 다만 무엇이든 직면하기를 바랍니다. 회피하지는 말아요. 이 시간이 당신에게 주어진 마지막 기회일 수도 있기 때문이고, 우리는 당신이 그 기회를 놓치지 않기를 진심으로 바랍니다.

그의 말은 친절한 안내와 부탁의 말 같기도 하고 경고의 메시지 같기도 했다.

뭔가 대단한 일이 벌어질 모양이군.

그러게요. 사람들 표정이 장난 아니에요. 모두 기대감으로 충만해져 있어요.

인선의 눈이 빛났다. 호흡은 약간 빨라졌고 볼은 이미 상기되어 있었다.

난 좀 무서워지려고 해.

그럴 것 까지야…… 도와주는 사람들도 있다고 하잖아요. 너무 걱정 말아요.

무대에서 내려온 파완은 스태프들에게 다가가 마지막 당부의 말을 전하는 것 같았고 다 같이 손을 모아 인사한 후 다시 흩어졌다. 그가 우리가 앉아 있는 곳으로 올라왔다. 그의 얼굴도 상기되어 있었다.

곧 시작합니다. 그 전에 약간의 간식 거리와 담요 등을 나누어 줄 거고. 아, 화장실은 저쪽으로 돌아가면 있습니다. 그럼, 좋은 시간 보내시길. 걱정 말아요. 춤의 중간중간 우리는 다시 만나고, 공감하고, 헤어지고, 슬퍼하고, 하지만 결국 하나가 될 겁니다.

네, 또 봐요.

인선은 살짝 미소를 지으며 인사했지만, 나는 그의 말이 무슨 뜻인지 이해하지 못해 그의 눈을 멀뚱멀뚱 쳐다보았다, 그는 살짝 윙크를 하더니 무대 쪽으로 내려갔다. 나는 어깨를 한번 으쓱 한 다음 약간 당황한 표정으로 인선을 바라봤다. 그녀는 이미 생각에 잠겨 있었다.

5
나시마의 시간, 모두의 시간

　나시마가 보여준 모든 것들이 애초에 의도한 것이었는지 그곳에
모인 사람들과의 교감을 통해 시시각각 보이지 않는 흐름을 좇아 순
응한 것이었는지는 알 수 없었다. 행사는 고요한 명상으로 시작되었
다. 사람들의 마음은 조용히 가라앉았다. 한 사람 한 사람 일대일로
교감하는 시간이 그 뒤를 따랐다. 그리고 그녀는 거의 모든 사람이
하나의 생에서 경험할 수 있는 탄생, 성장, 사랑, 여자만 경험할 수
있는 것이지만 출산, 양육, 홀로서기로 이어지는 일대기를 그려냈다.
나는 여성 무희가 독무로 남녀의 사랑을, 부모와 자녀의 갈등과 화해
를 그토록 생생하게 표현해낼 수 있다는 게 믿기지 않았다. 나시마는
설렘과 부끄러움으로 시작해 차츰 서로 호감을 발견하고 마음을 여
는 과정과 이따금씩 찾아오곤 하는 실망과 질투와 재확인을 반복하
며 영그는 사랑의 줄다리기와 공존을 분명하면서도 우아함을 잃어버
리지 않은 채 보여주었다. 자신과 연인의 옛 사랑을 추억하며 사람들
은 미소를 지었다. 나도 열병처럼 앓았던 아내와의 연애를 다시 추억
할 수 있었다. 기억만으로 사람이 행복할 수 있는 걸까? 행복한 한
때를 지나온 사람이라면 그 기억을 떠올리는 것만으로도 행복감에
취할 수 있을까? 나시마의 춤으로 촉발된 기억 속에서 나는 충분히
그럴 수 있었다. 그녀는 주로 여인의 역할을 몸으로 보여주었지만 그
녀가 상대하는 눈에 보이지 않는 연인의 모든 동작과 그 둘 사이에
흐르는 감정도 고스란히 지켜보는 사람들에게 전달되었다. 그녀의

몸짓은 종종 텔레비전을 통해 접했던 판토마임이나 무언극 공연자의 그것처럼 과장되거나 익살스럽지 않았다. 실제와 크게 다르지 않은 동작이지만 춤으로 승화되어 예술적 가치를 지닌 움직임은 명확한 의도를 전달하면서 자연스럽게 물 흐르듯 이어지기를 반복했다. 말도 음악도 없는 움직임과 멈춤의 연속, 그러나 재미있게 읽히는 소설처럼 서사의 힘은 강력했다. 나시마는 어디서 시작해 어떤 경로를 통과해 어디에 이르러야 하는지 잘 알고 있었다. 그리고 그녀는 사람들 속에 숨어 있는 아픔과 고통과 상처를 향해 손을 내밀었다. 그것 자체로 또 하나의 상처를 유발할 수 있다는 사실을 그녀는 너무도 잘 알고 있었다. 그건 상대를 극도로 존중하는 그녀의 조심스러운 동작을 통해 분명히 드러났다. 그런 정도면 내 속에 숨겨둔 아픔도 꺼낼 수 있겠다는 일말의 기대가 생겼다. 그러나 그건 쉽지 않은 일이다. 특히 나에게는 그랬다.

한때 몸담았던 교회의 청년부에서는 겨울과 여름 한 해 두 차례 경기도 산골로 수련회를 떠나곤 했다. 그 해에는 한국 교회를 휘저었던 치유 열풍이 수련회를 덮쳤다. 여름 수련회는 초빙 강사도 조별 모임도 꽁꽁 감추었던 마음 속 아픔을 끄집어내고 치유하기 위해 준비되었다. 사실 제대로 해낸 사람들은 모두 여자들이었다. 남자들은 상처에 대한 이야기를 꺼내는 것도 어려워했고 치유는 엄두도 내지 못했다. 나는 나이가 많다는 이유로 조장을 맡아야 했고 사전 준비모임부터 내내 힘들었고 수련회가 시작하기도 전에 이미 지쳐버렸다. 여자들은 어찌나 마음이 잘 통하는지 첫 강의가 끝난 후 조별 모임에서부터 여기저기서 울음을 터뜨리고 부둥켜안고 함께 아파하며 공감하기 시작했다. 내가 맡은 조원들의 앙다문 입술과 둘 곳을 찾아 헤매는 눈동자들을 볼 때마다 나도 난감했다. 조장이 마음을 열지 않는데 후배들이 먼저 나서서 입을 열기를 기대할 수도 없었다. 나는 이런 상처를 입었고요, 가해자는 아빠고, 엄마고, 형이고, 누나고, 동생이고, 선생이고, 선배고, 선임입니다. 지금도 아픈데 말을 꺼낼 수가 없어요. 나는 사실 가해자입니다. 창피하고 부끄럽지만 용서를 구할 용기가 없어요. 평생 이 난감한 마음을 지고 살아야 할 것 같은데 누가 알아차릴까 겁나고 단 한마디도 그 아픔과 고통에 대해서 말하기가 싫어요. 나는 그런 말을 들을 거라고는 상상도 할 수 없었다. 다음 날도, 그 다음 날도 강사는 날 선 칼 같은 말로, 때론 안도감을 심어주는 부드러운 위로와 격려의 말로 내 마음과 후배들의 마음을 파고들었다. 나는 내 아픔을 처리하기도 버거웠다. 함께 기도하는 시간에 동년배 여자 아이들은 밖으로 꺼낸 아픔을 끌어안고 통곡하는 후배들을 찾아 다니며 함께 부둥켜 안고 울었다. 나는 내 속에서 정체를 드러내기 시작한 끔찍한 기억들을 확인했고, 그 상처를 봉인한 채 지내왔던 무기력한 시간과 그 위로 덕지덕지 때가 엉겨 붙어 두터워진 내 아픈 덩어리와 그 속에 갇힌 기억을 바라봤다. 나는 고민했다. 아, 어찌하나? 분명 아플 텐데. 이 응어리들을 깨뜨리면 피가 흐를 텐데. 고름이 흘러 넘칠 텐데. 더러운 냄새가 진동할 건데. 아, 왜 이런 시련이 또 내게 닥치는 건가? 덮어 두고 그냥 살면 안 되는 건가? 나는 이러지도 저러지도 못하고 고통 속에 엎드려 있었다. 그때였다. 등 뒤에서 내 이름을 부르는 선배 형의 목소리가 들렸다. 축축한 손이 내 어깨와 등에 놓였다. 잔뜩 쉰 목소리로 그가 내뱉은 말들은 충격적이었다. 나의 개인적인 아픔과는 아무런 상관이 없는 누구라도 겪을 수 있고 안 겪을 수도 있는 온갖 상처들을 큰 소리로 나열하기 시작했다. 나는 몸 둘 바를 몰랐지만 그의 완력을 이겨내고 뿌리칠 용기가 없었다. 누가 들었다면 내가 그 모든 상처들을 모조리 다 겪은 천하의 불쌍한 놈인 줄 알았을 거다. 그는 그렇게 한참 동안 장광설과 눈물을 쏟아내더니 이제는 그 상처들이 신의 도움으로 하나도 빼놓지 않고 치유될 거라고 믿어 의심치 않는다며 나와 아무 상관없는 고백을 절규처럼 내지르며 나를 마구마구 흔들어댔다. 몸을 더욱 웅크려 머리를 무릎 사이로 우겨 넣는 내 모습을 보더니 그

는 천장을 향해 고개들 들어 도와달라는 마지막 소리를 지르고 가버
렸다. 그가 다음으로 찾아간 사람은 내가 맡은 조에서 가장 숫기 없
고 말수도 적은 후배였다. 그 어떤 유도 심문도 통하지 않을 그 아이
에게도 내게 퍼부은 그 모든 말과 울음을 고스란히 쏟아냈다. 나는
환멸을 느끼며 경악했다. 아무 말도, 어떤 청원도 발설할 수 없었다.
후배들 보기도 창피했다. 밤이 깊어 다들 숙소로 돌아가려고 일어날
때까지 엎드려 있었다. 그래, 아무도 알아주지 않는다. 나는 어차피
외로웠지. 이런 일로 뭐가 바뀔 거라는 기대 같은 건 애초에 하지도
않았어. 젖은 스펀지 같은 몸을 간신히 일으켜 한밤중과 새벽 사이
습기를 가득 품어 뻑뻑해진 밤안개를 가르며 숙소로 돌아갔다. 곤히
잠든 사람들이 누운 매트리스들 사이를 비집고 들어가 모로 누워 잠
을 청했다. 다음날, 조금씩 마음을 열어 우회적인 방법으로 자신의
아픔에 대해 말하기 시작하는 후배들을 바라보면서 속으로 그들을
부러워했다. 혹시 전날 밤 엎드려 있던 내 모습을 보면서 오해한 건
아닌가 싶기도 했다. 형이 저렇게 우리를 위해 열심히 기도하는데 우
리도 좀 마음을 열자. 생각이 거기까지 미치자 내 얼굴은 더욱 화끈
거렸다. 후배들끼리는 차츰 연대감이 생겨난 것 같았다. 일대일로 이
야기도 나누고 밥도 같이 먹었다. 시키지도 않았는데 어떤 녀석들은
따로 둘이 나무 밑을 찾아가 서로 부둥켜 안고 기도하기도 했다. 나
는 아무것도 한 게 없는 것 같아서 무안했다. 그렇게 시간이 흘러갔
고 마지막 밤을 맞았다. 마지막 강의와 마지막 기도회까지 끝났고 시
간은 자정을 이미 넘겼다. 모두 물 먹은 솜처럼 지쳤다. 하지만 아직
한 가지 프로그램이 더 남아 있었다.

예수가 딱 한 번 제자들 발을 닦아준 사건을 기념한다는 세족식이
었다. 대부분 맨발이었고 양말을 신은 사람들은 냄새가 더 고약할 게
분명한데 왜 하필 마지막 순서를 남의 발을 만지며 마무리하려고 하
는 건지 나는 도무지 이해할 수가 없었다. 평소 거룩하기로 소문이
자자한 선배 형이 그 행사를 이끌었다. 그 역시 지친 기색이 역력했

지만 온화함을 풍기는 두 눈은 차분하게 빛났고 목소리는 편안하면서도 명확했다. 그는 성경을 열어 예수가 직접 제자들의 발을 씻긴 부분을 낭랑한 목소리로 낭독한 후 이렇게 말했다.

우리가 잘 아는 성경에 기록된 예수님과 제자들 간에 행해진 세족식입니다. 사실 이 장면은 좀 충격적입니다. 제대로 된 신발이 없던 시대의 가난한 갈릴리 사람들이었던 제자들의 발을 떠올려보세요. 예수님을 따라다니며 많이도 지저분해졌을 발을 선생인 예수님이 씻어준다는 건 상상하기 어려운 일입니다. 물론 예수님이 매일 그러지는 않았을 겁니다. 기록된 것으로는 단 한번 뿐입니다. 그래서 이 장면이 더욱 기념할 만한 일이 되었는지도 모르죠. 오늘은 수련회에서 만나게 될 조원들을 위해 먼저 기도로 준비하고 수련회 기간 동안 여러분들을 섬겼던 조장님들이 여러분의 발을 씻겨 줄 겁니다. 내가 보기에도 조장님들의 헌신은 눈물겹습니다. 여러분의 상처를 부둥켜 안고 울기도 하고 힘들어 하는 조원을 위해 통곡하며 기도했던 거 다 잘 알죠? 더 늦게 자고 더 일찍 일어나는 건 기본입니다. 미안해 할 필요는 없습니다. 예수님의 얘기대로 주는 것이 받는 것보다 복되다는 사실을 잘 알고 있는 분들이니까요. 몇몇은 난감한 표정으로 자신을 발을 내려다보고 있었다. 자기 발이 지저분하거나 또는 무좀이 있어서 부끄러운 사람들도 있을 겁니다. 상관 없습니다. 예수님이 씻긴 제자들의 발보다는 덜 지저분할 테니까요. 이제 각 조장님들은 의자 앞에 무릎을 꿇고 앉아 주시기 바랍니다.

아, 이렇게 되다니. 내가 결국 제대로 아픔을 내어 놓지도 못한 이 불쌍한 놈들의 발을 씻게 되는구나. 나는 그제서야 조장모임에서 선배가 강조했던 주의사항이 기억났다.

각 조별로 의자 한 개, 세수대야 두 개, 물, 깨끗한 수건이 넉넉하게 준비됩니다. 그리고 잔잔한 음악이 들릴 겁니다. 조장은 조원들 발 씻길 때 대충 물 끼얹고 조금 만지다가 바로 수건으로 닦지 마세요. 예수가 내 발을 그렇게 씻겨주면 나도 감동하겠죠. 그건 예수라서 그런 겁니다. 발가락 사이사이 뽀드득 소리 나게 문지르면서 정성을 다해서 마음이 전해지도록 씻겨주세요. 이게 핵심입니다.

　일곱 남자 아이들은 피곤에 지쳤음에도 무언가를 기대하는 얼굴로 둥글게 모여 앉았고 그 원의 한 자리에 나무 의자가 덩그러니 놓였다. 그 앞에 커다란 양은 세수대야에 담긴 투명한 물은 미세하게 요동치고 있었다. 나는 원 안으로 들어가 세수대야 앞에 무릎을 꿇고 앉았다. 오른쪽 허벅지에는 곱게 접힌 보송보송한 수건이 놓였다. 별거 아닌 행사라더니 모든 준비가 물 흐르듯 완벽하다. 첼로가 주 선율을 이끌고 피아노가 배경으로 깔린 가스펠까지. 여학생들 몇몇은 이미 훌쩍이기 시작했다. 슬픔에 의한 눈물이 아니고 다가올 감격에 대한 전조 때문이다. 나는 무거운 마음에 고개를 들지 못한다. 누군가 의자에 앉고 조심스레 발을 물 속에 담근다. 주의사항을 따라 발을 씻기 시작한다. 손에 물을 가두었다가 발 등에 붓고, 발을 살짝 들어 발 바닥을 씻고, 앞쪽으로 조금 당긴 후에 발가락 하나하나, 발가락 사이사이까지 손을 넣어 씻는다. 엄지와 검지 발가락 사이의 틈에 손가락을 넣었을 때 발이 움찔했다. 한쪽 발을 다 씻어갈 무렵 내 허벅지에 물방울 하나가 낙하했고 검은 자국을 남기며 바지로 스며들었다. 두 번째 세 번째 물방울이 내려오는 장면을 보던 나는 눈을 들어 그 눈물방울을 떨어뜨린 얼굴을 확인한다. 내내 고구마처럼 꽉 막힌 채 나와도 조원들과도 말을 거의 섞지 않았던 조그마한 녀석이 나를 내려다보고 있다. 나를 정확히 보고 있는지는 확실하지 않다. 녀석의 눈엔 떨어지기를 기다리는 눈물이 가득하다. 나는 애써 눈물을 참으며 깨끗해진 발을 허벅지에 올린 후 수건으로 정성을 다해 닦아 준다. 발가락 사이도 다 닦는다. 발이 흔들린다. 나는 동요하지 않고 마른 발을 내려 놓은 후 다른 쪽 발을 물 속에 담그고 같은 과정을 밟아가며 씻는다. 녀석의 눈물은 다 떨어진 모양이다. 대신 긴 한숨을 반복해 쉬면서 감정을 가라앉히려고 애쓰고 있다. 아, 이걸 어떻게 일곱 번이나……, 망했다. 내 앞의 여학생 조를 힐끗 봤다. 발을 씻겨준 조장과 발을 내맡겼던 조원이 부둥켜 안고 울고 있다. 무의식적으로 팔을 벌렸는데 녀석이 내 품에 들어왔다. 당황한 내색 없이 잠시 녀석을 안아주었다. 모기 같은 소리가 들린다. 고마워요, 형. 미안하다, 인마. 포옹을 풀자 녀석의 붉은 눈 뒤에 숨은 미소가 보인다. 나는 어색한 웃음을 지어 보였을 거다. 그건 세상에서 내가 제일 못하는 거다. 말 없이, 언어적 소통 없이 그렇게 감정을 주고받을 수 있다는 게 놀라웠다. 남자들이 운다고 놀리는 사람은 없었다. 이게 원래 그런 건가 싶을 정도로 다들 자유롭게 울고 있다. 신기하다. 첫 아이만 답답했던 게 터져버려서 울었겠거니 했는데 일곱 아이들이 모두 다 울었다. 조장이기도 했던 선배는 내 옆 조에서 나보다 조금 더 정성을 다해 조원들의 발을 씻고 있다. 그도 울지는 않는다. 그래, 할 일을 하자. 둘, 셋, 넷, 다섯, 여섯, 일곱. 다 씻었다. 예수처럼 열둘이 아닌 게 천만다행이다. 그랬으면 나는 나가떨어졌을 거다. 등과 겨드랑이와 사타구니가 땀으로 흥건해졌다. 선배가 다시 앞으로 나가서 마이크를 잡았다. 아, 이제 다 됐다. 나는 어서 가서 자고 싶었다. 선배가 이렇게 말하며 내 뒤통수를 제대로 때렸다.

이제 발이 깨끗해졌죠? 네~ 좋습니다. 자, 이제는 여러분들의 지저분한 발을 깨끗하게 닦아 준 조장님들이 의자에 앉으시기 바랍니다. 순간 동요하는 사람들. 그러나 예상대로라는 반응과 함께 기분 좋은 시원함으로 번져가는 청량한 웃음. 그리고 꼭 자기가 조장님의 발을 씻어야겠다고 생각하는 조원은 그 앞에 무릎을 꿇고 앉아 주시기 바랍니다. 사실, 예수님의 제자들 중에는 그런 사람이 없었죠. 베드로는 한 술 더 떠서 목욕까지 시켜달라고 생떼를 부리기도 했고요. 네, 좋습니다. 눈치 보지 말고 마음이 가는 대로 하세요. 여러분이 제자들보다 나은 겁니다. 조장님을 위한 기도는 조원들 모두 같이 해주시기 바랍니다.

멍하게 앉아 있는 나를 조원들이 떠밀어 의자에 앉힌다. 나는 고개를 숙이고 눈을 감는다. 아이들을 볼 낯은 아니었기에. 오른쪽 발이

들린다. 여자아이의 것 같은 작고 보드라운 손이다. 아, 이 녀석이. 내 인생에 누가 내 발을 씻어 준 적은 없었다. 나는 간지럼도 많이 타서 그런 놀이를 극도로 싫어한다. 아, 미치겠다. 그런데 내가 했던 과정을 그대로 답습하기 시작한 그 손길은 내가 평생 그리워하기만 했지 단 한 번도 받은 적 없었던 엄마의 손길, 내가 상상으로만 수없이 만들어냈던 바로 그 감촉이다. 그 손가락이 내 발가락 사이를 비집고 들어온 순간 내 눈에서 무언가 떨어진다. 나는 당황해서 눈을 깜빡이고 더 많은 물방울들이 아래로 떨어진다. 아이들이 웅성거린다. 아, 망했다. 여기서 울어버리다니. 잘 참았는데, 젠장. 그런데 한번 터진 눈물샘은 멈추지 않는다. 미치겠다. 아이들은 내 눈물을 보고는 더 열심히 소리 죽여 기도하기 시작한다. 아, 이게 아닌데……. 어서 시간이 가기만 바란다. 그런데 선배가 결정타를 날렸다.

자, 이제 조장들의 발도 깨끗해졌죠? 좋습니다. 자, 조장은 가운데로 들어가시고 조원들은 수고한 조장을 위해 함께 기도해주시기 바랍니다. 아, 결국 이렇게까지. 이미 시야가 흐려진 나는 아이들에게 이끌려 쓰러지듯 바닥에 엎드렸다. 내 등에 열네 개의 따뜻한 손이 올라왔고 그 위로 떨어진 눈물 방울들이 땀과 섞였다. 그토록 마음을 열지 못하던 아이들은 이제야 말문이 터진 듯 폭포수 같은 기도를 쏟아냈다. 나는 더욱 미안한 마음에 어쩔 줄을 몰랐다. 이곳 저곳이 다 눈물바다를 이뤘다. 슬픔의 눈물도 자기 연민의 눈물도 아니었다. 고마운 사람을 도와달라고, 그 사람의 길을 열어달라고, 치유해달라고 청원하는 기도에 이기심 같은 게 차지할 자리는 없으니까. 그래서 그렇게 흘리는 눈물은 최소한 부끄럽지 않다. 그 눈물에 스스로 해결하지 못한 감정의 찌꺼기가 섞인다고 해서 누가 뭐라 하겠는가? 이 녀석들아, 많이 울어라. 다 쏟아라. 이렇게라도 하고 끝을 내자. 미안하다. 한참 시간이 흘렀다. 기도가 잦아들었고 내 등을 압박하던 손바닥이 떨어졌다. 땀이 식으면서 몰려온 한기에 떨지 않기 위해 안간힘을 썼다. 의자는 치워졌고 그 자리에 내가 앉았다. 여학생들은 서로의 눈가에 맺힌 물기를 닦아주고, 다시 꼭 안아준다. 분위기가 참 좋다. 우리는 멀뚱멀뚱 전방 2미터 앞의 바닥을 응시하며 시간을 때운다. 선배가 다시 앞으로 나가 다음과 같이 말하며 행사는 끝났다.

이제 이 곳에는 발이 깨끗한 사람만 있습니다. 하하, 좋은 가요? 네~. 저도 좋습니다. 입으로 하지 못했던 말을 손과 발과 눈물로 했으리라 생각합니다. 세족식을 모두 마치겠습니다. 고맙습니다.

젊은 날 한때 내 마음이 약간이나마 녹아 내릴 뻔했던 기억. 그러나 결국 열리지 않았던 마음. 상처는 고스란히 내 속 깊은 곳 어딘가에 여전히 담겨 있다. 다시는 그것과 비슷한 기회조차 도래한 적 없이 삶은 그런대로 흘러갔다. 아내와 연애하는 동안 고비가 없지는 않았다. 그러나 나는 깊은 내면까지 공유하는 대신 그녀를 향한 내 사랑을 확실하게 전달하는 쪽을 선택했다. 그런 나에 대해 아내는 분명 답답함을 느꼈고 우리는 수 차례 심각하게 헤어지기도 했다. 그런데 그 위기를 이기는 힘은 비밀을 나누는 것보다 사랑하는 감정 그 자체였는지 우린 결혼에 이르렀고 시간과 공간과 몸과 마음을 공유한 채 살아왔다. 결혼에 이르게 했던 사랑은 식어갔지만 불꽃 같은 기억은 서로의 마음에 다 남아있기에 서로에 대한 신뢰는 그대로 간직하고 있다고 믿는다. 그 믿음이 사라지지 않는다면 우린 문제없이 같이 늙어갈 수 있다. 그것으로 족하다.

나시마는 임신부가 되었고 곧이어 출산을 맞이했다. 나는 그녀가 결혼도 하지 않았고 아이도 낳지 않았을 거라고 생각한다. 그래서 그녀의 춤과 고통을 연기하는 몸짓은 더 근원적이었다. 나에게도 출산은 간접 경험이었다. 아이를 낳을 때 나는 분만실에 들어가 산고를 겪어내는 아내 옆에 서 있었다. 첫째를 낳을 때는 한 손에 산소 호흡기를 들고 있었다. 출산이 임박했는데 갑자기 양수가 부족한 상태가 되었고 의료진은 만일에 대비해야 한다며 나를 겁나게 했다. 다행히 정말 호흡기를 사용해야 할 만큼 긴급한 상황은 발생하지 않았다. 아내는 분만촉진제를 맞았고 극심한 고통과 나른함이 몇 분을 주기로 끝없이 찾아왔다. 나는 몇 차례 의사에게 산모의 상태가 괜찮은 거냐고 물어보았다. 그때마다 의사의 대답은 한결같았다. 네, 잘 진행되고 있습니다. 나중에 알게 되었지만, 많은 경우 산모가 고통스러워하는 모습을 보다 못한 보호자가 먼저 제왕절개를 제안하고 산모의 동의를 거쳐 의사가 그 요청을 받아들이면 바로 수술에 들어가곤 한다. 꽤 이름이 알려진 병원이었고, 산부인과에 대한 평가도 높았는데, 그 병원도 제왕절개 비율이 반을 넘었다. 나는 어쩔 줄 몰랐고 무기력했다. 고통 속에 일그러진 아내의 얼굴을 바라볼 수밖에 없었다. 미안하고 안타까웠지만 그 이상 내겐 더 할 수 있는 방법이 없다는 사실을 받아들여야 했다. 대신 아프고 싶다는 마음이 어떤 건지, 그 말을 입 밖으로 꺼내는 것이 얼마나 부질없는 것인지, 그래서 함부로 그 말을 해서는 안 된다는 것도 알게 되었다. 그 이후로 나는 극심한 고통에 시달리는 사람에게는 위로의 말을 하지 않는다. 정도의 차이는

있겠지만 고통이 지나간 후 남겨진 평온함은 달다. 어린 시절 나는 종종 깨진 무릎을 감싼 붕대에서 느껴지는 보드라움과 그 아래 도사린 아픔을 환기시키며 맥박과 같은 리듬으로 상처 부위를 자극하는 욱신거림을 좋아했다. 살가운 친밀함을 싫어하는 어린아이는 없다. 그런 욕구가 제대로 채워지지 않았던 유년시절의 나는 가끔 무릎이라도 다쳤으면 좋겠다는 생각을 하기도 했다. 나로부터 비롯되어 아내의 몸 속에서 사람의 모양을 갖춘 후 세상으로 나온 아이는 모든 것을 내어주기 위해 몸과 마음의 준비를 마친 엄마 위에서 맹렬한 기세로 젖을 빨고 있었다. 아내는 모든 고통을 잊어버린 채 한 여인에서 한 아이의 엄마로 변모했다. 사람으로 태어났다면 성별과 상관없이 경험할 수 있는 일들이 많이 있지만 임신과 출산과 수유만큼은 여성의 전유물이다. 나는 종종 그런 행위를 경험할 수 있다는 것만으로도 다음 생에서는 여자로 태어나고 싶다는 생각을 했다. 엄마의 품

에 안겨 젖을 빨다가 잠들곤 했던 아이와 그 아이가 알고 있는 세상의 전부인 여인. 남자이며 아빠인 나는 결코 알 수 없는 두 존재 사이에 흐르는 그 신비한 유대를 경외심 가득한 눈길로 바라보곤 했다. 그건 내 등에 떡처럼 붙어 잠든 아이에게서 전해져 오던 전적인 의탁, 무한한 신뢰의 느낌과도 비교할 수 없다. 나시마는 손을 모아 이제는 자신의 몸에서 떨어져나간 또 하나의 생명을 조심스럽게 두 손으로 들어올린 채 사랑과 경외를 쏟아낸다. 나도 엄마와 아빠를 적절히 뒤섞은 얼굴을 하고 막 세상에 나온 팔뚝만한 크기의 아이를 보며 생명의 경이를 느꼈다. 혹 나중에 말썽을 부리고 아내와 내 속을 뒤집어 놓을 지라도 그때 가졌던 마음은 변하지 않을 거라고 확신했다.

아이가 자란다. 빠르다. 준비되지 않은 채 독립을 선언하고 서투른 날갯짓에 성공한 것만으로도 기고만장하다. 젊음은 원래 그렇다. 나도, 내 아이들도 다르지 않았다. 엄마의 걱정은 아이에게 향하면서 독설이 되고, 참견이 되고, 결국 아이의 마음에 닿지 못한다. 그러나 결코 포기하지 않는 여인. 언제라도 엄마가 기다려줄 거라는 확신을 등에 업고 더 자유롭게 활강하는 아이. 엄마는 기쁨과 걱정을 오가며 살아간다. 그러는 사이 날개는 다 자라고, 아이는 정말 떠난다. 모녀는 그런 걸까? 이것도 내가 모르는 영역인 건가? 청중 속 다수를 차지한 여인들은 나시마와 충분히 공감한다. 나는 여기서도 소외된다. 어쩔 수가 없다. 다음에는 정말 여자로 태어나 봐야겠다. 그들의 연대가 부럽다.

나는 그렇게 한 사람의 일대기를 그려가는 서사가 죽음에 이르면서 춤이 끝날 거라고 예상했다. 그래, 그 정도면 괜찮아. 다는 아니어도 나도 직간접적으로 반 이상은 겪은 거니까. 죽음에 대해서는 아직 잘 모르지만 나시마가 어떤 식으로 생의 마지막을 표현해낼지, 나는 어떻게 반응할지 기대도 되고 겁이 나기도 했다. 그런데 그런 연대기적 서사도 내 예상대로 흘러가지는 않았다. 무슨 일을 벌이려고 하는 거지? 나는 본능적으로 마음을 졸였다. 누가 건드려도 깰 수 없을 마음 속 철옹성에 다시 보호막을 씌웠다. 이미 늦었어. 애써 그럴 필요는 없어. 그냥 넘어가야지. 절대 무너지지 않을 거야. 그녀는 점점 우리들에게 다가오고 있었다. 지금까지 보여준 건 모두 지금 그녀가 하려고 하는 일을 위한 사전 작업이었는지도 모른다. 나시마가 청중석 뒤로 사라진 후로는 내 불안감도 커졌다. 결국 한 사람씩 교감을 시작한 나시마. 아, 큰일이다. 자리를 뜰까 생각하기도 했지만 몸이 움직여지지 않았다. 그곳에 주변 눈치를 보는 사람은 아무도 없었다. 명상으로 시작해 모두 겪어왔을 만한 삶의 단면들을 바라보며 자신의 삶을 반추해 본 사람들은 각자 자신의 내면에 집중하고 있었고 인선도 그 흐름에 온전히 순응했다.

그녀는 객석의 맨 뒤에서부터 한 사람 한 사람과 짧은 교감을 나누는 것으로 그 일을 시작했다. 단순한 행위는 아니었다. 여러 사람들을 거쳐 내 앞에 다가온 나시마라는 한 존재는 그녀의 육체 안에 갇힌 것이 아니라 그보다 더 큰 무형의 존재가 몸을 품고 있음을 보여주었고 내 주변에도 내가 인식하지 못하는 내 몸을 둘러싼 그 무엇이 있다고 느끼게 해 주었다. 눈을 감고 있을 때 누군가 손가락을 콧잔등에 가까이 대고 천천히 아래위로 움직이면 그 손가락의 위치와 거리를 보지 않고도 가늠할 수 있고 그 야릇한 느낌에 소름이 돋곤 한다. 육체적 경계 외부의 내 감각은 그 정도까지만 미치는 거라고 알고 있었다. 그 영향권이 더 확장될 수 있음을 나시마와의 교감을 통해 알게 되었다. 집중력이나 민감도의 차이가 그런 변화를 야기했을 거라 짐작했다. 인선은 교감이 끝났는데도 행복한 표정으로 눈을 감고 입가에 한껏 미소를 품은 채 고개를 쳐들고 그녀의 주변에 형성된 보호막이 지키는 안온함을 만끽하고 있었다.

잉태의 선행 조건이기도 한 젊은 남녀의 사랑을 여성 무희 혼자 그토록 분명하게 감각적으로 예술의 범주 안에서 표현해낼 수 있다는 게 놀라웠다. 사랑의 행위라는 건 성적인 욕망을 필수요소로 가지고 있지만 그녀는 그것조차 아름답게 승화해 표현해냈다. 무희는 출산의 극심한 고통을 통과하고 무조건적인 사랑으로 아이를 맞이하는 모성애를 연이어 구현했다. 무한한 사랑의 대상이었던 아이가 자라고 곧 독립적인 인간이 된다. 그녀는 그 과정에서 자신과 세상의 부조리를 만나고 고통스런 시간을 통과하며 성장하는 한 인간을 그려냈다. 나는 그 정도의 성장통을 연기하고 관객과의 공감을 이끌어내면서 정점에 이른 후에 행사가 마무리될 거라고 짐작했다. 그러나 내 예상은 보기 좋게 빗나갔다. 그때부터 나시마는 근원적인 상처와 아픔을 다루기 시작했다. 서로의 아우라를 겹쳐가며 조우했을 때 그녀는 이미 각 사람들로부터 무언가를 파악했을지도 모른다. 누가 어떤 상처와 얼마만큼의 아픔을 간직하고 살아가는지 말도 하지 않고 어떻게 알 수 있단 말인가? 나는 지금도 이해할 수 없다. 그녀는 한 중년의 여인과 교감하며 그녀의 아픔을 가져간 후 그 고통을 완전히 자신의 것으로 겪어냈다. 그 일의 끝에 고통을 가져간 사람과 내어준 사람 사이에는 둘만 아는 공감대가 생겨났고 두 사람은 한 몸이 되어 울었다. 나는 덜컥 겁이 났다. 나에게도 시퍼렇게 도사린 두려움과 상처가 있다. 어떤 것은 아내도 모른다. 섣불리 드러냈다가는 오히려 더 큰 무력함과 맞닥뜨리고, 치유는커녕 커다란 상처를 입을 게 뻔한, 스스로에게도 상기시키지 않는 게, 평생 덮어두는 게 상책인 것들. 아무리 나시마가 영적으로 성숙하고 강한 사람이라고 해도 그런 것마저 그녀에게 전가할 수는 없다. 그건 못할 짓이다. 절대 안된다. 나에게는 그렇게 하지 말기를. 아, 그런데 나시마가 나에게로 왔다. 그녀는 강압적이지도 않았고 애써 설득하려 들지도 않았다. 그녀는 기다리는 사람으로 다가왔지만 내가 마음을 열기를 분명히 기대했다. 그러나 그녀는 알아차렸다, 내가 준비되지 않았음을. 나는 두려움으로 몸을 떨었지만 그녀는 내 속의 그 덩어리를 억지로 꺼내려 하지 않았다. 나시마는 안타까워했다. 나는 놀랐다. 진퇴양난 속에 갇혀 이러지도 저러지도 못하는 나의 마음을 그녀가 어떻게 알았을까? 그녀는 조심스럽게 내가 내어준 만큼만 가져갔다. 그리고 언어의 틀에 갇힌 채 제대로 발현되지 않았던 내 고통의 일부를 그녀의 몸으로 구현했다. 나의 개인적인 상황이 표현되긴 했지만 말이 아닌 침묵의 몸짓으로 드러났기에 그 아픔과 상처는 내가 아닌 사람들은 알아볼 수 없고 나만 구체적으로 알아차릴 수 있는 형태로 드러났다. 단 두 사람, 나와 나시마 사이에만 형성된 공감대였다. 마음을 다 열지도 못한 내가 간신히 내어 보인 마음에 그렇게 몸을 던져 반응해 주다니. 그녀가 고마웠다.

나시마가 인선에게 다가갔다. 그녀와 나시마의 만남은 여러 차례의 우연이 이어진 결과다. 그녀와 나는 각자 인도로 향했고, 여행의 시작을 함께 했다. 우린 아그라에서 헤어졌다가 바라나시에서 다시 만났다. 그 사이 나는 마음씨 착한 파완을 만났고 나와 인선은 조금 더 가까워졌다. 나와 파완 사이에 이메일이 한차례씩 오가면서 그의 초대를 받았고 인선이 더 적극적으로 응했다. 그녀가 나서지 않았다면 나도 여기까지 이르지 못했다. 그리고 마침내 인선은 그녀가 평생 기다렸을 지도 모를 순간을 맞이했다. 이번에도 나시마는 조심스럽게 상대를 존중하며 다가갔다. 인선의 반응은 달랐다. 작정이라도 한 듯 그녀 안 깊은 곳에 꽁꽁 싸매어 둔 고통을 꺼냈고 나시마는 그 고통의 덩어리를 고스란히 받았다. 인선이 자신의 고통을 스스로 건드리고 기억 속 아픔을 길어 올리는 게 먼저였다. 그건 겪어보지 않은 사람들은 모른다. 그 과정이 언어에 속박되기 때문에 그토록 많은 시간이 걸리곤 하는 걸까? 인선이 몸을 동그랗게 말고 고통과 마주하며 애쓰는 동안 나시마는 기다렸다. 그 고통이 그녀에게서 빠져나오며 야기한 극심한 통증은 나에게도 일부 전해졌다. 내보내는 사람이나 받아가려는 사람이나 작심하지 않고는 불가능한 일이다. 나는 그러지 못한다. 두 사람의 행위가 육체적으로 위험할 수도 있는 상황임을 파완과 스태프들은 인지하고 있었다. 다른 참가자들도 다 함께 원호를 이루며 두 사람을 둘러쌌다. 나는 뭔지 모를 불안감을 느꼈지만 사람들간의 연대로 형성된 공기는 견고한 보호막처럼 그곳을 감싸고 있었다. 나시마는 강했다. 직면한 일을 받아들여 자신의 것이 된 고통을 온전히 대하고, 처리하고, 내보냈다. 아무런 말도 하지 않고 한 사람의 고통을 온전히 이해할 수 있을까? 그럴 수는 없다. 지금도 그렇게 생각하지 않기에 내 기억은 상당부분 왜곡되었거나 비현실적인 신비로움으로 둘러싸여 있을지도 모른다. 내 속의 아픔은 내가 아닌 그 누구도 알 수 없는 영역으로 여전히 남아 있다. 그러나 그날 거기 있었던 두 사람은 한 사람의 고통을 언어의 한계에 구속되지 않은 채 온전히 주고 받을 수 있음을 알게 해주었다. 나는 늘 믿지 않았다, 타인의 아픔을 온전히 공감한다는 말을. 나는 여전히 믿지 않는다. 그러나 아주 가끔은 불가능하다고 여겨지는 일이 일어난다. 영원히 절대적인 건 없다는 평범한 진리를 다시 확인했다. 모든 아픔을 함께 통과한 두 여인은 고통을 견디고 통과한 자만 느낄 수 있는 나른함으로 충만했다.

나시마는 더 이상 옴짝달싹할 수 없을 만큼 지쳐 보였다. 동쪽을 바라보며 옆으로 누운 그녀는 무릎을 가슴께로 끌어당겼다. 들숨과 날숨으로 등은 조금씩 움직였고 차츰 그 간격이 느려졌다. 바라보는 사람들의 호흡도 그 리듬에 동조되어 갔다. 주변이 너무 조용해서 숨소리는 상대적으로 더 크게 들렸고 마치 거대한 동물의 호흡처럼 웅장해졌다. 몸은 노곤했지만 정신은 그와 반대로 더 명료해졌다. 우리 모두는 어떤 생명체의 일부가 되어 그 호흡에 따라 부풀어오르고 수축하기를 반복했다. 장엄한 광경이었다. 해 뜨기 직전 물기를 머금은 새벽 공기는 서늘했다. 검은색 하늘은 푸른색 기운이 스며들며 천천히 변해갔다. 이윽고 동쪽 하늘에 희미한 노란색 빛이 번지기 시작했다. 하늘에서 펼쳐지는 어떤 변화도 언제 시작되었다고 정확하게 말할 수는 없다. 전체가 다 변하지만 한꺼번에 다 바뀌는 것도 아니다. 나와 하늘과 그 사이의 공간도 서로 분리되지 않고 경계 없이 연결되어 있다고 느꼈다. 내 어깨에 기댄 인선의 호흡. 현재. 그것 말고는 없었다. 나, 내 옆의 사람, 또 다른 사람들, 나시마와 지평선까지 이어진 공간 속에 존재하는 모든 생명체와 사물. 나는 함께 숨쉬는 커다란 한 존재의 일부가 되어 거기 있었다.

　모든 참석자들이 무대로 올라갔다. 아무 말도 하지 않았지만 나시마를 바라보던 우리는 그 몸짓이 무얼 의미하는지 알 수 있었다. 그녀는 한 사람 한 사람과 눈을 맞추며 살짝 미소를 지어 보였다. 가운데 자리를 잡은 그녀는 사람들이 일정한 거리를 유지한 채 동쪽을 향해 커다란 원호를 그리며 앉게 했다.

　아, 따라 하라는 것 같은데요.

　해를 보고 절을 하라는 건가?

　글쎄요. 기다려보죠.

　나시마는 편안하게 두 팔을 내려 손을 허벅지 위에 살포시 올려놓은 채로 가슴을 부풀리며 숨을 크게 들이쉬고 다시 원래의 자세로 돌아가며 크게 내쉬기를 수 차례 반복했다. 모두 그녀를 따라 천천히 호흡했다. 처음에는 리듬을 맞추기 어려워 나시마의 들숨 날숨 한 번에 나는 두 번을 해야 했지만 차츰 내 호흡도 안정되어갔고 결국 동조할 수 있었다. 그곳은 한 몸처럼 호흡하는 사람들 사이에 형성된 연대감으로 충만했다. 태양은 아직 떠오르지 않았지만 주변은 차츰 밝아지고 있었다. 완벽한 어둠에서 미명을 물리치며 밝아지는 공간 속에 차츰 형태와 색채를 드러내는 사물들. 나무와 거기 매달린 잎사귀들은 곧 떠오를 태양을 향한 설렘을 분출하듯 온갖 소리를 내며 소란을 떨었다. 내 귀는 들려오는 소리의 음량을 마음으로 조절할 수도 있었다. 특정한 소리의 근원을 향해 귀를 열면 그 소리가 더 잘 들렸다. 내가 아직 모르는 내 몸의 여러 기능을 탐구하고 싶어졌다.

확인할 수는 없었지만 우리의 호흡처럼 시간도 천천히 흘러갔다. 긴 날숨 끝에 나시마가 팔을 머리 위로 쭉 뻗어 올리고 손을 펴서 양 손바닥을 마주치게 한 채로 숨을 멈췄다. 느린 호흡에 익숙해진 우리도 그녀의 동작을 따라 하면서 호흡을 참았다. 1분여 그렇게 정지 상태로 있다가 다시 팔을 내리고 느린 호흡으로 돌아가 숨쉬고, 다시 손을 들어올려 숨을 멈추기를 수 차례 더 반복했다. 멀리 지평선 너머로 오렌지 빛 태양이 떠오르기 시작했다.

아! 모두의 입에서 낮고 긴 탄성이 터져 나왔다. 쉼 없이 떠오르고 정점에 이르고 다시 반대편 지평선으로 사라지기를 반복했던 태양이다. 특별한 의미를 부여하는 건 받아들이는 쪽의 몫이다. 그날의 태양은 내 안으로부터 솟아났다. 빛의 속도로 달려도 팔 분이 넘는 거리에 있는 광휘의 덩어리가 내 안으로 들어와 다시 쏟아졌다. 인선은 흐느끼고 있었다. 슬픔은 아니었다. 나는 그녀의 입술 끝에 살짝 걸친 미소를 봤다. 흐느낌은 곧 커다란 숨소리로 바뀌어갔다. 좌절이나 절망 같은 것은 아니었다. 희로애락 그 어느 것에도 속하지 않고 그 모두를 더한 것과도 같지 않은 감정이라고 짐작한다. 나는 아직 그런 감정을 느껴보지 못했다. 사람들은 자신 안에서 솟아난 감정을 숨기지 않았다. 모두를 비추는 태양을 향해 감정을 쏟아냈다. 하늘을 향해 한껏 고개를 쳐들고 눈을 가늘게 뜬 채 눈꺼풀 사이로 스며드는 미명을 음미하는 사람, 환희에 가득 찬 탄성을 터뜨리는 사람, 떠오르는 태양을 향해 천천히 반복적으로 절을 올리는 사람, 무릎을 꿇고 자신이 믿는 신을 향해 감사의 기도를 올리는 사람, 합장한 자세로 가만히 눈을 감고 차츰 강해지는 따사로움에 몸 전체를 맡긴 사람……. 나시마는 깃털처럼 가볍고 침착하게, 천천히, 그 무엇으로도 정의할 수 없는 자유로운 몸짓으로 마치 자신의 분신을 맞이하듯, 근원을 맞이하는 분신이 된 듯 온몸으로 오렌지 빛 태양을 받아들였다. 아름다운 광경이었다.

6
Trust Fall

　사람들이 둥글게 원을 그리며 모였다. 그런데 모두 조금씩 간격을 좁히며 중심을 향해 다가갔고 참여자들 사이의 거리가 점점 촘촘해지더니 결국 빈틈없이 몸을 밀착시켜야 할 정도가 되었다. 서로의 어깨가 닿았고 머리가 긴 여자들은 머리카락이 서로 겹칠 정도로 가까워졌다. 각자의 경험은 다 달랐겠지만 함께 긴 밤을 관통한 사람들은 편안하게 미소 짓거나 즐거운 탄성을 가볍게 내뱉으며 맞은 편 사람들과 눈을 맞추고 있었다. 내 옆의 인선은 그들과 같았다. 나시마도 함께 있었는데 그녀도 우리 모두와 같았다. 사람들이 팔을 내밀며 그녀를 불러냈다. 가운데로 나오라는 건가? 그런가 봐요. 뭘 하려는 걸까요? 나시마 옆에 있던 사람들이 그녀를 밀어내 가운데 서게 했다. 사람들이 크게 웃었다. 그녀는 행복한 표정이었다. 모든 것들을 다 쏟아낸 사람, 최선을 다하고 후회가 없는 사람, 그리고 그 전모를 잘 아는 사람들의 인정을 받아들인 사람의 만족감이란 저런 것이구나. 잠시 주변을 둘러보며 교감하던 나시마가 팔을 아래로 내리고 호흡을 가다듬으며 눈을 감았다. 사람들은 조금 더 그녀에게로 다가갔다. 옆 사람의 호흡이 귓가에 들릴 정도로 가까웠다. 그녀는 천천히 제자리에서 돌기 시작했다. 그녀의 팔은 자연스럽게 몸에서 떨어지더니 차츰 지평선과 나란해졌다. 사람들의 얼굴은 편안했지만 시선을 그녀에게서 잠시도 떼지 않고 집중하고 있었다. 회전 속도가 점차 빨라지는가 싶었는데 다시 급격히 속도가 느려지더니 곧 멈췄다. 눈을 지

그시 감고 있었지만 눈꺼풀 너머로 나를 바라보는 듯한 착각에 빠져 이상한 기운을 느끼려던 찰나 그녀가 양팔을 겹쳐 가슴에 대고 잠시 가만히 서 있다가 그대로 뒤로 넘어졌다. 나는 약간 놀라며 움찔했지만 나시마가 넘어진 방향에 서있던 대여섯 사람들이 손을 내밀어 그녀를 받았다. 그녀는 눈을 감은 채 일말의 주저함도 없이 중력에 몸을 맡겼고, 마치 커다란 나무토막이 넘어지듯 팔을 떼거나 무릎을 굽히지도 않고 넘어갔다. 사람들은 미리 움직이지도 동요하지도 않았다. 넘어지는 그녀의 옷자락에서 시작된 바람과 한발 앞으로 내디디며 내민 손이 바람을 가르던 미세한 소리와 여러 개의 손바닥이 그녀의 등판에 달라붙는 경쾌한 파열음들이 조용한 공간을 지나 내 귀에 도착했다. 군더더기 없이 깔끔한 행위였다. 원칙 같은 게 있는 것같았다. 힘이 세어 보이는 사람이나 남자는 머리와 상체를 맡고 나머지 사람들은 허리와 다리 부분을 맡는데 획일적이지는 않았다. 그리고 가능하면 허공에서의 움직임이 최대가 되도록 마지막 순간에 잽싸게 손을 내밀었다. 미리 연습한 것도 아닌데, 다들 일사불란하게 움직이는 모습에 약간 놀랐다. 인선을 향해 고개를 돌렸을 때 그녀는 눈을 동그랗게 뜨고 입술을 내밀면서 의외라는 표정을 지어 보이다가 환하게 웃었다. 사람들의 손과 팔 위에 행복한 표정으로 누워있던 나시마가 눈을 뜨고 고개를 이리저리 돌려 사람들을 바라보고 나서 고개를 끄덕이자 서 있던 사람 몇몇이 손을 내밀어 나시마의 손을 잡고 그녀를 일으켜 세웠다. 그녀는 손을 모으고 한 바퀴 돌면서 한 사람 한 사람 눈을 맞추며 고마움을 표했고 우리도 각자 같은 동작으로 그녀에게 감사함을 전했다. 나는 그렇게 그 순서가 끝난 줄 알았다. 그런데 나시마는 다시 원형의 대열로 들어가 작은 길이의 원호를 이루며 합류했다. 사람들이 잠시 자연스레 눈길을 교환하는 중에 결국 한 사람에게로 시선이 모였고 한 여인이 그 눈길을 받아들였다. 옆 사람들이 그녀를 가운데로 내보냈다. 뭐가 즐거운지 사람들은 모두 환하게 웃고 있었다. 그녀도 두 눈을 감고 제자리에서 돌기 시작했다. 그녀가 균형을 잡기 위해 이동하면 둘러싼 사람들의 원도 따라 이동했다. 중심에서 도는 사람은 주변의 소리를 감지하며 자신이 안전하다고 느끼는 듯했다. 제자리돌기를 멈춘 그녀가 망설임 없이 뒤로 넘어졌다. 사람들은 그녀가 충분히 중력을 느끼며 낙하하도록 하면서도 마지막 순간 빈틈없이 손을 내밀어 그녀를 받았다. 몸이 반 이상 넘어가며 속도가 빨라졌고 아직 손이 그녀의 등에 닿지 않았을 때 그녀는 작은 소리로 비명을 질렀다. 하지만 눈을 뜨지는 않았고 곧 고마움과 편안함을 느끼며 잠시 누워있다가 눈을 뜬 후 손을 내민 사람들을 의지해 다시 일어나 사람들에게 감사를 표하고 다시 원의 일부를 이루며 대열에 합류했다. 나는 여섯 번째로 가운데에 들어갔다. 오래 전 신입생 엠티에서 한 번 해본 적이 있었기에 긴장하지 않을 줄 알았다. 내 예상은 또 빗나갔다. 제자리에서 몇 바퀴를 돌다가 멈추면 될 거라 생각했지만 눈을 감은 채 그렇게 하다 보니 감각이 무뎌져 잠시 후에는 내가 회전하고 있는지 서 있는지 잘 모를 지경이 되었다. 그리고 마침내 넘어지려고 가슴으로 손을 가져갔을 때부터 내 몸은 이미 무너지고 있었다. 그리고 그 추락의 시간은 다른 사람들을 관찰할 때 보던 것과는 전혀 달랐다. 이게 이렇게 길었나? 이제 손바닥이 내 등에 닿을 때가 됐는데? 아니, 왜 아무도 내게 손을 안 내미는 거지? 눈을 떠야 하는 건가? 다른 사람들도 나처럼 이런 질문을 던지며 뒤로 넘어갔을까? 2초도 안 되는 긴 시간 동안 나를 엄습했던 불안이 점점 고조되고 인내가 한계에 다다라 정말 눈을 뜰까 말까, 팔을 뒤로 뻗어 충격에 대비해야 하나 심각하게 고민하며 눈꺼풀에 경련이 일어날 즈음 드디어 손바닥 하나가 내 등에 닿았다. 아, 다행이다! 나는 안도했고 부끄러웠다. 눈을 감은 작은 변화로 야기되어 나를 온통 사로잡은 의심을 막을 방법이 없었기 때문에 나는 몸 둘 바를 몰랐다. 그리고 순식간에 여러 개의 손바닥이 내 뒤를 받쳤다. 나는 각각의 손이 전달하는 온기와 진동과 압박을 느끼며 누워있었다. 부끄러움이 편안함으로 바뀌고 좀더 시간을 보내고 싶다고 생각할 즈음 두 개의 손이 내 팔목을 잡았다. 나는 눈을 뜨고 일어났다. 물리적인 시간의 길이와 심리적인 시간의 길이가 그토록 다를 수 있다니. 나도 사람들을 둘러보며 감사를 표하고 자리로 돌아왔다. 인선이 그 다음으로 선택되었다. 모든 동작이 거의 같았지만 인선의 표정은 나와 전혀 달랐다. 그녀의 얼굴은 마음 속에서 흘러나오는 감사를 온전히 드러냈다. 그녀를 바라보는 사람들의 표정도 달랐다. 다수의 사람이 한 사람을 바꿀 수도 있고 한 사람이 모두를 바꿀 수도 있다. 내 눈을 잠시 응시하던 인선의 표정을 나는 지금도 기억한다. 인선은 그녀를 이곳으로 이끈 연결고리인 나에게 무한한 고마움을 전했다. 나도 마음을 다해 답례했다. 모두 그렇게 한 번씩 Trust Fall을 경험했다. 그런데 대열 한 곳이 열리고 나시마가 몸을 돌리더니 파완을 비롯한 스태프들이 한 사람씩 원 안으로 들어왔고 적절하고 유쾌한 교감을 나누며 동참했다. 시간 가는 줄 몰랐다. 젊은이들의 파릇파릇한 기운이 퍼져나갔다. 파완이 마지막으로 넘겨졌다 일어난 후 무대로 올라갔다. 우리는 모두 자리로 돌아가 앉았다.

　　나는 그제서야 알아차린다. 그곳에 모인 참여자들은 크게 둘로 나뉜다. 나처럼 처음 참석한 사람과 여러 번 참석한 사람. 나는 첫 경험이었기 때문에 많은 순간 막막하고 어색할 수도 있었지만 주변의 경험자들을 따라 하면서 당황하지 않고 참여할 수 있었다. 그리고 그들 사이에 흐르던 연대의 기운이 처음 참석한 사람들의 어색함과 부담감을 자연스럽게 흡수했고 모든 참석자들이 자신의 내면과 만나는 가장 중요한 일에 집중할 수 있게 했다.

　　좋은 시간을 보냈나요? 네~. 나도 좋았습니다. 우리 모두가 알다시피 일회적인 사건과 감동과 격변은 한 사람의 인생을 제대로 바꿀 수 없습니다. 어제 밤부터 오늘 아침까지 일어난 일도 여러분의 삶을 온전히 바꾸지 못합니다. 충일한 변화는 늘 일상 속에서 벌어집니다. 매일, 매 순간의 선택과 지속적인 움직임이 진정한 변화를 만들고 그 모든 알갱이들이 뭉치고, 쌓이고, 섞이고, 커져서 진정한 변화에 이르게 됩니다. 여러분이 보기에는 내가 변했나요? 고맙습니다. 그렇다면 나도 그간의 삶을 낭비하지만은 않았군요. 그리고 나는 여전히 변함 없나요? 네, 맞습니다. 나는 또한 여전히 그대로 있습니다. 이 모든 과정을 처음 경험한 사람들에게 각별히 부탁합니다. 말을 많이 하지 마세요. 스스로에게나 남들에게도 마찬가지입니다. 다만, 지금 이 순간을, 항상 다가오고 바로 지나가기를 반복하는 연속적인 순간을 제대로 느끼고, 바라보고, 만지고, 즐기기를. 그래서 반짝이는 알갱이들을, 순식간에 사라지고 나타나기를 반복하며, 바로 다음 순간에 자리를 양보하는 그 움직임을 자주 들여다보기 바랍니다. 그것만이 우리 각자가 스스로에게 줄 수 있는 최고의 선물이기 때문입니다. 내 소울메이트 나시마에게 다시 무한히 감사합니다. 사랑해요, 나시마. 모두에게 평화를. 고맙습니다.

스태프로 수고한 모든 학생들이 나와 인사할 때 나시마는 그 학생들 사이에 끼어들어가 사람들의 박수를 받았다. 학생들과 섞여 있던 그녀는 특별히 드러나지 않았지만 그녀 혼자서만 빛나는 것 같기도 했다. 지친 사람들은 다시 자리로 돌아가 햇살의 열기가 그들을 밀어낼 때까지 쉬다가 돌아갔다. 나와 인선은 차이와 몽키 바나나, 비스킷으로 간단한 아침 식사를 한 후 학교를 떠났다. 그 모든 마무리과정에서 사람들은 정말 거의 말을 하지 않았다. 입을 열어 언어로 발설하면 내부에 간직한 소중한 보물에 생채기라도 날 것처럼. 인선도 그 흐름에 순응했지만 그녀가 간밤에 겪은 일들을 그렇게 조용히 삭히는 건 불가능해 보였다.

7
남은 나날들

　인선은 치유되었다. 나는 거의 변한 것 없이 그대로 남았다. 나는 한국으로 돌아가야 했지만 그녀는 내가 인도에, 그녀의 곁에 며칠이라도 더 남아 있기를 간절히 원했다. 그녀에게는 커다란 변화를 겪은 후 생겨난 자유로움과 황망함과 허무함 같은 급격한 변화로 야기된 온갖 분출을 받아낼 사람이 필요했다. 나는 그녀만큼 자유롭지 않았지만 기꺼이 그 대상이 되어주었다. 그러지 않을 이유가 나에겐 없었으므로. 두 사람은 약속한 3일간 육체적이고 정신적인 교감에 전념했다. 배가 고프면 가까운 식당에 들러 탈리를 먹었다. 힘이 생기면 다시 게스트하우스로 돌아가 사랑의 행위에 몰두했다. 육체가 지치고 정신이 명료할 때면 말 없이 명상에 들었다. 서로를 바라보는 눈빛에서 다시 차오르는 욕망을 발견하면 다시 쾌락에 굴복했다. 한 사람이 졸리면 상대의 품에서 잠들었고 잠결에 욕망이 올라오면 다시 몸을 섞었다. 서로의 몸을 포갠 채 잠들고 깨어나기를 반복했다. 나도 그녀도 원초적이고 단순한 욕구와 욕망에 온전히 굴복해 모든 에너지를 소진해버리고 일말의 여지도 아쉬움도 남기지 않으려 했다. 예정된 시간이 도래했다. 그녀에게 미련과 앙금은 조금도 남지 않았다. 만남의 종료, 헤어짐의 시작 같은 관념도 없었다. 모든 순간은 연속적이고 우리는 각자 흘러갈 뿐이다. 그녀는 정확하게 알고 있었다. 나도 그랬을까? 헤어지는 순간의 그녀를 기억한다. 같은 사람이었지만 인도에 갓 도착했을 때의 그녀와는 전혀 다른 사람이 되어 있었다. 인선은 내 앞에서 나를 바라보고 서 있었지만 거기 국한된 존재가 아니었다. 우리는 서로 아무 말도 하지 않았다. 말할 필요가 없었다. 그녀의 내부에 나에 대한 미련은 없었다. 모두 다 쏟아 부었고 남은 것이 없었기 때문에. 그래서 그녀는 더할 나위 없이 자유롭고 아름답고 강해졌다. 함께 있는 사람을 초라하게 만들거나 압도하는 힘이 아니었기에 나는 그렇게 점진적으로 더 강해지는 한 여인에게 나를 온전히 내어 맡길 수 있었다. 그녀에게는 누군가 필요했고 나는 그 필요를 채워준 사람일 뿐이었다. 그러나 그건 누군가는 일방적으로 주고 누군가는 일방적으로 받는 관계가 아니었다. 육체적 행위의 절정에서 나는 주는 사람이 되고 그녀는 받아들이는 사람이 되기를 반복했지만 제대로 된 주고받음이란 한 사람은 주고 다른 한 사람이 받는 것이 아니라 주면서 받고, 받으면서 주는 동시성을 가진다. 주는 것이 받는 것보다 더 기쁘다는 말은 옳다. 사랑이든 교감이든, 순전히 육체적인 욕망이라 해도 모든 것은 언제나 상호적이다. 내게 남은 감정은 말로 설명하기가 곤란하다. 연모의 감정도 아니고 욕정은 더더욱 아니다. 그러나 두 사람은 연결되어 있다. 나는 언제든 내 속에 있는 그녀의 자리를 감지할 수 있다. 그녀가 죽음을 맞이하여 잠시 서로 완전히 소유했던 육체를 떠난다 해도 내 안에 안착한 그녀의 자리는 변하지 않는다. 나도 그녀 안에서 그런 자리를 차지하고 있을까? 그건 중요하지 않다. 상관 없다.

깔끔한 이별을 원했던 그녀는 아침 일찍 캘커타로 출발하는 기차표를 예매해 두었고 곤히 잠든 내 머리맡에 작은 메모 하나만 남겨 놓고 바람처럼 떠났다.

당신은 인도가 나에게 준 선물입니다.
잘 있어요.

출국을 위해 길을 떠나야 하는 날, 나는 다시 파완을 만나러 아침 일찍 그가 일하는 학교로 찾아간다. 거기서 그녀를 다시 만난다. 인선에게 해 준 것처럼 나를 안아주는 나시마. 나는 울음을 참기 위해 애쓴다. 그녀는 어린아이에게 하듯 내 머리를 쓰다듬는다. 나는 엄마를 느낀다. 파완은 우리를 지켜보며 기다린다.

파완은 내 얼굴을 뚫어져라 쳐다보며 천천히 또박또박 말했다.

내가 그랬죠? 나시마는 만인의 연인이라고요. 그러나 모두가 그 기회를 얻는 건 아닙니다. 당신도 나도 그녀로부터 사랑을 받은 행운아죠. 그녀는 그 누구에게도 속하지 않아요. 다만 품을 뿐이죠. 나는 늘 그녀에게서 어머니 하느님을 봅니다. 여성형 접미어를 붙인 여신이 아닌 가장 큰 존재라는 의미에서 어머니 하느님이죠. 조금 지나면 마음 속 질문이 사라질 겁니다. 왜라는 질문은 중요하지 않아요. 아무것도 억지로 하지 않아도 되고 시간의 흐름에 내가 그저 흘러가며 존재해도 아무 상관이 없습니다. 시간은 빠르지도 느리지도 않습니다. 결국 모두를 받아들일 수 있게 된 자신을 발견하게 될 겁니다. 나시마가 가장 큰 존재인지, 가장 큰 테두리인지 아닌지도 중요하지 않습니다. 그녀는 그런 조건 밖에 있어요. 당신이 그 사실을 진정으로 알게 되면 당신과 나시마도 별반 다르지 않은 존재라는 것도 알게 됩니다. 비로소 자유로운 존재가 되는 거죠. 그런 말이 있어요. 이 길로 한 발짝 들어선 사람은 이 길에서 결코 나갈 수 없다. 이건 무서운 경고가 아니고 초대입니다. 그러니 두려워하거나 부담을 느낄 필요는 없어요. 이 길은 경계도, 시작도, 끝도 없는 무한히 열린 길이거든요. 당신의 친구도 나도, 나시마도 다 이 길 안에서 함께 유영하는 존재들이죠. 환영합니다.

나는 말 없이 고개를 끄덕였다. 그의 말을 조금 더 깊이 이해할 수 있게 된 나라는 존재를 인식하면서.

내가 타준 차이 맛을 아직 기억하죠?

나는 말 없이 웃으며 고개를 끄덕였고, 그는 여전히 단아한 동작으로 정성을 다해 세 잔의 차이를 만들었다. 방안 가득 은은한 향기를 품은 수증기가 번졌다. 세 사람의 입맛 다시는 소리, 차이로 변한 물이 목을 넘어가는 경쾌한 소리, 예상치 못한 트림과 키득거림, 찻잔을 내려놓을 때 나는 파열음이 조용히 번졌다. 우리는 그 모든 시간 속에 조용히 있었다. 나는 그런 순간을 다시 맞이할 수 없다고 생각했다. 그 모든 감각을 제대로 받아들이고 두 사람과 거기 없는 한 사람을 기억하기 위해 가만히 있었다.

비스킷

이건 뭐야?

아! 그거, 바라나시에 있을 때 선물 받은 거야.

아내는 비스킷 봉지를 따로 잘 챙겨 두는 것 같았는데 그날 저녁 식사를 마치고 소파에서 쉬고 있던 나를 식탁으로 불렀다. 미소를 머금었으나 단호한 표정이었다. 나는 긴장했다. 앞에 놓인 커피 잔과 아내의 얼굴 사이 어딘가에 시선을 고정하고 기다렸다. 고개를 들었을 때 꿰뚫어보는 듯한 그녀의 눈빛과 마주쳤다. 놀라지는 않았다. 그러나 분명 그녀의 말을 귀담아 들어야 하는 순간이었다. 아내가 천천히 입을 열었다.

이건 눈물과 망각의 비스킷이야.

응?

당신이 인도에서 있었던 일로 감정을 추스를 수 없을 때, 나에게 말로는 할 수 없는 미안함을 느낄 때, 이럴 수도 저럴 수도 없는 양가 감정에 빠졌는데 도움을 청하는 말을 할 수 없을 때, 이 비스킷 하나를 꺼내서 나한테 가지고 와. 반으로 갈라서 한쪽은 당신이 먹고 나머지 반은 나에게 줘. 내 얼굴을 보기도 어렵다고 느낀다면 화장대 위에 절반을 놓고 나가. 그럼 알아차릴 테니까. 그렇게 할 수 있어?

……

……

응.

당신이 처리해야 할 감정의 크기를 열 조각으로 굳이 나눌 필요는 없어. 이번이 정말 마지막이라는 확신이 생기면 남은 비스킷을 다 반으로 갈라서 줘도 상관없다고. 어, 뭐야? 벌써 하나 주려고 하는 거야?

응.

알았어.

내가 조심스럽게 건네준 비스킷 반쪽을 아내가 받아 입 안에 넣더니 부수지 않고 천천히 혀 위에서 녹기를 기다렸다가 삼켰다. 나도 그렇게 했다. 목이 메이는가 싶었는데 아내가 내 품으로 들어왔고 우리는 조용히 서로의 심장 고동을 느끼며 잠시 서 있었다. 인도에서 돌아오면서부터 가지고 있었던 질문을 던졌다.

인도가 위험하다는 말은 왜 안 해준 거야?

그랬으면 당신이 인도에 가지 않았을 거니까. 당신은 내 것이고 나는 당신 것이기도 하지만 우리가 서로 구속한 채로 늙어 죽고 싶지는 않았어. 난 그건 싫어.

내가 이렇게 힘들어할 줄도 알았어?

어느 정도는. 내가 처음 인도에 다녀오면서도 그랬거든.

당신, 참.

뭐?

사랑스러워.

후후, 새삼스럽게. 당신도 그래.

하하.

눈에는 눈물이 넘실거리는데, 우린 서로를 마주보며 함박 웃음을 지었다.

파완의 메일

파완의 메일이 도착했다. **Are you there, my friend?**

내 친구, 잘 있나요? 오랜만입니다.

당신의 고국에, 일상에 부드럽게 잘 돌아 갔나요? 종종 그러기까지 시간이 걸린다는 사람들이 있습니다. 당신의 동행은 아직 그러지 못하고 있다고 하네요. 아, 걱정은 말아요. 그녀는 안전합니다. 그녀에 관한 건 내가 이 편지 아래에 적어줄 사이트에 방문해서 그녀의 편지를 읽어보면 알 수 있을 겁니다. 내 친구, 당신을 또 만날 일이 있을까요? 인도를 한 번도 안 가본 사람은 있어도 한 번만 가본 사람은 없다는 말이 있지만 다 옛날 이야기입니다. 민주주의를 덮어 쓴 자본의 위력 앞에 굴복하지 않고 살기는 거의 불가능에 가깝기 때문이죠. 그래도 나는 이곳 시골 작은 캠퍼스에서 색다른 미래를 열어갈 여전히 반짝이는 눈을 가진 어린 영혼들과 씨름하며 살아가고 있습니다. 그들의 쏟아내는 격정과 도발과 황당하고 창조적인 질문을 받아내며 매일 무너지고 회복되기를 반복합니다.

언젠가 다시 인도를 찾게 된다면 꼭 다시 나에게도 다시 와주기를 바랍니다. 향기로운 차와 맛있는 음식을 대접하고 싶군요. 나는 차이를 잘 만들지만 요리도 잘 합니다. 제자들은 나보고 교수직을 내려놓고 식당을 차려야 돈을 더 많이 벌 거라며 놀립니다. 나중에 배고픈 제자들이 많아지면 정말 이 일을 때려치우고 식당을 하나 열어야 할지도 모르죠. 가끔 당신이 생각납니다. 나는 종교가 없어서 기도 같은 건 하지 않습니다. 다만, 명상 중에 사람들이 떠오르면 내가 가진 좋은 생각과 감정을 그 대상을 향해 보냅니다. 받아들이는 건 그 사람의 몫이지만.

그날의 행사에 참여했던 사람들의 편지를 읽어보거나 나시마의 춤과 그 배경이 되는 영성에 대해 알아볼 수 있는 사이트의 주소를 적어 보냅니다. 참여자들의 감상과 변화를 엿볼 수 있는 편지도 확인할 수 있습니다.

당신이 평화롭기를 바라며,
인도에서, 파완,

사이트는 영어로 되어 있었다. 내 이름을 입력했더니 등록을 위한 절차로 연결된다. 비밀번호를 설정하고 들어간다. 풀다운 메뉴 중에 참여자들이 보낸 편지를 확인할 수 있는 곳이 있다. 나는 인선의 이름을 찾으며 급히 스크롤하며 내려간다. 중간쯤에 그녀의 이름이 있다. 빨라지는 맥박을 느끼며 클릭한다. 영어로 써진 장문의 편지. 아, 이런…… 끝없이 이어지는 영어 단어들은 눈에 잘 들어오지 않는다. 끝까지 스크롤하며 한참을 내려간다. 그런데 글이 끝나고 인사말도 다 마무리하고 난 뒤 얼마간의 공백 아래에 같은 내용이 한글로 반복되어 있다. 아, 이럴 수가…… 참여자 중에 나 말고 다른 한국인은 없었다. 순간 눈앞이 흐려진다. 빠른 속도로 몇 번 눈을 깜빡여 물기를 밀어내고 시야를 확보한 채 찬찬히 그녀의 글을 읽기 시작한다.

8
인선의 편지

무슨 말을 어떻게 시작해야 할지 모르겠네요. 길지 않았던 내 인생에 가장 커다란 변화를 가져온 그 밤에 일어난 일에 대해 이렇게 곰곰이 생각해 볼 수 있는 기회가 주어져 고마운 마음으로 펜을 듭니다. 무엇이 나를 그 시간과 공간으로 이끌었을까요? 한국에서 나는 한 발짝도 앞으로 나아갈 수 없는 상황에 놓여 있었습니다. 남들이 보기에는 멀쩡히 평범한 회사에 다니고 있는 평범한 직장인 이상도 이하도 아닌 사람이었습니다. 그러나 나의 내면은 나도 모르는 깊고 깊은 심연으로 끝없이 침몰하고 있었죠. 누군가 인도 이야기를 들려주었습니다. 그곳에 다녀온 사람의 인생이 정반대로 바뀌었다고 하더군요. 그때까지 나는 제주도에 한번 다녀올 때 빼고 비행기를 타본 적도 없는 사람이었습니다. 가끔 보는 뉴스를 통해 인도에서 벌어지는 말도 안 되는 끔찍한 범죄 사건들을 접하거나 요가나 명상의 원천이 그곳이라는 정도 말고는 더 아는 게 없었죠. 혹시 여행을 간다고 해도 한적한 휴양지로 떠나 몸과 마음을 쉬게 해야겠다고 생각했지 인도에 갈 거라고는 상상도 못했어요.

운명이었을까요? 평소 내 걱정을 많이 해주던 착한 친구로부터 연락이 왔습니다. 뉴델리 왕복 비행기표가 생겼는데 자신은 갈 수 없게 되어서 나에게 준다고 했습니다. 처음에는 다른 사람 줘라. 나는 그렇게 오래 휴가를 낼 수도 없다. 게다가 그 악명 높은 인도라니, 절대 못 간다고 손사래를 쳤습니다. 이미 인도에 한 번 다녀온 이후로 기회가 된다면 몇 번이고 더 가고 싶다고 말하던 친구는 나를 설득하기 시작했습니다. 완강하던 내 마음도 그녀의 실제적인 경험담을 들어가며 차츰 녹아갔고 출국 날짜가 며칠 남지 않았을 때 여행용 배낭을 구입했습니다. 준비할 시간이 별로 많지 않았지만 친구는 준비 같은 건 큰 의미가 없다고 하더군요. 그땐 친구의 말이 어떤 의미였는지 알지 못했습니다. 2주가 넘는 기간의 휴가를 신청했을 때 다니던 회사의 상급자와 그 위의 부서장 모두 면담을 하자고 했습니다. 그림자처럼 소리 없이 큰 성과도 사고도 없이 지내던 사람이 신청한 휴가기간 치고는 너무 길었고, 게다가 인도로 간다는 말에 모두 화들짝 놀랐습니다. 다행히 결재가 났고 조심하라는 걱정을 위장한 경고를 들어가며 나머지 날들을 보냈습니다.

힘들었어요. 인도가 만만한 여행지가 아니라는 건 알고 있었지만 나에게는 모든 것이 어려웠습니다. 도착한 날 바로 떠나고 싶어졌어요. 음식도, 이상한 냄새로 가득 찬 공기도, 사람들도, 그들의 말도, 매연도…… 비행기를 내리면서 친해져 동행하게 된 사람들이 없었다면 나는 정말 바로 다음날 귀국했을 지도 모릅니다. 나보다 어린 친구들도, 나보다 나이 많은 아저씨도 모두 나에게 친절하게 대해주었습니다. 억지로 뭘 강요하지 않았고 나 때문에 애써 희생하지도 않았죠. 가장 좋은 친구란 그저 옆에 있어주는 사람이고 서로에게 맞추려 들거나 의존적이 되지 않는 사람이니까요. 사람과 사람의 만남은 예측할 수 없죠. 뒤돌아보면 모두 필연 같지만 내 앞에도 그런 만남들이 기다리고 있을 줄은 정말 몰랐습니다. 뉴델리에서부터 함께 다녔던 한 중년의 남자, 내가 늘 아저씨라고 불렀던 사람을 바라나시에서 다시 만났고 그를 초대했던 젊은 인도인 철학교수 파완을 만났습니다. 그리고 마침 그 날이 나시마의 춤 공연이 있는 날이었죠. 다른 사람이 어떻게 생각하든 나는 그 각각의 인연이 나를 향해 연결되었다고 믿습니다. 그런 만남이 없이는 지금의 나를 상상할 수 없기 때문입니다. 그 전까지 나와 연결되어 지금의 나를 있게 만든 인연들.

부모, 교사들, 친구들, 직장 동료들…… 모두 나름 의미가 있었겠지만 어떤 만남 속에서도 나는 안온함이나 보호받는다는 느낌을 가질 수 없었습니다. 내 마음이 닫혀 있었기 때문일 수도 있겠죠. 그렇다고 한다면 그날 나시마와 그녀의 춤과 내 영혼을 꿰뚫어버린 그녀의 눈빛은 철옹성 같았던 내 마음을 제대로 무너뜨렸습니다.

상처받은 마음을 치유하는 일은 치유자에게도 피치유자에게도 고단하고 힘든 과정입니다. 기억과 상처는 다 개인적일 수밖에 없으니까 치유도 개인적으로 이루어져야 한다고 생각하는 사람도 있고 집단 치유의 힘을 더 의지하는 경우도 있더군요. 나시마와 함께 했던 그 밤은 이번 생에서 다시는 경험할 수 없을지도 모르는 기회였어요. 그녀는 이미 알고 있었습니다. 그런 방식이 아니었다면 길게는 수 년간 이어질 수도 있는 과정을 정수만 골라 압축한 밀도 높은 시간이었다는 것도 이제 압니다. 수 많은 이야기, 불평, 항변, 변명, 하소연, 꽁꽁 숨겨왔던 감정의 폭발……, 참 잔인하죠. 치유를 위해서는 다시 그 상처받은 순간을 지나가야만 하고 견뎌야 합니다. 나는 그래서 엄두도 내지 못했습니다. 나시마에 대한 전폭적인 신뢰와 생면부지 낯선 사람들의 개인화되지 않은 응원이 없었다면 나는 내 앞에 놓인 기회를 또 놓치고 말았을 겁니다. 부끄러움과 부담감을 떨쳐버리고 시시각각 벌어지는 예상할 수 없는 미지의 일에 몸을 맡기는 것도 그 신비로운 조화 속에서 자연스럽게 이루어졌어요. 나시마가 얼마나 힘들었을지. 나는 늘 그녀의 안녕을 위해 마음을 씁니다. 신을 믿지 않으니 기도라 할 수 없지만 내 마음을 그녀의 안녕을 위해 씁니다. 오래 전 돌아가신 외할머니는 어린 내가 뭘 이루어 내면 그게 뭐든, 애야 애썼다. 부드러운 목소리로 말하며 미소를 지어 주셨어요. 하루를 마무리하는 명상에 들면 늘 나에게, 나시마에게, 그리고 떠오르는 사람들에게 말해줍니다. 애썼다, 애 썼어요. 때론 누군가의 얼굴이 떠오르면서 눈물이 날 때가 있어요. 그러면 그 얼굴이 사라질 때가지 그 마음을 머무르게 합니다. 아, 오늘 많이 애썼구나 싶어서 그렇게 합니다. 볼을 타고 눈물이 흘러내린 자리에 미소가 걸릴 때까지. 그리고 마음이 다시 편안해지면 그 사람을 놓아줍니다. 이제 쉬어요, 라는 말과 함께. 그러는 나도 애쓰고 있는 걸까요? 누군가 자리에 앉아 나를 떠올리며 그런 마음을 가지기도 할까요? 나는 이제 그렇게 하는 게 결국 나를 위한 것임을 솔직하게 받아들입니다. 이기적인 마음이 끼어들었다고 생각하며 괴로울 때가 있었지만, 그 와중에 다른 이들을 위한 순수한 마음이 티끌만큼이라도 있다면 그건 결국 이타적인 행위니까요. 나시마도 잘 알고 있을 거예요. 그녀에게 주어지는 찬사와 숭배에 가까운 사람들의 열광. 말로 표현하지 않아도 알아채기에 충분한 눈길. 그러나 그녀는 흔들리지 않고 자신의 할 일을 할 뿐입니다. 지금도 어딘가에서 그렇게 자신의 일을 묵묵히 하고 있을 그녀를 향해 내 마음을 전합니다. 사랑해요, 나시마.

조우

　스태프로 봉사하는 학생들이 동그랗게 생긴 넉넉한 크기의 방석을 가지고 오더니 무대 앞 평평한 공간에 일정한 간격으로 놓았습니다. 멀리서 바라본다면 무대 어딘가를 중심으로 몇 개의 원호를 이루며 놓였습니다. 어둑해진 조명 아래서도 알아볼 수 있을 정도로 강렬한 파스텔 톤의 방석은 색깔이 다 달랐습니다. 학생들은 곧 어디론가 사라졌고 무대 위의 나시마가 손을 내밀어 우리를 불렀습니다. 한 사람 한 사람 방석 위에 앉았습니다. 사람의 수와 방석의 수는 딱 맞았습니다. 나는 캠퍼스 광장의 중앙 원과 같은 짙은 오렌지 색 방석 위에 자리를 잡았습니다. 나시마는 우리를 마주보며 그녀를 위해 놓인 짙은 겨자색 방석 위에 앉았습니다. 그녀는 가부좌를 한 후 허리를 꼿꼿하게 세우고 두 손을 모으고 허벅지에 팔을 가지런히 올려놓고 크게 숨을 들이쉬고 내쉬면서 명상을 시작했습니다. 사람들도 그녀를 따라 각자 명상에 들었습니다. 몇 번 시도는 해봤지만 언제나 며칠 하다가 말았던 명상을 여기서 다시 하게 되다니……. 자세가 중요하다는 건 알고 있었기 때문에 가능한 힘을 빼고 허리를 잘 세우고 눈을 아래로 깔고 가만히 있었습니다. 온갖 생각들이 머리 속을 스치고 지나갔습니다. 배운 대로 그것들을 잡아 두거나 내 안에 머무르지 않게 하려고 노력했지만 잘 되지 않더군요. 그래도 하나의 생각에 오랫동안 사로잡혀 골몰하지는 않았습니다. 살던 곳에서 명상에 들 때는 항상 일상의 복잡다단한 일들이 머릿속을 점령했습니다. 명상에 든 시간에 그런 걱정을 한들 그 무엇도 해결할 수 없다는 걸 잘 알면서도 그것 말고는 할 생각이 없다는 듯 내 머리는 끝도 없는 소용돌이에 빠져들곤 했었죠. 그곳은 인도, 게다가 도심에서 멀리 떨어진 한적한 대학 캠퍼스, 땅거미가 내려앉은 고요한 시간. 그런 상황들이 영향을 미쳤을까요? 차츰 머릿속 생각의 자락들이 다가오고 머무르고 떠나가는 주기가 길어졌습니다. 지금 앞에 놓인 생각 덩어리와 곧 다가올 생각 덩어리가 동시에 인식되더니 맞닥뜨린 생각을 언어화하지 않고, 이미지로도 만들지 않고 보자기로 싸듯 덩어리로 만든 채 바라볼 수 있게 되었죠. 다음 생각도, 그 다음에 다가온 생각과 줄지어 기다리며 다가오는 생각도 다 그렇게 보낼 수 있었습니다. 아니, 흘러가는 장면을 바라볼 수 있었다고 하는 게 맞겠네요. 신기했어요. 보자기를 열지 않았으니 그 덩어리의 정체를 알 수 없었고 알고 싶지도 않았습니다. 그래서 나는 그것과 무관하게 그냥 있을 수 있었습니다. 생각의 흐름에서 떨어져 있으니 시간의 흐름과도 거리를 둘 수 있었습니다. 단지 내가 천천히 내쉬고 들이쉬는 호흡을 온전히 느끼며 살아 있다는 것만 인식하고 있었습니다. 좋았어요. 얼마간 시간이 흘렀을 때, 터엉~ 싱잉볼 소리가 울렸습니다. 다른 세계에 갔다가 돌아오거나 깊은 잠에서 깨어나는 것처럼 천천히 눈을 떴는데 나시마는 보이지 않았습니다. 그녀가 앉았던 방석 앞에는 커다란 놋빛 싱잉볼만 놓여있었죠. 주변의 사람들은 동요하지 않고 그대로 조용히 앉아 있었습니다. 그때 머리 뒤에서 옷깃 스치는 작은 소리가 났습니다. 나시마의 옷자락이 쓸리는 소리였죠. 그녀는 앉은 사람들 사이사이 공간으로 마치 나비가 나풀거리며 날아 다니듯 사리자락을 휘날리며 유영했습니다. 그녀가 내 뒤 어딘가에 있다는 안도감에 나는 다시 눈을 감았습니다. 경쾌하고 시원한 소리는 좌우로 크게 이동하면서 조금씩 더 다가왔습니다. 깊어진 가을날 낙엽이 그득히 쌓인 숲속으로 시원한 바람이 불어와 맨 위 표층에 살포시 앉아있던 이파리들을 이리저리 쓸어가는 소리 같기도 했고, 이른 겨울 바다에서 불어오는 해풍이 너무 차가워 바다를 등지고 뒤돌아 서서 높이 솟은 산맥을 바라보며 들었던 포말이 부서지는 잔잔하고 서늘한 소리 같기도 했습니다. 소리가 나의 등 뒤까지 도달했다고 느꼈는데 그녀의 품에 안겨 잠시 쉬었을 때 맡았던 사리의 향기가 은은하게 밀려왔습니다. 왼쪽에서 다가오던 상큼한 바람이 내 근처로 다가왔고 나시마는 나를 중심으로 빠른 속도로 몇 바퀴를 맴돌았습니다. 사리자락이 내 몸에 닿을락 말락 흔들리고 휘감으며 투명한 공기의 막이 생겨났고 나는 그게 나를 위한 보호막 같다고 생각했습니다. 속도가 생각보다 빨랐는데 옷이 끌리는 소리만 들릴 뿐 나시마의 호흡은 매우 안정적이었습니다. 그래서 좀 비현실적인 느낌을 받았죠. 신기하다는 생각은 약간의 경외심으로 옮겨가고 있었습니다. 한 사람 한 사람을 다 이렇게 맞이하는 건가? 참 좋다. 차츰 속도를 늦추던 나시마가 내 앞에 멈췄습니다. 나를 마주보고 합장한 상태로 허리를 굽혀 인사했고 나는 앉은 채로 손을 모으고 허리를 굽혀 마음을 다해 그녀에게 인사했습니다. 온화함과 존중을 담은 눈길을 잠시 교환했습니다. 다음 순간, 그녀는 내 오른편에 앉은 사람에게 다가갔습니다. 그 짧은 찰나의 순간에 그녀가 남긴 미소의 여운이 내 마음에 닿았고 설렘으로 촉발된 떨림이 몸을 훑고 지나갔습니다. 몇 분 안 되는 짧은 시간이었고 그녀는 단지 내 주변을 맴돌았을 뿐인데 나는 그녀가 마련한 작은 둥지 같은 공간 속에 가만히 앉아 곧 다가올 변화를 기분 좋은 기대감을 간직한 채 기다리게 되었습니다. 나는 그 감흥과 안도감을 놓치기 싫어 계속 눈을 감고 고개를 쳐들고 있었죠. 꼭 다문 입가에는 행복한 미소가 가득했을 겁니다. 그녀가 그 자리에 앉은 모든 사람들을 하나하나 소중하게 대하고 있었습니다. 그녀가 상대하는 사람이 많아질수록 나와의 시간이 줄어드는 건 분명했지만 신기하게도 그간의 삶에서 느꼈던 소외감이나 질투 같은 감정으로 변하지 않았습니다. 그보다는 온전한 개별성을 소유한 채 모인 사람들 사이에서 형성되기 시작한 자연스러운 연대감을 느꼈습니다. 마지막 한 사람까지 진심을 다해 첫 만남을 상징하는 몸의 인사를 나눈 그녀는 이제 다시 앞으로 나아가 우리를 마주보며 섰습니다. 그 정도만으로 이미 지쳤을 것 같은데 그녀의 숨소리는 여전히 평온했습니다. 살짝 미소를 지은 채 두 손을 천천히 모으고 머리를 깊이 숙여 우리 모두에게 다시 인사했고 청중은 자리에서 일어나 같은 동작으로 답했습니다. 다시 고개를 들었을 때 그녀가 검지손가락을 편 채 오른 손을 높이 들었습니다. 그러자 스태프들이 나타나서 우리 앞에 있던 방석들을 집어 들더니 무대 위로 가져갔습니다. 나시마는 무대의 중앙으로 이동했고 방석들은 그녀를 중심으로 동심원을 그리며 놓였습니다. 곧이어 스태프들이 무대 가장자리로 오더니 우리에게 무대 위로 올라오라고 손짓했고 참석자들은 자신의 방석 뒤에 나시마를 바라보며 섰습니다. 천천히 한 바퀴를 돌며 모두 자리를 잡았음을 확인한 그녀가 양팔을 살짝 들어올렸다가 손바닥을 뒤집어 아래로 향한 채 다시 내렸습니다. 우린 그 동작을 앉으라는 신호로 알아듣고 다 같이 방석 위에 앉았습니다. 어느 누구도 말을 꺼내지 않았는데 그런 묵언의 상태가 언제까지 이어질 지 궁금해졌습니다. 설마 이렇게 해돋이까지 가진 않겠지?

어둠이 온전히 땅에 내려왔을 즈음 시작해 일출까지 이어질 긴 춤. 그 모든 과정을 홀로 이끌어나갈 여인이 시작부터 몸과 마음을 다해 한 사람 한 사람에게 집중하는 모습은 그 자체로 아름다웠습니다. 그리고 그 때는 온전히 이해할 수 없었던 더 큰 무언가를 느끼기 시작했습니다.

고요 속의 준비

은은하던 조명은 차츰 더 어두워졌고 주변에는 칠흑 같은 어둠이 내려앉았습니다. 도시생활에 익숙했던 사람이었기에 그런 어둠은 무겁고 두렵게 다가왔습니다. 물론 귀를 기울이면 호흡하는 소리를 들을 수 있을 정도로 가까운 곳에 사람들이 있었습니다. 청중들의 안전을 위해 봉사하는 스태프들도 있고 이미 전폭적인 신뢰까지 생겨난 나시마도 있었지만 모두의 머리 위로 끝 없이 펼쳐진 거대하고 텅 빈 어둠이 내포한 공포도 분명 거기 있었거든요. 나시마 앞에 놓인 싱잉볼의 표면에 투영된 희미한 불빛들의 어른거림이 시야에 먼저 들어왔습니다. 시간이 흐름에 따라 눈이 어둠에 적응했고 어렴풋하게나마 사물들을 구분할 수 있었습니다. 나시마를 찾았지만 그녀는 보이지 않았습니다. 그녀가 장소를 이동하는 방식은 깃털처럼 가볍고 바람처럼 빨라서 마치 마술사가 순간이동을 하는 것 같기도 했지만 너무나 자연스러워서 신기하거나 대단하다는 생각이 들지는 않았습니다. 아주 멀리서부터 우리가 앉은 주변까지 그 사이의 공간을 가득 채운 이름 모를 풀벌레들이 만들어내는 소리가 들렸습니다. 불규칙적이고 무의미한 소리였다가 한 순간 놀라울 정도로 조화를 이루며 커지기도 했다가 다시 무작위로 돌아가는 그 모든 소리조차 그 시간과 공간 속에서는 특별했습니다. 주변의 모든 사물들이 오직 현재만을, 흘러가는 시간과 그 선상에서 숨쉬는 자신만을 온전히 느껴보라고 초대하는 것 같았죠. 내 호흡도 차츰 느려졌습니다.

싱잉볼을 앞에 두고 우리를 마주하고 앉은 나시마의 실루엣이 미세하게 흔들리고 있음을 알아차렸을 때 거기서 시작된 신비스럽고 평온한 저음이 청중 사이사이를 채우며 흐르기 시작했습니다. 그녀는 볼을 천천히 타격하며 그것과 함께 공명하기 시작했고 타격 사이사이 손으로 볼의 안쪽 면을 둥글게 쓸어가며 더 깊은 소리를 만들어냈습니다. 나는 그 소리가 우리가 있는 공간을 관통해 퍼져나갈 뿐이라고 생각했지만 그렇지 않았습니다. 나시마가 볼을 타격할 때마다 생겨난 파동과 음원에서 생성된 무수한 실의 끝이 거대한 원호를 그리며 둥그런 공간을 만들어냈습니다. 연이어 발생한 소리들을 그 안에 가두면서 모든 소리가 그 공간 전체에 차오르며 휘몰아치고 있었습니다. 내 귀와 심장은 압도당했습니다. 점진적으로 적응하는 과정이 없었다면 나는 정신을 잃거나 비명을 질렀을지도 모릅니다. 더이상 채워질 수 없을 정도로 소리의 압력이 높아졌을 때 나시마가 팔을 둥그렇게 쭉 뻗어 볼을 감싸며 그 위에 엎드렸습니다. 거대한 막 안쪽에 가득 찼던 소리는 이제 그녀의 품 안으로 쏙 들어가 사라졌습니다. 숨가쁘게 달아오르던 열기도 감쪽같이 사라졌고 호흡은 다시 안정을 찾았습니다. 그녀의 품으로 들어간 볼에서 흘러나온 미세한 진동이 선선해진 밤공기를 타고 귓속으로 파고들었습니다. 내게도 저런 싱잉볼이 하나 있었으면 좋겠다고 생각했습니다. 지금은 나도 나시마처럼 소리를 만들고, 가두고, 퍼뜨리고, 또 내가 쏟아내는 감정의 격랑을 고스란히 다 받아내는 나만의 싱잉볼을 가지고 있답니다. 울려 퍼진 소리가 내 안과 밖의 공간을 가득 채우면 그 밤에 처음으로 느꼈던 감흥이 내 마음과 몸을 온통 휘감아요. 지금은 언제든 온전한 평화로움에 잠길 수 있지만 그렇게 되기까지는 여러 과정을 통과해야 했습니다. 혼란 속에서도 격랑이 밀려오고 밀려가는 과정을 통과하면서도 그날의 첫 경험이 내게는 언제나 변함없이 반짝이는 표지였습니다. 나시마는 다시 볼을 부드럽게 타격하기 시작했습니다. 소리는 긴 파장과 짧은 파장, 그리고 그 중간 어디쯤 또 다른 파장들로 갈라지며 퍼져갔습니다. 소리들이 각각의 껍질을 형성하며 그물망처럼 나를 감싸는 것 같았습니다. 답답함이 아닌 보호받는다는 안도감을 주는 소리였죠. 아주 오랫동안 그렇게 있으면 좋겠다고 생각하며 눈을 감았습니다. 소리가 몸 속으로 들어와 빈 공간을 구석구석 채우며 흘러 다닌다고 느꼈습니다. 나는 처음으로 청각만

이 아닌 온몸으로 소리를 받아들이고 있었습니다. 자세를 올바르게 유지해야 한다는 생각은 이미 사라졌습니다. 마음의 상태가 몸을 거의 지배해가고 있었죠. 마음이 억지로 몸을 이끌고 가야 할 필요가 없는, 몸과 마음이 온전히 하나가 된 상태였을 겁니다. 그 상태의 정점에 이르렀을 즈음에는 소리와, 소리의 원천과, 소리를 받아들이는 내 마음과, 내 몸과, 그 사이사이의 경계를 구분할 수 없었죠. 나는 분명 스스로를 인식하고 있었고 살아있음이 분명했지만 나와 내가 아닌 것 사이의 명확한 구분은 점차 희미해졌습니다. 나중에 그에게 들어서 알게 된 것은 다른 참여자들과 마찬가지로 나도 뭔가에 홀린 듯 살짝 미소를 머금었다 풀었다를 반복하며 머리와 상체와 팔을 움직이면서 들려오는 소리와 동기화되었다는 겁니다. 눈을 감고 있었던 대부분의 사람들이 어떠한 음악적 형식과도 무관한 소리의 향연에 의해 동기화되어 움직이는 모습이 그에게는 정말 신기했습니다. 그 움직임에 온전히 편승하지 못했던 그에게는 커다란 아쉬움이 남았죠. 그러나 그도 억지로 마음과 몸을 강제하려 하지 않았고 다만 조용한 관찰자로 남아 있었습니다. 시간은 생물처럼 무게와 속도를 달리하며 흘러갔습니다. 그래, 아무것도 중요하지 않아. 흘러가도 되고, 빨라도 되고, 느려도 되고, 가만히 있어도 상관 없어. 내가 여기 있으니까. 나는 있으니까.

사랑

　나는 귀를 의심했습니다. 그건 분명 신음소리였습니다. 소리의 근원은 싱잉볼의 뒤에 가로놓인 어두운 실루엣. 나시마였습니다. 처음에는 지친 그녀가 바닥에 누워 휴식을 취하면서 심호흡을 하는 건가 싶었는데, 그런 정도의 평온한 호흡이 아니라는 건 바로 알 수 있었죠. 조명이 약간 밝아졌고 나시마의 호흡은 점차 더 가빠졌습니다. 그건 단지 격렬한 육체적 활동이 분출하는 호흡이 아니었습니다. 그녀의 움직임을 좀 더 자세히 살폈습니다. 아, 나시마가 보여주고 있었던 것은 사랑의 행위였어요. 다리를 벌리고 보이지 않는 가상의 상대를 받아들이고 있었던 겁니다. 팔을 들어 끌어당기기도 하고, 밀쳐내기도 하고, 보이지 않는 한 존재를 다시 그녀의 품으로 받아들이기도 했습니다. 절정의 순간에 이른 그녀는 무아지경에 도달한 듯 턱을 한껏 당기거나 고개를 뒤로 젖혔고 몸 전체가 용수철같이 수축하고 이완되기를 반복했습니다. 나는 당황했고 얼굴과 몸이 달아올랐습니다. 눈을 감아봤지만 소용이 없었습니다. 시각적 자극이나 청각적 자극은 결국 같은 현상이 다른 통로로 전달되는 것이기에 하나를 막는다고 밀려오는 다른 자극을 막을 길은 없었습니다. 그 자리에서 손을 들고 귀를 막기는 좀 창피해서 그냥 계속 앞을 바라보고 있었습니다. 나는 어쩔 수 없이 마음을 내려놓았습니다. 나시마에 대한 신뢰에 의지해 그녀와 그녀가 보여주는 행위에 마음을 열었습니다. 그러자 그녀의 움직임의 의미와 아름다움이 보이고 들리기 시작했습니다. 차츰 그녀는 열락의 순간을 향해 나아갔습니다. 보이지 않는 상대를 향한 신뢰와 사랑과 욕망은 그녀의 표정을 통해 잘 드러났습니다. 쾌락과 사랑은 상호 연결된 것이고 둘 중 하나가 다른 하나의 원인이나 결과가 아니라 함께 뒤엉켜 있음을 이해할 수 있었습니다. 허리를 한껏 들어올리고 상체를 활처럼 꺾은 그녀는 깊은 신음 소리를 내뱉으며 황홀경에 도달했습니다. 그녀는 상대로부터 모든 것을 받아들였습니다. 한 생명이 잉태되는 순간이 사람이 경험할 수 있는 쾌락과 욕망의 정점에서 이루어진다고 알고는 있었지만 그 모두가 동시에 표현되는 광경은 신비롭기까지 했습니다. 여인의 속 깊은 곳에서 자라날 작고 소중한 존재는 그렇게 시작되었습니다. 상대역 없이 홀로 그 과정을 구현할 수 있을 거라곤 상상도 하지 못했어요. 그 감흥은 강렬했고 몸 어디선가 생겨난 전율이 차츰 번져 나가더니 온 몸을 휘감았습니다. 무언가에 취한 듯 정신이 몽롱해지는가 싶더니 나시마의 주변에서 찬란한 광휘가 이리저리 꿈틀거리며 생겨났다 사라지기를 반복했습니다. 나는 아름답고 고운 빛의 결을 따라다니며 묘한 쾌감을 느꼈습니다. 시각적 형상은 눈이 받아들인 빛을 통해서만이 아니고 정신과 마음의 작용으로도 만들 수 있음을 어렴풋이 알아챌 무렵 신비로운 불꽃놀이가 갑자기 사라졌습니다. 나는 크게 탄식했고 내 소리에 스스로 놀랐습니다. 그러나 주변의 사람들을 의식할 여유는 없었습니다. 그녀와 청중 사이의 거리는 가깝지 않았지만 그녀가 만들어낸 열기는 그곳에 모인 모든 사람들을 감싸기에 충분했습니다. 사랑의 행위를 끝낸 나시마의 몸이 다시 바닥에 가지런히 놓였고 호흡도 차츰 잦아들었습니다. 그녀와 사랑을 나눴던 존재는 여전히 그녀를 감싸며 맴돌았고, 그 둘은 격정이 지나간 후의 나른한 공기 속에서 서로 어루만지며 사랑의 다른 국면을 천천히 즐기고 있었습니다. 사랑을 나눴던 상대를 떠나 보내는 그녀의 몸짓과 얼굴이 보여주는 건 무엇이었을까요? 다시 돌아올 거라는 믿음, 더 있어 달라는 청원, 헤어짐 그 자체를 받아들이는 체념, 생명을 잉태한 채 남은 자신을 향한 자존, 그 모두를 다 섞은 만감의 덩어리인지도 모르겠네요. 그녀는 다시 홀로 남았습니다. 그러나 이미 그녀는 혼자가 아니었죠.

출산

나시마는 청중을 마주보며 팔을 가지런히 수직으로 내린 채 서 있었습니다. 천천히 양 손이 가까워지더니 하트 모양을 이루며 엄지와 검지 손가락이 닿았습니다. 양손으로 만들어진 공간과 그것이 가리키는 그녀의 뱃속에 작은 파동이 생겨났습니다. 파동은 점점 커졌습니다. 작은 동그라미는 자연의 신비에 따라 차츰 커지며 생명의 형태를 만들어갑니다. 몸을 옆으로 사분원만큼 돌렸고 그녀의 손이 움직이는 가상의 경계가 그녀의 복부에서 차츰 더 커졌습니다. 만삭이 되어가는 배를 배우자에게 보여주면서 새로운 생명을 만날 기대감으로 가득 찬 행복한 미소를 보여주었습니다. 모든 산모가 그러하듯 세상의 좋은 것만을 자신이 잉태한 생명에게 전달하려는 몸짓이 여러 동작으로 구현되었습니다. 때론 방어적인 자세를 취하기도 했는데 결연한 표정으로 한 손은 언제나 부른 배를 감싸며 자신보다 더 소중한 존재를 보호했습니다.

이제 출산의 시간이 다가옵니다. 그녀는 무거워진 몸을 지탱하며 다가오는 고통과 환희의 과정을 두려움과 설렘으로 기다립니다. 두 손을 모아 기도하고, 뱃속의 생명에게 조용히 말하기도 하고, 배우자의 손을 맞잡고 힘을 얻기도 합니다. 그러나 고통은 온전히 그녀의 몫입니다. 그녀는 마침내 한껏 부푼 배를 감싸며 무릎을 꺾고 허벅지를 벌린 채 바닥에 천천히 몸을 누입니다. 처음에는 고통이 간헐적으로 닥칩니다. 약간 일그러진 표정을 지으며 보이지 않는 손을 잡고 의지합니다. 고개를 두리번거리며 그녀를 돕는 의료진을 향한 신뢰를 표현합니다. 산통의 간격은 점점 줄어드는 반면 고통은 점점 더 커집니다. 고통의 중간중간 그녀는 까무룩 잠들기도 합니다. 그러다 곧 다시 밀어닥치는 더 큰 고통. 누구나 그렇듯 뻔히 예상되는 고통을 견디는 것이 느닷없이 닥치는 그것을 견디는 것보다 더 어렵습니다. 다만, 그 고통의 끝에서 기다리는 기쁨이라든지, 해방이라든지, 완전한 탈피가 있기에 견디며 나아갈 수 있는 것이겠죠. 나시마의 몸짓과 얼굴에서 그런 불굴의 의지를 발견합니다. 이제 고통은 격심해졌고 나시마는 신음과 비명을 번갈아 지르며 마지막 힘을 다합니다. 고개를 좌우로 흔들며 엉덩이를 쥐어짜는 듯한 동작이 보입니다. 목에 핏발이 서도록 안간힘을 다하다가 그만 포기하려는 듯 축 늘어졌다가도 어딘가로부터 길어 올린 불꽃이 번져 나가며 다시 힘을 얻어 그녀 안에 있었던 생명을 밖으로 밀어냅니다. 엄마와 아기의 만남은 그렇게 헤어짐으로 시작됩니다. 내 속에 있던 작은 나를 온전히 내보내고 생명줄을 끊어내야만 비로소 하나의 생명이 스스로 숨쉴 수 있으니까요. 마침내 그 생명이 그녀의 다리 사이에서 밖으로 내던져집니다. 그녀는 손가락을 한껏 편 두 손바닥으로 배를 아래로 쓸어 내리며 그녀의 자궁 속 안온한 곳에서 그간 함께 했던 생명의 빈 자리를 연거푸 확인합니다. 아, 이제 여기 없다. 이제 이 존재는 내 안에 없어. 분리됐어. 나갔어. 내던져졌어. 내 아기, 내 생명, 나의 일부.

그러나 이제는 완전히 독립적인 또 하나의 객체, 하나의 사람. 보이지 않는 곳에 아직 기진맥진한 상태로 누운 산모를 바라보던 한 사람이 그녀와 아기를 연결했던 탯줄을 자릅니다. 탯줄은 너무 질겨서 쉽게 잘라지지 않습니다. 온 힘을 다해야 잘립니다. 그 사람은 그녀의 배우자이며 아이의 아빠였습니다. 조심스럽게 아이를 들어올려 아직 누워있는 산모의 가슴에 살포시 올려놓습니다. 나시마는 옷깃을 열어 그녀의 왼쪽 젖가슴을 아이에게 내어줍니다. 인간의 몸이 만들 수 있는 가장 완벽하고 훌륭한 물질 중 하나가 아이에게 전달됩니다. 그녀는 무한한 사랑과 자부심으로 만면에 미소를 지으며 아이에게 초유를 먹입니다. 아이는 삶에 대한 의지로 맹렬합니다. 그녀는 이제 아이를 감싸 안으며 눈물을 흘립니다. 이미 모든 고통은 사라졌습니다. 자신의 일부였다가 이제는 세상으로 나와 결국 혼자가 된 아이에게 경외와 사랑을 보냅니다. 나는 다시 그녀가, 산모가, 엄마가,

나시마가 지쳐 쓰러지지는 않을까 염려합니다. 이토록 힘든 일을 어떻게 해 뜨는 시간까지 계속할 수 있을까? 그녀에게 이런 초인적인 힘을 전달하는 원천은 무얼까? 나는 그렁그렁해진 눈으로 두 손을 모아 그녀의 안녕을 기원합니다. 그러나 그녀와 그녀의 아이는 쉬지 않습니다.

성장통

누가 그랬습니다. 태어난 지 6개월 만에 아이의 몸은 두 배가 된다고. 그 기간 모유수유만을 했다면 아이에게 전달된 모든 영양분은 오로지 엄마에게서 비롯된 겁니다. 아이는 놀랍도록 빠르게 자랍니다. 자라나는 아이를 허공에 표현했지만 우리 모두는 그 아이의 크기는 물론이고 엄마와 무엇을 함께 하는지 어떤 관계를 맺고 있는지 잘 알 수 있었습니다. 그녀는, 아이의 엄마는 아이의 요구와 요청을 다 받아줍니다. 온실 속의 화초라는 말은 매우 적절한 표현입니다. 나는 가물가물 잘 기억나지 않는 내 어린 시절을 투영하려 애썼지만 잘 되지 않았습니다. 저렇게 전폭적으로 나를 받아들여준 존재가 한 사람이라도 있었다면 나는 이렇게 자라나지 않았을 거라는 생각에 이르자 다시 분노가 올라왔습니다. 세상의 모든 엄마가 저렇게 할 수는 없다는 걸 알면서도 눈에 보이지도 않는 가상의 한 아이와 과거의 나를 비교하며 열등감과 질투심이 솟아났고 얼굴이 달아오르고 호흡이 가빠졌습니다. 다음 순간 나시마가 보여준 장면이 아니었다면 나는 그 자리에서 폭발해 버렸을지도 모릅니다. 아이는 엄마의 어깨 높이까지 자라났습니다. 그간 엄마가 얼마나 많은 헌신과 희생과 사랑으로 그 아이를 자라게 했는지 하나하나 목도한 우리들은 그 모든 장면들을 잊을 수 없었죠. 엄마는 대가를 바라지 않고 주는 것으로, 아이가 그 마음을 받아들이고 자라나는 것만으로 충분히 만족하고 기뻐합니다. 그러다 간혹 아이가 엄마에게 고마움을 표현하거나 그 사랑의 아주 작은 부분을 돌려주면 엄마는 자신이 퍼준 사랑의 백만분의 일이 될까 말까 한 그 작은 보답에 온 세상을 얻은 듯 환호합니다. 그러나 아이는 잘 모릅니다. 결국 엄마는 자신도 받은 사랑을 전달할 뿐이라는 것을. 그래서 아이에게도 그 사랑을 엄마가 아닌 다른 존재에게 흘러가게 하라고 일러줍니다. 아이는 고개를 끄덕이지만 온전히 이해하지 못합니다. 나는 다른 의미에서 그런 주고받음을 받아들이기 어렵습니다. 이제 아이는 엄마와 키가 같아졌다가 이내 그보다 더 높이 자랍니다. 그리고 질풍노도의 사춘기가 도래합니다. 엄마는 상처를 받습니다. 사람이라면 누구나 회피하고 싶은 것들. 소외, 무시, 격동, 비난, 기약 없는 기다림, 심장을 조이는 불안, 후회. 그리고 이 모든 것들의 무한 반복. 아이는 결국 돌아오고 그만큼 성숙하여 어른이 되어가는데 그 존재의 원천이고 이유이고 모든 과정의 배경이었던 엄마는 상처를 받습니다. 이제 아이는 더 자라 그녀로부터 완전히 분리되어 온전한 한 사람이 되려 합니다. 이 두 번째 이별을 그녀는 더 아파합니다. 그러나 의연하게 아이를 보내줍니다. 이제 너에게는 날개가 있어. 너는 약하지 않아. 내 도움도 필요 없어. 너는 이제 어른이 될 거야. 너와 나는 다를 게 없어. 잘 가. 훨훨 날아가렴. 네가 원하는 데로 가렴. 네가 원하는 삶을 살아가렴. 다시 돌아오지 않아도 좋아. 내가 너에게 줄 건 남아있지 않아. 지금도 내 속에서 끊임없이 길러지는 이 사랑을 지금 이렇게 네게 쏟아 붓고 있지 않니? 너도 알게 될 거야. 지금 몰라도 좋아. 언제라도 날개를 다치게 되면, 쉼이 필요하게 되면, 계산도 없이 기대도 없이 너를 받아줄 사람이 필요하게 되면 내게 와 주겠니? 네가 무엇이 되었건, 무엇을 했건, 얼마나 오랫동안 나를 잊어버렸건, 아무것도 되지 못했건 상관없어. 그저 내게 오기만 하렴. 나의 아이야, 또 다른 나야, 사람아. 줄줄 하염없이 눈물을 흘리던 나는 결국 울음을 터뜨렸습니다. 내게는 허락되지 않았던 엄마의 사랑을 보았거든요. 많은 사람들이 그런 모성애를 경험하며 자랐을 텐데 내게는 일말의 기대나 가능성도 없었습니다. 사춘기에 접어든 이후로 무너지지 않기 위해 스스로를 속였어요. 나는 괜찮아, 괜찮을 거야. 모두가 그런 엄마를 가질 순 없지. 난 혼자 할거야. 강해지고 강해져서 엄마의 사랑 같은 거 없이도 홀로 잘 설 거야. 난 할 수 있어. 그러나 그 빈자리는 내가 채울 수 있는 게 아니었고, 그 심연은 여전히 깊고 어둡기만 합니다. 내가

123

아직도 너무나 간절히 그 사랑을 원하고 있음을 고통스럽게 인정합니다. 상실감이나 원망이나 두려움이 아니었습니다. 어린 나, 그토록 원했지만, 말도 못하고 숨기고 덮고 멀쩡한 듯 자신을 채근하며 살았던 내가 보여서, 그 아이가 너무 불쌍하고 안쓰러워 울었습니다. 혹 근처의 누군가가 흔들리는 내 어깨에 손이라도 얹었더라면 나는 그 자리에서 무너졌을지도 모릅니다. 나는 천천히 침잠해졌습니다. 격정이 차츰 가라앉고 호흡도 안정되었죠. 감은 눈꺼풀 너머로 인기척이 느껴졌습니다. 아! 나시마가 내 앞에 서 있었습니다. 두 팔을 한껏 벌린 그녀의 눈동자도 그렁그렁 빛났습니다. 나는 일어나 그녀의 품에 몸을 던졌습니다. 따뜻한 품이었습니다. 언제나 그리움 속에만 있었던 엄마의 품이었죠.

홀로서기

　나시마는 자신의 분신 같은 아이를 마주보고 서 있습니다. 웃음기
가 사라진 그녀의 얼굴은 엄숙합니다. 아이는 약간 당황한 듯하지만
지금 무슨 일이 벌어지려 하는지 잘 알고 있습니다. 그녀의 얼굴에는
일말의 불안함이 감돌고 있지만, 결연한 의지와 알 수 없는 신비로움
속에 다가오는 미래를 향한 설렘으로 밝게 빛납니다. 엄마 나시마는
감개무량한 표정으로 아이의 등 뒤에 달린 날개를 어루만집니다. 아
이는 엄마가 이끄는 대로 날개를 접었다가 펴기를 반복하고 있는 힘
껏 퍼덕이다가 한껏 펼쳐서 그 길이가 얼마 정도나 되는지 확인하기
도 합니다. 모든 것을 엄마에게서 받았지만 이제는 온전히 자신의 것
이 된 날개만은 다릅니다. 태어나면서부터 지니고 있었던 게 아니고
유아기가 지난 이후에 만들어진 세상을 살아가기 위한 방편이기 때
문에 아이는 자신의 날개를 더욱 자랑스럽게 여기고 엄마는 흐뭇한
얼굴로 격려합니다. 그러나 그 모든 힘의 원천이 엄마에게서 비롯되
었음을 아이는 알지 못합니다. 그래 네가 했어. 넌 잘 살아갈 거야.
맞잡은 두 사람의 손이 떨어지고 점점 거리가 멀어지려는 찰나, 엄마
가 다급히 아이를 다시 끌어당깁니다. 두 손을 모아 왼쪽 가슴께로
가져가더니 그 안에서 덩어리 하나를 꺼내어 아이의 가슴으로 가져
가 천천히 넣어줍니다. 이제 가, 네 길을 가. 엄마는 아이를 향해 길
게 손을 흔들어 배웅합니다. 아이가 고개를 돌려 엄마를 두 번 확인
하고 엄마는 눈물을 참아가며 아이를 향해 환한 미소로 응원을 보냅
니다. 이제 아이는 홀로 세상으로 나왔습니다.
　아이가 홀로 날갯짓을 시작합니다. 이것저것 시도해보며 조심스럽
게 자신의 날개를 시험합니다. 작은 성취를 이루면서 자신감이 붙었
는지 날갯짓도 커지고 높이 날아올라 활강하는 시간도 길어집니다.
때론 욕심을 내어 더 과감하게 도전합니다. 몇 번의 시도는 처참한

추락으로 이어집니다. 데굴데굴 구르던 몸이 멈추고 그녀는 엎드린 채 고개만 쳐들어 주변을 응시합니다. 도움을 요청하는 듯하지만 받아주는 사람은 없습니다. 그녀는 온갖 생채기 때문에 스칠 때마다 움찔할 정도로 아픈 팔을, 날개를 스스로 감싸 안고 쓰다듬고 보듬어줍니다. 홀로 고통을 감내해본 사람은 다 알죠. 살기 위해 그렇게 해야 하는데 예정된 고통 속으로 걸음을 들여놓기로 마음을 정하는 것조차 아픕니다. 그녀는 다시 도전합니다. 이번에는 꽤 오랫동안 비행합니다. 맞바람도 잘 통과합니다. 아! 드디어 순풍과 상승기류도 만납니다. 힘들게 날갯짓을 할 필요 없이 활강합니다. 착륙도 안정적입니다. 젊은 시절의 과감하고 무모한 도전의 끝에 성공을 맛본 사람에게는 모든 것이 완벽해 보입니다. 그녀는 자신감으로 충만합니다. 잠시 쉬는가 싶더니 다시 날갯짓을 시작해 하늘로 오릅니다. 그러나 이젠 모든 게 달라졌습니다. 강력한 광풍을 맞닥뜨린 그녀는 앞으로 나아가지 못하고 횡보합니다. 세상을 뒤엎을 듯한 바람에 뒤로 구르며 나뒹굴다가 산산이 부서진 날개를 부여잡고 널브러진 채 꼼짝도 하지 않습니다. 그리고 다시 몸을 추스르다 비틀거리며 날아오릅니다. 어디서 어떻게 그녀를 덮칠지 모를 몹쓸 바람. 뒤에서, 옆에서, 위에서, 아래에서도 그녀를 타격합니다. 결국 그녀는 다시 추락합니다. 이번에는 상처가 깊어서 스스로 일어날 힘도 없는지 그저 웅크린 채 가쁜 호흡이 가라앉을 때까지 그대로 힘없이 늘어진 채 엎드려 있습니다. 작고 연약한 그녀의 어깨가 흔들립니다. 나는 그녀에게 나를 투영합니다. 그녀는 다시 일어납니다. 그러나 그녀의 날개는 퍼덕이다 맙니다. 한쪽은 부러졌고, 나머지 한쪽도 기력이 전혀 없습니다. 그녀는 절망합니다. 순간 그녀의 심장에 통증이 느껴집니다. 그녀는 간헐적으로 극심한 아픔을 느끼며 가슴을 부여잡고 고통스러워합니다. 그러다 그녀는 자신의 심장으로 느끼는 것이 고통이 아님을 알아차립니다. 그건 엄마에 대한 기억, 엄마가 자신에게 전해 준 마음입니다. 영원히 나는 너와 함께 할 거야, 라는 약속의 현현임을 드디어 기억해냅니다. 세상에 혼자 버려진 게 아니고 모든 어려움을 홀로 짊어지고 고통 속에 나락으로 밀려갈 필요가 없다는 것도 알아차립니다. 그녀는 가슴에 손을 얹고 일어납니다. 움츠러들었던 몸이 천천히 바르고 싱싱하게 펴집니다. 턱을 당기고 가슴을 내밀어 당당한 자세를 취합니다. 그녀가 맞닥뜨릴 난관의 성격은 변하지 않았지만 이제는 더 올곧은 자세와 마음가짐으로 세상을 헤쳐나갈 수 있게 되었습니다. 그녀의 가슴 속에 내재한 근원은 그녀와 더 이상 분리되거나 때때로 환기해야 할 기억이 아니고 현재의 그녀를 이룬 모든 것 안에 온전히 자리잡고 있습니다. 나는 나시마가 몸짓으로 구현해 보여주는 소녀를 응시합니다. 훗날 성장하여 한 여성으로 자라날 아름다운 존재를 부러움 가득한 눈으로 바라봅니다. 아, 참 좋겠다. 내 안에도 그런 기억 하나 있으면 얼마나 좋을까. 아주 작은 것이라도, 일말의 가능성이라도……

이제는 실패해도 어렵지 않게 다시 일어날 수 있습니다. 꿋꿋하게 살아갑니다. 때로 무의미와 환멸에 빠져 괴로워하지만 그곳에 오래 머물지는 않습니다. 다시 일어나 일상으로 돌아가고 돈을 벌고 사람들을 만나고 사랑을 하고 우정과 추억을 쌓아갑니다. 평범하면서도 특별하고 무의미하면서도 의미심장한 일상과 특별한 사건이 반복되는 인생. 그러나 나는 내 인생의 하루하루가 비루하고 무의미하며 추억이랄 것도 별로 없는 무미건조한 그림 같습니다. 내 속에도 몇몇 알 수 없는 길이나 무한한 가능성으로 가득한 미지의 어떤 곳으로 나아갈 씨앗들은 심어졌을 거야. 그런데 발현될 기회를 만나지 못한 씨앗은 그 발아의 순간과 조우하기 전까지는 없는 거나 마찬가지야. 다채로운 삶의 단면들을 보여주는 그녀의 끝이 없을 듯 이어지는 몸짓과 춤사위를 나는 그저 부러움과 질투와 후회와 분노를 번갈아 느끼며 바라봅니다. 나시마는 그 바쁜 춤사위 중간중간 관객들과 눈을 마주치며 조우합니다. 그녀는 전달하기 위해서라기 보다는 관객 하나하나로부터 그녀에게 전해져야 할 무언가를 찬찬히 받아들이고 있었습니다. 순간 나는 그녀가 세상 모든 것들을 안을 수 있을 만큼 커다란 품을 가진 거대한 존재일지도 모른다고 느낍니다. 그러나 무섭거나 하지는 않았죠. 일말의 불안도 없이 온 몸을 던져도 좋을 만한 포근하고 안온한 품. 알 수 없는 희망이 다시 내 심장 속으로 밀려들어와 몸을 떨었습니다.

고통과 마주하기

그 다음 순서가 그날 벌어진 모든 일들 중 가장 힘든 시간이 될 줄은 전혀 몰랐습니다. 미리 알았다면 감히 그 자리에 가려 하지 않았겠죠. 그리고 그 시간을 통과한 지금의 나도 없을 겁니다. 혼자였다면 회피하고 말았을 시간. 나시마였기 때문에, 그리고 함께 애쓴 사람들이 있었기 때문에 가능했을 겁니다. 어렴풋하게 눈치챘는지도 몰라요. 어쩌면 그때까지 내 속에 차곡차곡 쌓인 모든 비밀을 드러내야 할 수도 있음을. 그간 직면을 거부하고 피해 다녔던 그 거대한 두려움과 마주하고 내가 가진 모든 힘을 동원해 나를 끌고 나아가, 다시는 오지 않을 처음이자 마지막 산봉우리를 맞닥뜨려야 한다는 것을요.

나는 나시마와 사람들과의 교감이 일대다 형식으로 진행되는 줄 알았습니다. 한 사람 한 사람에게 다가와 인사하고 기본적인 교감을 나누는 시간은 일대일이었지만 그것까지 일거라고 생각했죠. 받아들이는 사람들의 내부에서 일어나는 개인화는 오로지 개인의 몫. 때론 증여자가 준비했거나 가지고 있거나 전달한 것보다 더 많은 변화가 수용자에게서 일어나기도 할 겁니다. 때론 아무 것도 받아들이지 않고 튕겨내기도 하겠죠. 나시마의 춤을 바라보고, 느끼고, 나를 돌아보는 것만으로도 이미 충분하다고 생각했습니다. 나는 그때까지 일어난 변화만으로도 이미 지쳐있었거든요. 그간의 삶이 모두 투영되었으니까. 내가 겪었던 일들과 그 양상을 다 목도했고 내가 원하고 원했지만 내겐 일어나지 않아 상실로 남은 것들까지 다 보았으니까요. 바라보는 내가 이토록 힘겨운데 앞에서 이끌어가는 사람은 얼마나 힘들까 싶어 마음이 아려 왔고 좀 쉬다가 떠오르는 해를 맞이하며 끝나겠다고 짐작했습니다. 그런데 정작 중요한 순간은 아직 도래하지 않았습니다.

나시마는 다시 우리에게 왔습니다. 그녀는 맨 앞줄의 한 중년 여인에게 다가갔습니다. 처음부터 줄곧 정성을 다해 참여하고 있다는 걸 뒷모습만 보고도 잘 알 수 있었습니다. 그 간절함이 나시마에게 가 닿았을 지도 모르겠네요. 나시마는 그녀의 머리 위로 한 뼘 정도의 공간을 두고 두 손바닥이 아래로 향하도록 오목하게 손을 구부린 채 잠시 머물렀습니다. 나시마의 다른 한 손은 그녀의 왼쪽 가슴 위에 올려져 있었죠. 그녀의 얼굴에는 미소가 어른거렸습니다. 안정을 취하려 노력하고 있지만 많이 긴장한 것 같았습니다. 눈은 감은 채였습니다. 잠시 후 나시마는 여인 앞 한 걸음 정도 떨어진 자리에 허리를 약간 숙이고 서더니 크게 팔을 벌려 여인의 몸을 둘러싼 보이지 않는 막을 어루만지는 동작을 천천히 이어갔습니다. 몇 분이 흘렀습니다. 나시마는 그 여인에게서 빠져 나와 자신에게로 전달된 기운을 받쳐 들기라도 하려는 듯 두 손을 가지런히 모았습니다. 눈에 보이지 않지만 분명히 거기 있는 것 같았던 동그란 무언가를 품은 두 손을 조심스럽게 가슴께로 가져갔고 두 손을 천천히 가슴을 향하게 세우더니 그녀의 가슴 속으로 그 덩어리를 힘껏 밀어 넣었습니다. 나시마와 마주하던 여인은 마치 자신의 중요한 일부가 정말 나시마의 손으로부터 그녀의 가슴팍 안으로 스며들었다는 걸 느끼는 듯했습니다. 여인의 표정은 계속 변했습니다. 처음에는 부끄러움 때문에 볼이 발그레 달아올랐고 입가에는 어색한 미소가 떠올랐는데 이제 그녀의 얼굴은 간절함으로 가득합니다. 나시마가 나지막한 소리로 묻습니다. 당신은 누구입니까? 그것이 그날 내가 나사마로부터 들은 유일한 한 마디였고 그 여인의 대답이 그녀에게 전달된 유일한 말이었습니다. 여인은 두 손을 가슴에 얹은 채 눈을 감고 잠시 생각에 잠기더니 말합니다. 나는 엘리입니다. 나시마가 고개를 끄덕이고 나서 마치 그녀를 그때 처음 만나기라도 한 듯 정성을 다해 손을 모아 합장하고 고개를 숙여 그녀에게 인사합니다. 나시마의 이마와 손에서, 아니 그녀의 몸 전체에서 뿜어져 나오는 기운이 엘리에게 전해집니다. 그녀를 둘러싼 보이지 않는 막은 나시마와의 교감을 더 원활하게 전달하는 촉진제가 된 것 같았어요. 내 주변에도 내가 둘러친 방어막 대신 저런 막이 있다면…… 그런 게 만들어지고, 그래서 사람들과 따뜻함을 나눌 수 있다면 참 좋겠다. 그녀가 나에게도 올까? 내 간절함도 그녀에게 전해졌을까? 그럼 어떻게 하지? 무슨 일이 벌어질까? 궁금증과 두려움이 뒤섞여 마음 속이 차오르고 있었습니다. 나시마가 엘리에게서 무엇을 받아갔는지 나는 알 수 없습니다. 두 사람은 알고 있겠죠. 엘리가 가지고 있던 고통스러운 기억이 나시마의 몸으로 퍼져가는 것 같았습니다. 미소는 사라졌고 허공을 응시하는 커다란 두 눈에서 두려움이 떠오르더니 몸에 전율이 일기 시작합니다. 무언가를 거부하는 듯한 손짓을 하는가 싶더니 자세를 바꾸어 힘겹게 수용하는 자세로 전환합니다. 반복되는 침투, 공격…… 그녀는 곧 지쳐갑니다. 엘리는 나시마가 투영하고 있는 자신의 아픔을 고스란히 느낍니다. 그러나 그와 동시에 투영된 자신이 겪고 있는 고통을 바라보는 시선을 경험합니다. 나시마에게 전가된 자신의 아픔. 처음으로 그 고통의 덩어리를 외부에서 찬찬히 바라봅니다. 안타까움, 슬픔, 무기력, 어쩔 수 없음, 분노가 차오릅니다. 그러나 지금 그 고통의 시간은 나시마 안에서 흐릅니다. 그녀는 두 손으로 얼굴을 감싼 채 흐느낍니다. 미안함인지, 고마움일지, 나는 알 수 없습니다. 나시마는 그녀의 손을 얼굴에서 떼어냅니다. 다시 고통 속으로 자신을 밀어 넣는 그녀를 나는 이해할 수 없습니다. 자신의 것도 아닌 아픔을 스스로 선택하는 그녀의 용기와 조건 없는 수용에 나는 숙연해집니다. 엘리의 무릎이 꺾이고 두 손이 바닥에 닿고 손등으로 눈물이 방울방울 떨어집니다. 나시마는 그녀를 짓누르는 고통의 무게로 힘겨워합니다. 그녀는 결국 무너집니다. 모로 누운 그녀는 고통스런 신음을 내뱉으며 무릎을 가슴팍으로 당겨 두 손으로 감쌉니다. 동그랗게 옹크린 그녀는 공처럼 작아집니다. 천천히 그리고 힘없이 구르기 시작하는 그녀의 동그란 몸. 조금 전까지만 해도 서늘하고 잔잔한 밤바람 정도만 분다고 생각했는데 어디서 그런 강풍이 불어오기 시작했는지 나시마의 몸은 이리저리 구르고 무언가에 부딪히고 다시 반대로 구르고 또 고통스럽게 부딪히고 멈추고…… 그러기를 반복합니다. 엘리는 한 손은 가슴에 대고 한 손은 얼굴을 감싼 채 눈물을 흘리며 그 모습을 바라봅니다. 그녀는 알고 있습니다. 나시마가 겪어내는 아픔에는 그녀가 겪었던 고통의 시간이 투영되어 있습니다. 고통의 기억은 나시마의 몸에서 되살아납니다. 나는 구체적으로 이해하기 어려운 나시마의 몸짓이지만 엘리는 모든 움직임의 의미를 잘 알고 있습니다. 그녀는 고개를 끄덕이기도 하고, 아니야!라고 외치는 듯 고개를 크게 가로젓고 이제 더는 못 견디겠다며 손바닥을 나시마를 향해 내밀며 격정적으로 반응합니다. 두 사람이 주고받은 고통이 구체적으로 무엇이었는지 나는 알 수 없습니다. 신기하고 무섭고 놀랍고 부럽습니다. 그녀의 움직임은 한 곳으로 점점 수렴합니다. 알아채지 못했었는데 파완과 몇몇 스태프들이 뒤로 다가와 나시마를 주시하고 있습니다. 만일을 대비하는 것 같은 심각한 표정입니다. 조금 더 시간이 흐르자 나시마의 움직임이 잦아들기 시작합니다. 그녀가 천천히 손을 뻗었고 그 연장선 끝에 엘리가 있습니다. 엘리가 다가갑니다. 나시마의 동그란 몸은 아직 잔잔하게 떨리고 있습니다. 엘리는 어찌할 줄 몰라 주저합니다. 나시마가 엎드린 채 뒤로 뻗은 손을 천천히 흔들기 시작합니다. 엘리가 용기를 내어 더 가까이 다가갑니다. 그 옆에 무릎을 꿇고 앉아 조심스럽게 손을 내밀어 나시마의 등에 얹습니다. 엘리는 순간 전기라도 통한 듯 움찔합니다. 그리고 다시 팔을 벌려 아픔을 견뎌낸 후의 진동으로 잔잔히 떨리는 나시마를 안아줍니다. 동시에 그녀의 울음보가 터집니다. 그녀는 나시마의 등 위로 무너집니다. 우리는 그 두 사람의 주변으로 다가가 따뜻한 공기를 형성합니다. 누군가 팔을 뻗어 엘리의 들썩이는 등 위에 한 손을 올립니다. 사람들이 차례차례 동참합니다. 나도 그녀의 등에 살포시 손을 올립니다. 그녀의 몸에서 내 손바닥으로 따뜻한 진동이 전해집니다. 엘리의 울음이 잦아듭니다. 나시마가 천천히 고개를 들고, 상체를 일으키고, 엘리와 마주보고 함께 일어납니다. 우리는 약간의 거리를 둔 채 두 사람을 중심으로 원을 그리며 섭니다.

엘리를 조심스럽게 바닥에 눕히고 나서 나시마는 그 옆에 무릎을 꿇고 앉습니다. 엘리의 가슴에 손을 얹고 그 속에 남은 응어리들을 남김없이 다 가져갑니다. 그 덩어리들을 하늘로 날려버리는 의식이 시작됩니다. 그녀는 엘리의 가슴을 천천히 쓸어 내리고 원을 그리며 쓸기도 하고 조심스레 꾹꾹 누르기도 하고 사이사이 두 손을 그녀의 가슴께로 가져오기를 반복합니다. 동작이 반복되면서 경직되었던 그녀의 팔과 손과 손가락이 차츰 풀어지고 대신 뭉근한 편안함이 점점 더 크게 자리를 차지합니다. 나시마는 이제 그녀의 발끝부터 정수리까지 약간의 거리를 유지하며 훑어갑니다. 몇 차례 반복하는 동안 엘리의 호흡은 평온을 되찾습니다. 그녀의 호흡을 확인한 나시마가 엘리의 얼굴을 물끄러미 바라보고 나서 고개를 끄덕입니다. 엘리의 응답을 확인한 나시마가 그녀의 등을 부축해 일으킵니다. 엘리의 얼굴은 달라졌습니다. 밀려왔던 격랑이 남긴 결만 간직한 그녀의 얼굴은 나시마의 얼굴과 같습니다. 나시마는 이제 두 손을 가슴에 모으고 몸을 웅크렸다가 더 이상 뻗을 수 없을 만큼 팔과 손가락을 펼쳐 자신 안에 있었던 잔해들을 허공으로 남김 없이 날려보냅니다. 자신 안에서 나온 응어리가 나시마를 통해 흩어져가는 광경을 바라보던 엘리가 천천히 자리에서 일어납니다. 엘리가 나시마를 향해 팔을 벌립니다. 두 사람이 포옹합니다. 우리는 옆 사람의 손을 잡고 서서 그들을 둘러싼 커다란 원을 형성합니다. 두 여인은 이제 마주보며 서로의 얼굴을 응시합니다. 두 사람의 얼굴에는 환한 미소가 피어납니다. 둘러싼 사람들에게도 웃음이 번져갑니다. 웃지 않는 사람도 있습니다. 여전히 심각한 표정으로 자신의 내면과 씨름하는 듯한 얼굴도 보입니다. 그런 개별성을 무시하거나 스스로 가식적으로 행동할 필요가 없다는 건 분명했습니다. 전체의 분위기가 어떠한지는 분명한데 미세하거나 눈에 띄게 드러날 수도 있는 개별성을 묵살하지 않습니다. 큰 짐을 내려놓은 듯 노곤한 표정의 엘리는 나시마의 도움을 받으며 상체를 뒤로 젖히고 하늘을 바라보며 허공과 교감을 시작합니다. 크게 숨을 들이쉬고 내쉬면서 호흡은 점점 길어집니다. 내 호흡도 그 움직임에 동화되어 늘어날 대로 늘어납니다. 눈물이 말라가는 그녀의 눈 주위가 반짝입니다. 그녀는 스태프가 가져다 준 차를 마시고 천천히 다시 자리에 누워 쉼에 들어갑니다. 나시마도, 엘리도, 그 과정을 지켜보며 함께 마음을 주고 받았던 모든 참가자들도 그곳을 휘감았던 신비로운 공기에 취해 있었습니다. 조용히 각자의 자리로 돌아간 사람들은 다시 차분하게 호흡을 가다듬었습니다. 나는 다음으로 나시마를 마주하게 될 사람이 누구일지 궁금해졌습니다. 혹시 나에게도 그런 일이 생기지는 않을지 조바심과 두려움과 기대감이 뒤엉켜 상기된 볼과 빨라지려는 맥박이 쉬 가라앉지 않아 수십 번 긴 호흡을 들이쉬고 내쉰 후에야 겨우 안정을 찾았습니다.

나시마와 그

나시마가 내 옆에 앉아 있던 그에게 다가왔습니다. 그녀는 가부좌를 하고 앉았고 그는 어색한 표정으로 그녀를 바라봤습니다. 잠시 침묵이 흘렀습니다. 그녀는 아무 것도 억지로 하지 않았습니다. 상대가 불편해하지 않는 선에서 그녀가 줄 수 있고 상대가 알아 차리고 그 순간 받아들일 수 있을 정도의 교감을 어떻게 전달해야 하는지 정확하게 알고 있었습니다. 나시마가 두 손바닥을 들어올렸고 그도 손을 내밀었습니다. 그녀는 그의 손을 바깥쪽에서 살포시 잡고 합장하게 했습니다. 그리고 그의 손을 그녀의 손으로 감싸고 그를 향한 시선을 고정한 채 천천히 눈을 감았습니다. 그녀는 알고 있습니다. 아니, 알기 위해 애쓰고 있습니다. 그의 내면이 어떠한지, 그리고 얼마만큼을 지금 그녀에게 내보일 수 있는지. 그래서 두 사람이 무엇을 공유할 수 있는지, 그리고 그녀가 감당해내고 변화를 일으킬 수 있는 분량은 어느 정도인지. 그녀의 눈꺼풀은 편안하게 덮인 채 미동도 없고 그의 눈꺼풀은 이리저리 굴곡을 만들며 움직입니다. 그녀는 단지 그의 손을 쥐고 있었지만 그 모습은 마치 그녀의 영혼이 그를 안고 있는 듯 했습니다. 시간이 흐르고 두 사람 사이의 교감이 진전되면서 그의 눈동자와 조금 일그러졌던 미간과 터져 나오려는 무언가를 참으며 앙 다물었던 입술도 점차 안정을 찾아갑니다. 마침내 그가 입을 열어 긴 한숨을 내뱉습니다. 미세한 떨림이 그의 손에 집중되고 그녀는 조금 더 힘주어 그의 손을 감쌉니다. 그 순간 가능했던 만큼의 교감이 이루어졌음을 알았습니다. 그녀가 손에서 힘을 빼자 그가 눈을 뜹니다. 두 사람의 눈이 마주쳤는데, 이전과는 다른 눈빛이었습니다. 그녀가 고개를 살짝 숙이면서 미소를 지어 보였고 그도 고개를 숙여 답례합니다. 그녀는 그에게서 떼어낸 두 손을 자신의 가슴께로 가져갑니다. 나시마는 그녀에게 전달된 그의 속에 감추어져 있었을 덩어리를 손바닥의 감촉으로 느끼고 있습니다. 나는 마음을 더 열지 못하는 그를 보며 안타까웠지만 곧 다가올 나와 나시마와의 조우가 어떠할지 상상하며 온 몸을 휘감은 조바심을 드러내지 않으려 애쓰고 있었습니다. 다 꺼내지 못했고 그래서 다 나누지 못한 것에 대한 아쉬움과 무력감, 연민, 그러나 강요하지 않고 열린 만큼, 준비된 만큼만 주고받은 사람들 사이에 생성된 작지만 분명한 연대를 목도했습니다. 다 알고 있다는 듯, 그러나 모든 순간 각 사람에게 최선을 다해 마음을 주고받는 나시마에 대한 경외심은 더 커졌습니다. 그녀는 그의 옆으로 다가가 그를 포옹합니다. 그녀의 가슴에 그의 머리통이 포개진 모습은 엄마와 아들 같습니다. 오랜 시간이 걸리지도 않았고 바닥까지 내려가지도 않았지만 그로서는 처음 겪었을 감정의 폭풍이 지나간 뒤 그는 몹시 지쳤습니다. 그러나 그의 얼굴은 편안해 보입니다. 그녀가 포옹을 풀어 그를 놓아줍니다. 그 정도의 교감으로도 마음의 에너지를 소진해버린 그는 자리에 누워 눈을 감고 휴식에 들어갑니다. 그녀가 발걸음을 옮기기 시작합니다. 아, 그리고 마침내 그녀가 나를 향해 다가옵니다.

나시마와 나

 그녀의 미소를 어떤 말로 표현할 수 있을까요? 얼굴 표정 너머 근원에서 비롯된 평화로움을 간직한 그녀의 미소를 바라보며 나의 기대는 신뢰와 의탁으로 바뀝니다. 그녀가 내 정수리 위에 닿을락말락 손바닥을 가져왔고 그곳에서 시작된 전율이 천천히 머리와 목을 타고 흘러내려 온 몸으로 번져갑니다. 나시마가 손을 머리에 댔다면 나는 정신을 잃어버렸을 지도 모르겠네요. 다음 순간 그녀는 두 손을 모으고 손바닥을 하늘로 향한 채 턱밑으로 두 손을 가져왔고 나는 그녀의 의도를 알아차리고 고개를 들었습니다. 그녀의 시선이 하늘을 향했고 나도 허리를 쭉 펴고 가슴을 내밀고 별이 반짝이는 하늘을 바라봤습니다. 나시마는 가만히 나를 바라보더니 눈을 감았습니다. 그녀가 무슨 생각을 하는지 편안하게 눈을 감은 그 얼굴에서 나는 아무것도 읽어낼 수 없었습니다. 모든 감정을 비워내서 아무런 느낌도 기억도 남지 않은 상태. 무엇이든 수용할 수 있도록 준비하는 시간이었을 겁니다. 그녀가 내 앞으로 조금 더 다가서더니 오른손을 내밀어 손바닥을 내 왼쪽 가슴 위에 올렸습니다. 나는 그 사이에 놓인 뼈와 살을 관통해 나시마의 손과 내 심장이 맞닿은 것 같은 착각 속으로 빠져듭니다. 나는 내 속의 심장과 그 안의 그 격동과 그 속을 휘몰아치는 혈류를 온전히 느낍니다. 잉태되고 얼마 지나지 않아 생겨난 가장 소중한 장기 중 하나. 지금까지 쉼 없이 이어온 심장의 수고에 대한 고마운 마음까지 솟아납니다. 시간이 조금 지나자 흥분이 잦아들고 호흡과 맥박도 평소대로 돌아옵니다. 그녀의 손은 내 가슴 속 심장과 이야기를 나누는 것 같습니다. 그 속에 자리한 아픔, 슬픔, 막막함, 간절함, 무기력. 그 모든 감정과 기억에 닿으려 합니다. 다른 사람은 결코 알 수 없고 알게 하고 싶지도 않았던, 꽁꽁 감추어 둔 켜켜이 쌓인 기억들이 손을 타고 그녀에게로 흘러갑니다. 나는 누구

에게도 말하지 않았던 저 아래의 아득한 곳에 단단히 박힌 응어리마
저 그녀에게 흘러 들어가고 있음을 느낍니다. 그때 그녀가 손을 떼어
냅니다. 그녀의 따스한 손바닥이 닿아 있었던 자리가 차가운 기운으
로 빠르게 채워지면서 나는 두려움에 빠져듭니다. 천천히 머뭇거리
며 눈을 뜹니다. 나를 바라보는 그녀의 얼굴에는 당혹감의 흔적이 남
아 있고 눈에는 연민이 가득합니다. 나시마가 그걸 알았을까요? 어떻
게 알았을까요? 그 아픔에 대해 아는 사람은 이제 이 세상에 남아있
지 않은데 어떻게 알 수 있단 말인가요? 그녀는 고민하고 있습니다.
이 상처를 다 받아들일 수 있을까? 이 아픔을 다 가져갈 수 있을까?
감당해낼 수 있을까? 이 사람에게서 그 고통을 다 꺼내 가져가도 괜
찮은 걸까? 이 아픔을 다시 헤집고 통과해 나갈 수 있을까? 나는 모
릅니다. 나는 결정할 수 없습니다. 꽁꽁 숨겨둔 기억을, 아픔을, 두려
움을 어찌해야 하는지 나는 모릅니다. 나도 모르는데 그녀가 어떻게
할 수 있다는 건가요? 나는 무력감을 느낍니다. 힘이 빠집니다. 반면
– 얼핏 바라본 그녀의 얼굴에서는 불굴의 의지가 엿보입니다. 내 속
깊은 곳에서 올라오는 소리가 들립니다. 제발, 제발, 뭐든 해 줘요.
나를 살려줘요. 그냥 두지 말아요. 나를 잡아요. 그녀가 다시 천천히
손을 내게로 내밀기 시작하고 나는 재빨리 그 손을 맞잡습니다. 내
몸은 이미 달아오르고 있습니다. 그녀의 손은 차가웠고, 나는 안심합
니다. 그녀가 나를 포옹합니다. 내 몸은 덜덜 떨리고 있습니다. 불덩
어리가 아랫배 속에서부터 회오리를 일으키며 뭉쳐집니다. 단단한
알맹이 같은 그 덩어리가 몸집을 키워가며 위로 올라옵니다. 그 덩어
리가 심장에 닿으면 나는 어떻게 될까요? 공포가 엄습해오지만 멈추
게 하고 싶지는 않습니다. 번번히 그 앞에서 무너졌는데 다시 무기력
하게 물러서기는 싫습니다. 나를 감싼 그녀의 팔에 힘이 가해집니다.
내 몸에 닿은 그녀의 모든 살갗이 느껴집니다. 여전히 차가운 기운이
느껴집니다. 나는 그녀가 냉철한 마음을 유지한 채 나를 대하고 있음
을 알고 안도합니다. 더 가져가요. 남김 없이 가져가요. 나는 이제 상

관없어요. 당신만 괜찮다면…… 아니, 모르겠어요. 그냥 가져가요. 나를 다 알아도, 관통해도 상관없어요. 그러니 모두 다, 남김없이 지나가요. 나를 완전히 가져요. 내 마음을 알아차리기라도 한 듯 그녀는 나를 더 세게 옥죄며 단단히 포획합니다. 그 속에 옹크린 나는 더 작게 움츠러듭니다. 손을 가슴에 모으고 조여오는 아픔을 견뎌냅니다. 이번만큼은 끝을 보고 싶어서, 어둡고 깊은 그 심연의 끝에 무엇이 있든 그대로 직면하고 싶어서. 덩어리는 더 커졌고 그 경계면이 내 몸을 넘어섭니다. 몸이 불구덩이에 내던져진 것 같습니다. 나시마의 몸이 그 불덩어리를 어떻게 감당할 수 있을까요? 그녀는 순간 불에 데인 듯 움찔합니다. 나는 미안함을 느끼며 울음을 터뜨립니다. 그러나 그녀는 포옹을 풀지 않습니다. 내가 포기하거나 나가떨어지지 않기로 결심했음을 그녀도 알아차렸을까요? 아니, 그녀의 의지를 내가 무의식 중에 먼저 인식했는지도 모릅니다. 내게도 그런 사람이 다가온 거예요. 참 좋은 사람이, 내가 그토록 기다리던 그 사람. 열기가 다 빠져나갔는지 전신의 피부를 통해 오한이 엄습합니다. 턱이 떨리고 이빨이 딱딱 부딪힙니다. 순간 나는 우리 몸의 상태가 정반대로 바뀌고 있다고 느낍니다. 이제는 나를 여전히 감싼 그녀의 몸에서 발산되는 온기를 느낍니다. 포옹의 강도는 조금 약해졌고 극심한 아픔은 천천히 잦아듭니다. 몸의 구석구석을 비집고 들어와 얼음 면에 균열을 일으키듯 퍼져나가는 한기를 막기 위해 그녀의 몸이 발산한 온기가 도망가지 않도록 나를 단단하면서도 부드럽게 감싸 안은 나시마. 안도감이 조금씩 내 안으로 밀려들고 나는 그만큼 속을 더 드러내 남은 찌꺼기까지 그녀에게 보여주고 그녀는 남김없이 다 가져갑니다. 작고 차가운 구슬 같은 그녀의 눈물 두 방울이 찰랑 찰랑 내 뒷목에 떨어집니다. 온 몸으로 청량한 파란색 파동이 번져갑니다. 오한이 아직 남아있고 한 알 한 알 번져가는 서늘한 차가움은 통증을 가중시키지만 그 눈물 방울에 담긴 마음을 알아차린 나는 마음을 더 활짝 열어줍니다. 그녀는 여전히 힘겹게 받아들이고 있습니다. 나는 탄식합니다. 나시마의 손 안에 갇힌 떨리는 손을 빼내려 합니다. 그녀는 단호합니다. 등에 닿은 코와 턱의 움직임으로 그녀가 고개를 가로 젓고 있음을 알아챕니다. 다시 한 번 그녀가 엄마 같다고 느낍니다. 나는 굴복합니다. 이제 당신은 내 바닥을 보게 될 거예요. 아무도 모르고 누구에게도 말할 수 없었던, 나도 들여다보고 싶지 않은 그 깊은 어둠을요. 어떤 빛도 스며들지 않았던 캄캄한 심연을요. 나를 죽음의 문턱까지 끌고 갔었던 날 선 칼과 같았던 기억을요. 나는 이제 가장 두려운 순간을 맞이하려 합니다. 크고 작은 칼들이 가득 들어차 있고 번득이는 칼날이 삐죽삐죽 이리저리 허공을 향해 적의를 내뿜고 있는 그 상자를 이제 꺼내야 하니까요. 각오해야 합니다. 붉은 색 피를 맞닥뜨려야 하고 시퍼렇게 번득이는 검들이 찌르는 고통도 감내해야 하니까요. 나시마가 이런 것까지 예상했을 리는 없다는 생각에 내 마음도 무너집니다. 그러나 그녀의 포옹과 눈물에 힘을 얻어 간신히 길어 올린 용기와 당돌한 마음을 이제 와서 거둬들일 수는 없습니다. 나는 동그랗게 말린 몸을 돌려 그녀를 향합니다. 손을 내밀어 그녀의 허리를 감싸 안고 가슴과 배를 그녀에게 내어 맡깁니다. 쏟아지는 눈물과 콧물이 그녀의 가슴을 타고 흘러내립니다. 나는 무너졌지만 나시마를 향한 믿음으로 버팁니다. 무수한 칼날들이 삐죽삐죽 몸을 뚫고 나갑니다. 그녀는 물러서지 않고 튀어나오는 그 칼날들을 받아냅니다. 그녀의 통각과 두려움과 주저함이 각각의 칼날에 반응합니다. 그러나 그 고통을 이기는 더 큰 힘이 모든 충격을 흡수합니다. 나는 자신을 돌보지 않는 엄마가 된 그녀를 느낍니다. 고통을 함께 감내하며 자신의 몸을 빠져 나와야만 하나의 삶이 탄생한다는 사실을 본능적으로 아는 엄마. 물러설 수 없는 숙명을 마주하고 뒤돌아갈 길이 없는 깊은 터널을 빠져나가려는 의지가 거기 있습니다. 몸에 총알이나 화살, 혹은 칼이 박혀본 적이 있는 사람들, 최초의 상처가 야기한 극심한 아픔이 잦아드는 놀라운 몸의 적응력과 더 큰 위험을 방지하기 위해 그 아픔의 원인을 빼내기로 결심하고 실행에 옮기는 순간의 두렵고 혼란스러운 선택을 경험해 본 사람은 잘 압니다. 겪지 않는 것이 가장 좋습니다. 아픔을 겪어보지 않은 사람으로부터 듣는 아픈 만큼 성숙해진다라는 말은 화가 날 정도로 부질없습니다. 많은 경우 위로의 말보다 침묵이 더 큰 위로가 됩니다. 나도 그녀도 이제 그 과정을 통과해야 합니다. 그대로 두어 죽음에 이르는 것보다는 더 낫기에 결국 해내야 합니다. 들어섰으니 통과해야 합니다. 나시마가 먼저 시작합니다. 그녀는 적절한 여유를 만들어내며 천천히 포옹을 풉니다. 내 몸을 뚫고 나왔던 칼들이 하나하나 빠져나갑니다. 아프고 아픕니다. 말로 형언하지 않아도 나는 그 하나하나의 칼로 인한 상처를 고스란히 느낍니다. 속살이 베이고 모든 혈관과 실핏줄이 잘리며 피가 쏟아져 통증을 가중시킵니다. 그러나 곧 모든 틈은 메워지고 갈라졌던 속살은 서로 맞닿아 다시 하나가 되기 위한 일을 시작합니다. 조금 전 심장을 출발한 피가 그곳을 찾아와 상흔을 연결하며 흐릅니다. 욱신거리는 아픔은 이전의 상처가 가져다 준 아픔과는 다릅니다. 극심한 아픔 속에서도 나는 나른함을 느낍니다. 정신을 잃지 않으려 애씁니다. 그녀가 보입니다. 온 몸에 칼이 박힌 나시마 주위로 선혈이 낭자합니다. 내게서 떨어져나간 그녀는 바닥에 고꾸라지더니 고통스런 소리를 내뱉으며 이리저리 뒹굽니다. 파완과 스태프들은 이미 우리 주변으로 다가와 그녀를 유심히 관찰하고 있습니다. 지금 그녀가 느끼고 견뎌내는 아픔은 나의 것인데 나는 그녀의 아픔을 온전히 느낄 수 없습니다. 고통의 실재는 늘 그렇듯 대신할 수 없다는 단순한 사실을 그녀가 겪어내고 있는 아픔을 통해 다시 확인합니다. 무력감에 사로잡힌 나는 떨리는 두 손으로 코와 볼을 감싼 채 무릎을 꿇고 앉아 그녀를 바라봅니다. 내 옆에 내가 알지 못하는 두 사람이 다가와 내 어깨에 손을 얹고 앉습니다. 그들의 시선은 나와 나시마를 번갈아 응시합니다. 손을 가슴에 대고 우리들의 고통을 함께 나누려 애씁니다. 그녀의 고통이 정점을 향해 치닫자 내 모든 근육이 그녀의 움직임과 동기화됩니다. 그들이 아니었다면 나는 그녀에게 몸을 던졌을 겁니다. 격렬하게 흔들리던 그녀의 몸이 털썩 바닥에 널브러집니다. 그녀는 미동도 하지 않습니다. 호흡은 점점 가라앉고 떨림도 잦아듭니다. 스태프 한 사람이 달려가 그녀의 얼굴을 살피더니 파완을 향해 고개를 끄덕입니다. 그는 그녀에게 다가가며 나에게 손을 내밉니다. 파완이 내 손을 그녀의 등에 가져다 댑니다. 그녀의 호흡과 맥박이 전해집니다. 나는 안타까움 속에 안도합니다. 종종 그런 말을 듣곤 했습니다. 대부분 모성애의 발로 같은 말들. 내가 대신 아팠으면 좋겠다는 말, 마음이 아파 잠을 잘 수도 먹을 수도 없다는 말, 그리고 견딜 수 없을 것 같은 상실의 고통이 여전한데 밥을 먹고 잠을 자고 일상을 살아가는 자신이 너무 밉다는 말. 그 말들은 다 맞습니다. 아픔은 공감할 수 있다고 해도 다른 사람의 아픔을 온전히 가져가는 건 불가능하니까요. 나는 나시마가 가져가버린 고통만큼 덜 아프고 덜 무거워졌습니다. 놀랍고 고맙고 미안합니다. 슬픔과 고통을 나누면 줄어든다는 말이 정확한 수학일 수도 있다니, 신기합니다. 나시마가 천천히 상체를 일으킵니다. 얼음 속에 갇혔던 존재가 두터운 껍질을 깨고 나오는 것 같은 고통을 잠시 엿봅니다. 그러나 나를 정면으로 응시하는 나시마의 눈길에 고통은 보이지 않습니다. 그녀가 나를 향해 몸을 돌리고 팔을 활짝 벌렸고 나는 그녀의 품 속으로 소리를 지르며 돌진합니다. 나는 오열합니다. 그녀는 가만히 기다립니다. 잦아든 울음이 조용한 숨소리로 바뀔 때까지 계속 기다립니다. 우린 서로를 의지해 일어납니다. 주변 사람들을 둘러쌌던 긴장이 풀리면서 여기저기서 탄식이 터집니다. 나시마는 천천히 내게서 떨어져 나갑니다. 그리고 나에게서 그녀에게 옮겨진 아픔, 이제는 내 것이기도 하고 그녀의 것이기도 한 아픔을 처리합니다. 작은 덩어리, 고만고만한 덩어리, 그녀의 몸보다 더 커다란 덩어리, 날선 칼날로 뒤덮인 덩어리, 송곳이 박혀 만지기도 부담스런 알갱이, 그녀는 그 응어리들을 정확하고 상세하게 구현하며 하나하나 허공으로 날려보냅니다. 나는 이제 아프지 않고 그녀도 조금 전 내 아픔을 가져갈 때만큼 고통스럽지는 않습니다. 나는 내게서 옮겨간 아픔과 고통이 그녀에 의해 산산이 흩어지는 과정을 바라봅니다. 나는 감히 시도할 수 없었던 일. 직면할 수도 없고, 건드릴 수도 없고, 꺼내 볼 수도 없었던, 그래서 결국 꽁꽁 숨겨 두어야 했던, 나를 안으로 붕괴하게 만들었던 어둠이 산산이 흩어집니다. 빙글빙글 돌면서 가슴에 모았던 손을 펼치고 두 팔을 벌려 자신의 몸을 확장시켰다 다시 오므려 작아지기를 반복하는 그녀는 꽃송이 같습니다. 어둠을 날려보낸 동작이 남긴 경로는 꽃잎의 주름이 되고, 꽃잎이 되고, 한 송이 꽃이 되고, 그 꽃들이 모여 군락을 이룹니다. 나는 영원히 잊을 수 없을 그녀의 모든 몸짓을 기억에 담습니다. 그리고 마침내 모든 앙금까지 다 날려보낸 그녀가 가벼워진 발걸음을 사뿐사뿐 옮기며 빠르게 움직입니다. 하늘을 향해 시선을 고정한 채 긴 숨을 내뱉으며 커다랗게 팔을 휘저으며 춤을 춥니다. 나의 시선은 그녀의 손끝을 따라다닙니다. 두 손은 아주 빠른 속도로 원을 그립니다. 그녀는 더 큰 원을 그리며 돌고 또 돌지만 나는 어지럽지 않고 당황하지도 않습니다. 회전이 만들어낸 싱그러운 바람으로 주변이 시원해 집니다. 이윽고 원이 차츰 작아지고 회전이 멈춥니다. 그리고 그녀의 손이 나를 향해 다가옵니다. 손끝이 어깨를 지나 등에 내려앉더니 나를 감싸며 포옹합니다. 나는 이제 울지 않습니다. 환한 미소가 가득한 나시마의 얼굴은 내 얼굴과 같습니다. 나는 울음으로 시작되었다가 웃음으로 끝나는, 내 마음대로 되지 않는 감정을 분출합니다. 나시마는 편안한 미소로 나를 받아줍니다. 그 미소를 확인한 나는 엄마에게 안기듯 그녀의 품에 나를 내어 맡깁니다. 그녀는 나를 꼬옥 안아주며 교감을 마무리합니다.

평생을 간직할 비밀, 누구에게도 말하고 싶지 않은 이야기, 아무도 알아서는 안 되는 이야기, 내가 죽으면 아무런 흔적도 남지 않고 애초에 있지도 않았던 것처럼 감쪽같이 사라질, 그러기를 바랐던 이야기를 나시마는 어떻게 알아냈을까요? 나는 이제껏 누구에게도 말한 적이 없습니다. 나와 그녀 사이의 소통은 언어화되지 않았습니다. 고통을 간직한 사람들 중 일부는 그 고통을 언어로 발설할 수 없습니다. 나시마와의 소통은 그런 나를 언어를 통한 소통의 한계에서 벗어나 자유롭게 해주었습니다. 타인의 마음 깊은 곳에 있는 응어리를 알아채는 건 매우 특별하죠. 그것 때문에 괴로워하는 사람도 있고 그런 능력을 의도적으로 악용하는 사람도 있습니다. 나시마는 그 특별한 힘을 사람들을 치유하는 수단으로 선용하고 있었습니다. 그녀가 선택한 방법은 자신을 스스로 타인의 아픔과 고통에 내던지고 함께 통과해 극복하는 거였죠. 감당할 수 있다는 자신감과 용기와 남을 위해 자신을 내던지는 헌신 없이는 할 수 없습니다. 고맙고 사랑스러운 영혼입니다.

나는 나시마가 나한테만 너무 많은 힘과 시간을 쏟은 것 같아 미안했습니다. 하지만 동시에 말할 수 없이 고맙기도 했죠. 살아오면서 단 한번도 그런 대우를 받아 본 적이 없었거든요. 당연한 듯 늘 일상적으로 그런 대접을 받으며 살아가는 사람들은 도대체 그 벅찬 느낌을 어떻게 감당하는 걸까요? 내겐 너무도 특별했습니다. 평생 이 순간을 잊을 수 없어. 나는 지금 그 순간을 지나고 있어. 나시마가 이끄는 대로, 내게 다가온 그녀의 움직임과 초대에 내 마음이 응하는 대로, 물 흐르듯 내가 원하는 대로 반응하면 되는 거였죠. 참 좋더군요. 나는 비로소 상처 받기 전의 나, 고유한 나, 언제나 거기 있었던 나를 만났습니다. 내가 몰랐던, 숨겨졌던, 눌려 있었던, 발아하지 않았던 씨앗 같은 알갱이들…… 그 모두가 내 속에서, 주변에서 반짝이기 시작했습니다.

새날

　그녀도 나도 주변의 모든 참여자들도 다 솜처럼 지쳤습니다. 어느새 스태프들이 다시 나타나 사람들의 오른쪽에 몸 하나를 누일 수 있을 만한 깔개를 내려놓고 사라졌습니다. 나시마가 옆에 놓인 자신의 자리에 누웠고 사람들도 하나 둘 눕기 시작했습니다. 눕지 않고 가부좌 자세로 명상에 든 사람도 있었습니다. 스태프들은 색색의 이불을 감싸 안고 다시 나타났습니다. 놀랍도록 가벼운 옷감이었고 서늘해지는 새벽 공기를 차단하고 내 몸이 뿜어내는 체온을 가두기에 더할 나위 없이 적당했습니다. 나는 잠들지 않았습니다. 어제 밤, 아니 인도에 오면서부터 시작된 여정이 하나하나 떠올랐습니다. 우연처럼 다가온 만남들은 돌아보면 필연입니다. 그리고 나는 거기 누워있었습니다. 해가 떠오르고 나면 나시마가 또 어떤 춤을 출지, 어떤 몸짓으로 나를 일깨울지 기대하는 잔잔한 설렘이 일었습니다. 파동을 일으킬 만한 마음의 움직임이 모두 사라지자 저 깊은 곳에 자리한 핵심도 텅 비어있는 곳임을 알아차렸고 그 후엔 나와 주변의 모든 것들을 시시각각 있는 그대로 받아들이는 무위의 상태로 들어갔습니다. 편안하고 좋았습니다. 30년이 넘도록 살면서 한번도 누리지 못한 평온. 어떤 부담감도 내포하지 않은 편안함. 아무 감동 없이, 걱정도 격정도 없이, 그저 흘러온 무언가가 내게 들어온 대로, 나를 통과해 흘러가든, 잠시 머무르든, 영원히 그곳에 있든, 아무런 상관 없이 나는 단지 호흡하고 있었죠. 지금은 언제든 어디에서든 그런 상태로 돌아갈 수 있습니다. 사람들을 만나 함께 뭔가를 하고, 대화를 나누고, 서로 감정을 섞고, 아픔을 느끼고, 기뻐하고, 깔깔대며 웃고, 사랑을 나누고, 홀로되어 적막함 속에 서고, 잠을 자고, 먹고, 배설하고, 상처를 받고, 치유하고…… 그 모든 순간에 나는 그저 있습니다. 오랜만에 만난 옛 친구들은 그렇게 변한 나에게 말합니다. 야~ 너 얼굴 좋아졌다. 예뻐졌어! 나를 아는 친구들은 비밀을 들려달라고 조릅니다. 나는 그냥 이렇게만 답해줍니다. 인도가 그랬어. 나를 인도로 가게 이끈 내 삶의 은인 같은 친구는 내년에 나시마를 만나게 될 겁니다. 나와 비슷한 경험을 하고 말고는 중요하지 않습니다. 그러나 좋은 사람에게 참 좋은 것이 전해져 그 사람이 더 성숙해가는 모습을 바라보는 것보다 기쁜 일은 없을 테니 그렇게 할겁니다.

스태프들이 흙으로 빚은 찻잔 세트를 사람들 옆에 하나씩 놓아두었고 이어 따뜻한 차이를 나누어줍니다. 나는 몸을 일으켜 편안하게 앉아 차를 마십니다. 여전히 눈을 감고 누운 채 찻잔 위로 솟아 부유하는 향기를 음미하는 사람들도 있습니다. 온기가 목구멍을 넘겨 뱃속으로 들어가 온 몸의 혈관을 타고 퍼집니다. 피곤한 기색이 역력했던 나시마의 얼굴에도 다시 생기가 돌아옵니다. 살짝 눈이 마주쳤을 때 그녀가 찻잔을 들어올렸고 나도 같은 동작으로 서로를 응원했습니다.

태어나 처음으로 온전히 떠오르는 태양을 제대로 맞이할 준비가 된 나를 발견합니다. 어떤 기대도 없는 텅 빈 마음이 그토록 희망으로 가득 찰 수 있다니. 해는 동쪽 하늘과 땅이 맞닿은 지점, 지나간 나와 아직 오지 않은 내가 끝없이 만나고 헤어지는 곳에서 떠오릅니다. 나는 강렬하게 망막을 타격하며 쏟아지는 햇빛이 점멸하는 순간순간을 즐깁니다. 나는 그곳에 언제나 있습니다.

9
파타고니아

나는 이름도 들어보지 못했던 한 여인의 아무도 모르는—이제는 나를 포함해 몇몇 사람들만 알 수 있게 된—비밀스런 이야기가 적힌 종이 뭉치를 덮으며 네팔 트레킹 중에 만났던 한 사람을 기억해낸다. 안나푸르나 베이스 캠프로 향하던 길에 들렀던 작은 마을, 가이드북에도 올라 있지 않던 소박한 게스트하우스의 작은 마당에서 벌거벗은 가슴으로 작열하는 태양 빛을 받아내며 한 시간이 넘도록 미동도 없이 명상에 몰두하던 키 크고 마른 남자. 나의 시선을 아랑곳하지 않는 당당함과, 잠시 나눈 대화에서 내가 여행지에서 일어난 일에 대해서는 드러내지 않기로 한 원칙을 지킬 거라는 말을 들은 후 순진한 미소로 칭찬의 말을 전하던 라틴계 얼굴. 그리고 그 얼굴과 어울리지 않던 정확한 영국식 영어와, 그가 쪽지에 남긴 다음 행선지와 이메일 주소, 그리고 잠시 내 마음을 흔들 만큼 아름다운 필체로 적어준 초대의 글.

Make me your secret. See you in Patagonia.

인야

1

다른 게스트 하우스의 루프 데크에서 열리는 댄스파티에 간다며 소은이 한 번도 입지 않았던 원피스를 입었다. 목둘레에 연보라 색 펄이 살짝 들어간 연한 청록색 드레스를 걸친 그녀는 그의 볼에 가볍게 입을 맞추고 호텔을 나섰다.

오빠도 같이 가면 좋을 텐데.

알잖아, 몸치에다 약간의 공황장애도 있다는 거.

같다 붙이긴. 그런 사람이 저번에 그렇게 많은 인도 사람들 앞에서 그런 멋진 연설을 했단 말이야?

많기는, 열 몇 명이었거든.

알았어. 나 오늘 늦을 테니까 먼저 자. 아침에 너무 일찍 깨우지 말고.

그래, 재미있게 즐겨. 무슨 일 있으면 연락하고.

예쁘다는 말 안 해줄 거야?

그는 대답대신 엷은 미소를 지으며 두 팔을 벌렸다. 그의 가슴에 닿은 그녀의 맥박은 이미 빨라지고 있었다.

호텔 라운지에서 잠시 책을 읽던 그는 갑자기 무슨 생각이 났는지 벌떡 일어나 밖으로 나갔다. 인야도 서둘러 그의 발걸음을 따라 움직였다. 그의 얼굴을 응시한다. 얼굴에서 감정을 읽어낼 수는 없었다. 오늘은 그의 연한 갈색 눈동자를 오래도록 쳐다볼 것이다. 그는 바나나 밭을 지나 강둑 길로 들어섰다. 해는 서쪽 언덕에 걸렸고 갖가지 모양으로 변한 구름의 가장자리는 황금색으로 빛나기 시작했다. 오늘도 아름다운 석양을 바라볼 수 있다. 그가 걸음을 멈춘 곳은 그녀가 전에 얘기해 주었던 강둑이 끝나는 곳, 껑충한 미루나무 군락이 자리한 곳이었다. 한 나무 아래 누군가 가져다 놓은 세월의 때가 부드럽게 내려앉은 벤치가 놓여 있었다. 그곳엔 아무도 없었다. 그는 왼쪽 가장자리에 앉아 지평선 너머로 사라지기 직전 붉게 타오르는 태양을 바라보고 있었다. 인야는 오늘도 소리 없이 시나브로 나타날 것이다. 그는 떠오르는 생각을 그저 바라본다. 천천히 명멸하는 생각의 편린들로 형성된 테두리 안쪽 텅 빈 공간을 인식한다. 잠시 후 무념 상태로 들어간다. 얼마간 그러고 있었다. 머리 속도 시야도 붉은 기가 감도는 주황색 물감이 물을 만나 풀어지듯 흐릿해졌다. 그가 가장 좋아하는 순간에 도달했다. 모든 짐을 내려놓은 듯 아무것도 느낄 수 없고 구체적인 사물이 하나도 보이지 않고 시간이 느려진 상태. 무의식적으로 작동하는 근육의 미세한 긴장감마저 풀어지고 입술이 약간 벌어지며 작은 탄식이 흘러나갔다. 그 순간, 인야가 나타났다. 그의 눈꺼풀 속 시야의 오른쪽에서 밝게 빛나는 노란색이 부드럽게 점멸하기 시작했다. 눈꺼풀을 통과한 모호한 형상과 그 덩어리를 걷어낸 구체적인 형상이 만나도록 천천히 눈을 떴다. 주황색을 밀어내고 해가 떨어진 뒤 후광으로 빛나는 산마루와 하늘이 맞닿은 부분의 서늘하고 검푸른 빛이 보였다. 그가 오른쪽으로 고개를 돌렸고 인야의 작렬하는 눈빛과 마주쳤다.

151

오빠! 내가 정말 이렇게까지 해야 되겠어?

뭘?

아 참, 이런 건 보통 다 남자친구가 하는 거야.

그게 뭔데?

이거 안 보여? 비행기표. 인도 델리 왕복 항공권.

아, 그거? 정말 갈 거구나.

그래.

근데, 왜 두 개야?

미치겠네. 같이 가기로 했잖아. 설마 기억 안 난다고 하진 않겠지?

나는 상관없다고 했던 것 같은데. 어차피 이번 방학 때는 쉬기로 했으니까.

그럼 결정한 거다. 설마 출발하는 날 공항에도 안 나타나는 건 아니겠지?

인도라……, 언젠가 한 번은 가게 될 거라 생각했는데. 네 덕분에 일찍 가게 되는 거네.

그거 칭찬인 거지?

그래, 고맙다.

아, 이거 참 감격스럽다고 해야 되나? 다음 주 월요일에 출발이니까 준비 잘 해. 카톡 확인해봐. 내가 기본적인 준비물 목록 보냈으니까.

알았어.

두 사람은 나란히 델리 공항에 내렸다, 지평은 무표정이었고, 소은의 얼굴에는 둘만의 여행이 주는 설렘과 인도 땅과 사람과 냄새와 소음으로 야기된 혼란스러움이 뒤섞여 있었다. 주변엔 방학을 맞아 인도로 들어온 배낭족들이 우글거렸다. 한국사람들과 자연스럽게 무리를 이루게 된 그들은 같은 숙소로 향했고, 이틀간 델리, 사나흘 동안 아그라에서 같이 몰려다녔다. 현지인들과 관광객들로 북적대는 타지마할을 보고 나서 사람들이 잘 가지 않는 파테푸르 시크리로 가자고 한 건 그였다. 그가 들고 온 여행 가이드북에는 한국 여행 책자와 달리 그 유적지에 대해 자세히 소개되어 있었다. 덕분에 그들은 따로 둘만의 짧은 여행을 다녀오게 되었다. 두 사람은 허름한 기차역에서 파테푸르 시크리행 시골 기차에 올라 나무 판자로 만든 딱딱한 의자에 나란히 앉았다.

아, 좋다. 이제 드디어 여행다운 여행을 하게 되는군.

그럼, 지금까지 한 건 여행이 아니란 말이야?

아니, 이 가이드북에 이렇게 적혀 있어. 인도를 여행하는 가장 좋은 방식은 혼자 다니는 것이다. 그 다음 좋은 대안은 친구 한 사람과 둘이 다니는 방식, 떼를 지어 몰려다니지는 말 것. 알았어. 있다가 기차에서 내리면 우리 헤어지자. 그럼 정말 가장 바람직한 혼자만의 여행을 할 수 있을 거니까.

아니, 그게 그런 말이 아니라……

됐거든. 내가 뭐 오빠 개인 자원봉사자도 아니고. 이젠 따로 다녀!

그녀는 크로스 백을 집어 들고 일어나 다음 칸으로 가버렸다. 두 사람의 말다툼을 지켜보던 맞은편 중년 인도 남자가 입을 열었다.

허허, 보기 좋군.

네? 보기 좋다니요?

아, 놀리는 게 아니오. 두 젊은이가 그냥 보기 좋다는 말이오. 그런 싸움이라야 사랑 싸움인 거고. 그건 다 지나가는 거요. 그러면서 사랑은 깊어 가지. 나도 다 겪어봐서 아는 거지만. 지금은 마음이 좀 불편해도 내 나이가 되면 그 시절을 그리워하게 될 거요.

아, 그런가요? 저 친구가 성격이 좀 급해요. 감정 기복도 심한 것 같고.

그렇게 얘기하다니, 당신은 아직 여자를 잘 모르는군. 연애는 좀 해본 거요?

아뇨, 아직. 쟤 하고도 연애한다고 생각한 적은 없어요.

오~ 이거 참 심각하군. 한 쪽은 이미 푹 빠져있는데 이 쪽은 모르고 있다니. 한참 더 싸워야 하겠어. 그런데 꼭 기억하시오. 저렇게 아름답고 발랄하고, 그런데 당신을 이만큼 좋아해 주는 여인을 만나기는 쉽지 않을 거요. 나중에 후회하지 않으려면 빨리 달려가서 비는 게 좋을 거야, 허허.

그러는 당신은 지금 혼자 어딜 가고 있는 거죠?

나? 나야 지금 아내와 아이들이 기다리는 집으로 가고 있지.

지금 금요일 오전인데, 그럼 직장은?

그게 궁금한 거요? 자, 내 명함을 주지. 그나저나 뭉그적거리지 말고 어서 가 봐요.

자리에서 일어난 그가 다음 칸 객차로 통하는 출입문을 열자마자 그녀의 얼굴이 디가오더니 두 사람의 입술이 포개졌다. 그는 당황했지만 목 뒤로 그를 감싸 안은 그녀의 팔에 힘이 풀릴 때까지 가만히 있을 수 밖에 없었다. 포옹을 풀고 조금 떨어져서 그를 올려다보는 그녀의 눈에 눈물이 그렁그렁했다.

왜 이렇게 오래 걸려? 언제까지 날 이렇게 기다리게 할거야? 그냥 바로 일어나서 내 팔을 잡아도 되는 거 아니었어? 뭐, 그 인도 아저씨가 큰 깨달음을 주기라도 한 거야? 그 아저씨가 나한테 가라고 한 거야? 아님, 스스로 날 찾으러 온 거야? 그것도 아니라면 내가 멀리 가버린 거 확인하러 온 거야, 뭐야?

후~.

어머, 웬 한숨? 한숨은 내가 쉬어야 하는 거 아냐?

자리로 돌아가자.

이 기차는 어차피 자리 번호고 뭐고 없다고 얘기해 주지 않았어? 아무데나 빈 자리에 앉으면 된다고.

그가 그녀의 손목을 잡아 끌었다.

중년의 인도 남자는 자리로 돌아오는 두 사람을 바라보며 흐뭇한 미소를 지었다.

아, 보기 좋아요. 연애하던 시절의 나와 아내를 보는 것 같군. 자 앉아요. 어이, 여기 차이 세잔 주시오. 아, 두 사람 다 차이는 마실 줄 알죠?

네, 매일 즐기고 있습니다.

난, 아직 아니거든.

아, 그래요. 매일 차이를 마신다면 인도에 반 이상은 적응한 거요. 자, 식기 전에 듭시다.

고맙습니다.

아저씨가 이 사람한테 얘기한 거죠?

뭘?

어서 가서 슬퍼하는 여자친구를 데려 와라.

하하, 어떻게 알았지?

이 사람은요, 누가 뭘 하라고 말하기 전까진 마음을 움직이지 않거든요. 뭐, 거의 돌부처라고 해야 하나. 난 이런 사람 처음 봐요.

그런데 당신은 이 돌부처 같은 사람이 좋은 거 아니오. 큰일이군. 돌부처와 사랑에 빠진 감성으로 넘쳐흐르는 여인이라. 그런데 좀 기다려 봐요. 이 젊은이 속에 감춰진 뜨거운 열정을 보게 될 날이 올 거니까. 보아하니 인도에도 다시 오게 생겼어, 하하.

두 사람은 얼굴을 마주봤다. 그는 무표정이었고 그녀는 호기심 가득한 미소를 머금고 있었다.

카주라호 버스 스탠드는 한산했다. 하루 종일 떠나고 도착하고 기다리는 사람들을 바라보며 또 하루가 지나간다. 변함없는 나날들, 변함없는 나. 얼마나 더 이렇게 기다려야 하는지, 내가 기다리는 게 도대체 뭔지, 기다림의 끝에는 뭐가 있는지, 아무것도 확실하지 않다. 그 사람을 만나게 되면 그에게는 내 목소리가 들리고 내 모습이 보일 거라고 했다. 나는 그런 사람을 만날 수 없었다.

오늘의 마지막 버스가 도착했다. 외지에서 일하고 돌아오는 인도인들이 내린다. 지친 모습이다. 그들은 서둘러 이곳을 떠난다. 동양인으로 보이는 젊은 남녀가 마지막으로 버스에서 내렸다. 마른 체구의 남자는 자신의 배낭을 등에 메고, 여자의 배낭은 어깨에 걸치고 한 손에는 가이드북을 들고 천천히 걷다가 한 인도인 남자에게 길을 물어본다. 그 옆에 두 개의 크로스 백을 겹쳐 멘 여자는 편잡 지방의 인도 여인들처럼 밝은 피부색에 초롱초롱한 눈빛으로 두 남자를 번갈아 쳐다보며 서 있다. 나는 그들에게 시선을 고정한다. 남자가 팔을 뻗어 손가락 끝으로 자인 만디르 로드 쪽을 가리킨다. 그 손가락을 따라가던 시선이 내 눈과 마주쳤다. 나는 소스라치게 놀라 하마터면 소리를 지를 뻔했다. 그의 입가가 살짝 올라간 듯했다. 그는 정말 나를 본 것일까? 그들은 인도 남자에게 고맙다는 인사를 하고 걸음을 옮겼다. 버스 스탠드를 빠져나가려는 순간 그가 살짝 뒤를 돌아봤고 다시 나와 그 사람의 눈이 마주쳤다. 그는 나를 바라본 게 분명하다. 이 사람일까? 나는 약간의 거리를 두고 그들을 따라갔다. 그는 길을 찾아가는데 열중한 탓인지 다시 고개를 돌리지는 않았다. 호텔 자인으로 들어간 그들은 침대가 두 개 놓인 2인실에 체크인 했다. 두 사람은 연인인 것 같았다. 안달이랄까 설렘이랄까 사랑의 초기에 생겨나는 풋풋한 감정은 여자에게서 계속 솟아나오고 있었다. 모든 사랑의 시작은 각각 다르고 특별하다. 남자의 표정은 차분하다. 창 밖으로는 사원 지구가 보이고 복도 쪽 문을 나서면 바로 중정이 내려다보이는 4층 객실. 호텔 자인에서 가장 좋은 방을 내주었으니 호텔 직원들도 이 커플이 마음에 든 모양이다. 나는 내일 이 남자에게 말을 걸어 볼 작정이다. 그가 내 말을 들을 수 있다면 나는 어떻게 할 것인가? 나는 알 수 없다. 단지 그런 사람이 있을지도 모른다는 것밖에는. 분명 나와 눈을 두 번이나 마주쳤으니 내가 그 앞에 나타나면 그는 나를 알아볼 지도 모른다. 그러기를, 내 목소리를 들을 수 있기를.

두 사람은 오전 열 시가 지나서 호텔 밖으로 나왔다. 거리는 여행객들과 상인들로 이미 붐비고 있었다. 카주라호를 찾아온 여행객들이 처음 방문하는 곳은 정해져 있다. 사람들은 야하고 노골적인 성행위를 묘사한 조각들에 열광한다. 남들의 시선을 의식하지 않은 채 그런 노골적인 장면을 바라볼 수 있는 곳은 흔하지 않기 때문이다. 그런데 대부분의 사람들은 더 많은 조각들이 묘사해 놓은 삶의 다양한 국면들까지 파악하지는 못한다. 기쁨, 분노, 슬픔, 즐거움, 태어남, 늙음, 병마, 죽음, 그리고 이 여덟 가지로도 다 묘사할 수 없는 사람들 사이의 미묘한 감정, 알력, 무너짐, 공감 같은 것들을 다 알아채기는 어렵다. 사원 주변에서 관광객들을 상대로 가이드를 하는 사람들은 그런 것도 알려주긴 하지만 더 많은 시간은 사람들의 눈에 잘 보이지 않는 곳에 새겨놓은 더 기묘한 자세의 성행위 장면들에 대한 설명으로 채워진다.

두 사람도 대표적인 사원들을 둘러보는 가이드 투어 그룹에 합류했다. 남자들은 어색하면서도 즐겁고 음흉한 탄성을 지르고 여자들은 얼굴을 찡그리며 옆에 선 연인, 남편, 친구들에게 핀잔 섞인 표정을 지어 보인다. 늘 그렇다. 저 조각들의 주인공 중에서는 사랑의 정신과 그에 수반되는 육체적 행위의 합일을 알고, 그 행위에 몸을 던져 절정의 극한에 달하면서도 그 합일의 정신을 놓지 않았던 사람들이 있었다. 남자와 여자란 성을 구분하기 위해 필요하고 성행위에서 서로의 역할을 구분하는 것일 뿐 정신적 육체적 절정을 추구한다는 목표는 같다. 그래서 그들은 겉보기에는 난잡해 보이는 자유롭고 다채로운 행위들로 이어진 열락의 밤을 보낸 후에도 맑은 정신으로 아침을 맞이했고 각자의 일상으로 돌아가 하루를 살아갈 수 있었다. 그들 스스로는 그들의 행위를 만인이 바라볼 수 있게, 그것도 신전에 새겨 놓는 것에 대해 전혀 개의치 않았다. 삶의 정수를 맛본 사람에게는 터부가 없기 때문이다.

사람들이 많은 탓에 좀더 가까이 다가가 그를 살펴볼 수 있었다. 두 사람 사이의 소근거리는 대화를 엿들었다. 그들은 한국인이었다. 그는 가이드의 영어를 잘 알아들었고 간간히 여자친구에게 통역해주었는데 가이드가 음흉한 미소를 지으면서 조용히 말한 부분을 설명해 줄 때는 얼굴이 붉어지기도 했다. 쌍꺼풀 없는, 그 어떤 악의도 찾아볼 수 없는 선량한 눈매였다. 여행 중이라 면도를 하지 않아 콧수염과 구레나룻이 약간 거뭇했다. 반면 그의 연인은 어제의 피곤함까지 말끔히 사라진 얼굴이었고 옅은 화장만으로도 꽃다운 젊음이 발산하는 화사함을 한껏 드러내고 있었다. 남자의 이름은 지평, 여자의 이름은 소은.

투어가 끝나고 다른 사람들과 헤어지고 나서 둘만 남은 그들은 잠시 이야기를 나누더니 그녀는 사원 구역을 빠져나가서 마켓 쪽으로 향했다. 그는 아주 느린 걸음으로 사원을 다시 돌아보기 시작했다. 그에게 말을 걸어볼 절호의 기회가 찾아왔다.

3

인도 여행은 혼자 해야 하는 거라는 말을 몇 년 전 장기배낭여행
으로 인도를 다녀온 선배로부터 들었다. 언젠가는 인도로 가야겠다
생각하곤 했었는데 이렇게 불쑥 둘이서 떠나오게 될 줄은 몰랐다. 애
초에 내가 계획한 것도 아니었고 소은의 관심과 목적은 여행보다 나
에게 있음을 뻔히 알면서도 뿌리치지 못했다. 그러기엔 그간 내가 너
무 무심했고 그녀가 내게 쏟아 부은 과분한 마음에 어떻게든 반응해
야 한다고 생각했다. 여기서도 그녀의 마음은 변함이 없고 내 마음도
전과 별반 다르지 않다. 내 마음은 뭘로 만들어졌길래 이리도 무심한
지. 누가 봐도 나는 나만 바라보는 여자친구를 가졌고 그 사랑 때문
에 행복에 겨워해야 할 사람이 아닌가.

개인 가이드 투어 하실래요?
네?
뭘 그렇게 놀라요?
아, 당신이 너무 불쑥 나타나는 바람에. 근데 이미 조금 전에 했어
요. 여기에 있는 사원들을 거의 다 둘러봤어요.
놀라게 했다면 미안해요. 그런데 내가 하는 설명은 좀 다를 수도
있는데. 그리고 가이드 비용은 안 줘도 돼요. 다 끝나고 당신 마음대
로 해요. 정말이에요. 나는 돈을 벌기 위해 하는 게 아니라서요.
지평은 그녀의 얼굴을 다시 들여다봤다. 분명 눈에 익었다. 옷차림
도 마찬가지였다. 그래! 버스 스탠드에서 어렴풋이 본 얼굴이다. 해

가 질 무렵인 데다 멀리 떨어져 있어서 분명한 형상으로는 남아있지 않았지만, 크고 깊은 눈매와 연한 청록색의 하늘거리는 사리와 스카프가 기억난다. 다시 보니 그녀의 피부에도 살짝 청록색이 스며들어 있는 듯했다.

혹시 어제 버스 스탠드에 있지 않았나요? 해질 무렵이었던 것 같은데.

기억하고 있군요. 그럼 이제 우린 이미 두 번째 만난 사이네요. 자 이리 오세요.

그녀는 사원 뒤편으로 재빨리 이동했다. 그는 순간 당황했다. 그녀의 발걸음은 절대 서두르는 기색이 없었고 상체가 아래위로 움직인 것 같지도 않았는데 어느새 사원 뒤편으로 사라져버렸다. 해인사에서 보았던 수행으로 단련된 승려들의 단아한 걸음걸이가 떠올랐다.

아니, 무슨 여자 걸음이 그렇게 빨라요?

그랬나요? 내가 좀 빠르긴 하죠. 자, 저 위쪽에서 두 번째 조각 보이죠?

아, 기억나는 것 같아요. 아까 그 가이드 말로는 보통 인간의 신체 구조로는 거의 불가능한 자세이니 함부로 시도하지 말라. 잘못되면 죽을 수도 있다고 하면서 기억에서 지우라고 했어요.

그랬어요? 나름 양심적인 가이드였군요. 어떤 가이드들은 한 번 도전해 보라며 사람들을 부추기기도 하는데. 슬쩍 경고를 하긴 하죠. 그러다 근육에 무리가 온다고 느끼면 바로 그만두어야 한다고. 그런데 그거 알아요? 저 자세는 그저 쾌락만 추구한다고 되는 게 아니라는 거.

이건 다 육체적 욕망이 만들어 낸 거 아닌가요?

그렇지 않아요. 중요하긴 하지만 그게 전부는 아니죠. 우린 남자와 여자로 구분되어 태어나고, 운명이든 선택에 의해서는 누군가와 사랑에 빠져요. 연인들이 서로에게 줄 수 있는 최고의 즐거움이 섹스라고 할 수 있는데 사람들은 때때로 그 행위를 왜곡하기도 하고 꺼려

하기도 하죠. 어떤 종교에서는 혼전순결을 지나치게 강조해서 불필요한 죄책감에 시달리게 만들기도 하고.

지평은 말하고 있는 그녀의 모습을 바라봤다. 아까 그 중년 남자 가이드의 설명과는 전혀 다른 느낌이었다. 인도 사람 특유의 경음이 뒤섞인 영어가 아니고 정통 영국 영어에 가까운 발음인데다가 하이톤의 목소리에 분명하게 들리는 치음들이 만들어내는 묘한 공간감 속에 빠져들어 정신이 몽롱해지는 것 같기도 했다. 아, 그런데 아직 그녀의 이름을 모른다. 그녀가 그의 생각을 읽은 듯 말했다.

아직 내 이름을 말하지 않았죠? 나는 인야라고 해요. 자, 이제 한 군데 더 볼까요? 나는 당신의 이름을 알아요, 지평.

어떻게 이름을 알아냈느냐고 물을 새도 없이 그녀가 재빨리 몸을 틀어 다른 방향으로 움직이기 시작했다. 지평은 다시 한번 그녀의 걸음걸이가 비현실적일 정도로 정갈하다고 느꼈다. 그녀는 스르르 미끄러지듯 이동했다. 그녀의 몸이 먼저 움직이고 그 뒤로 약간의 시차를 두고 옷이 뒤따라가는 것 같기도 했다. 그는 종종걸음으로 그녀를 따라잡았다. 인도에서는 여자의 몸을 함부로 접촉하는 게 금기임을 잘 아는 지평은 약간의 거리를 두고 그녀 곁에 다가갔다. 철학적이기도 하고 요가 수업의 강의 같은 그녀의 설명이 이어졌다. 마치 그녀 자신이 조각들을 만든 사람이거나 조각으로 만들어진 대상이 현현해서 말하는 것 같은 착각에 빠지기도 했다. 남자들 사이에서 기묘한 자세로 성애에 열중한 여인에 그녀를 대입해 본 지평의 얼굴이 붉어졌다. 그녀도 알아챈 듯 흥미롭다는 표정을 지었다.

그럼, 오늘 가이드는 여기까지.

네?

당신의 여자친구가 오고 있어요. 나를 보고 싶으면 내일 아침 일찍 이곳으로 와요.

지평이 고개를 돌려 주변을 살폈지만 소은은 보이지 않았다.

아 참, 가이드 비용은?

내 얘기를 들어주었으니 됐어요.

인야는 순식간에 사원 반대편으로 사라졌고 곧이어 소은이 나타났다.

뭘 그렇게 놀란 표정으로 보는 거야?

아, 아니.

혼자서 다시 보니까 어때?

어, 정말 그게 다는 아닌 것 같아. 성생활 말고도 사람들의 여러 가지 생활상을 보여주는 조각도 많고. 또, 뭔가 정신적인 메시지들이 형상화 된 것 같기도 하고.

와~ 그런 게 다 보인단 말이야. 역시 오빠는 좀 다르네. 내가 아는 모든 남자들은 이런 거 보면 그냥 좋다고 하거든. 오빠도 좋긴 하지?

뭐 그렇긴 하지.

근데 왜 또 얼굴은 빨개지냐? 호호, 귀엽다.

밥 먹으러 가자.

4

오후 내내 지평과 소은은 자전거를 빌려 타고 근처에 흩어져 있는 사원 몇 군데를 더 돌아다닌 후에 호텔로 돌아왔다. 번갈아 샤워를 하고 잠시 쉬다가 아까 작은 사원에서 만난 서양 청년이 알려준 아름다운 석양을 바라볼 수 있다는 식당으로 향했다.

이미 하늘이 붉어지기 시작했어.

그러게.

아, 다리 아프다. 나 원래 자전거 잘 못 탄다는 거 몰랐지?

그래? 나한테 태워달라고 하지 그랬어.

이제 와서 무슨 소용이람.

업힐래?

정말?

오늘 너무 무리한 것 같긴 해.

나, 보기보다…… 가벼워.

그러네.

아, 오빠 등 편안하고 좋다. 힘들면 얘기해 줘. 난 그냥 걸어도 되니까.

그래.

나 오늘 술도 마시고 싶은데, 돌아갈 때도 부탁해.

언제라도.

식당은 적당히 붐비고 있었지만 마침 서쪽을 향한 계단식 자리에 빈 곳이 있어 두 사람은 그곳에 자리를 잡았다. 지평은 탈리를, 소은은 치킨 커리를 주문했다. 커다란 눈을 깜빡이며 소년이 가져다 준 탈리는 트레이가 아닌 바나나 잎 위에 놓여 있었다. 허기진 두 사람이 밥을 먹는 동안 태양은 천천히 지평선 너머로 떨어졌고 양털 구름은 넘어간 해를 아쉬워하는 후광으로 불타올랐다. 맥주를 시킨 두 사람은 말없이 잔을 비우며 서쪽 하늘을 바라봤다. 지평이 고개를 돌려 소은의 얼굴을 바라봤다. 그녀의 속눈썹 아래로 붉은 빛이 드리워져 있었고 취기 때문인지 볼도 분홍빛으로 달아올랐다. 그의 눈길을 알아챈 소은이 몸을 기울여 그의 어깨에 머리를 기댔다. 그는 오른손으로 그녀의 머리를 쓸며 앞을 바라봤다. 순간 그의 눈에 익은 청록색 실루엣이 어른거렸다. 그녀는 오른쪽 아래 막 식사를 시작한 서양인 커플 너머에 앉아 턱에 손을 받치고 가만히 서쪽 하늘을 바라보고 있었다.

인야!

그는 혼잣말인지, 그녀를 불렀는지 모를 소리를 내뱉었다.

응? 나 잠든 거 아닌데.

소은은 나른한 표정으로 실눈을 뜨고 고개를 들었다.

아니, 저기 아까 아침에 만난 사람이 있어서.

어디?

저 앞에…… 어? 어디 갔지? 저 서양 애들 앞쪽에 있었는데.

벌써 취한 거야?

신기하네. 하긴 아까도 동작이 엄청 빨랐거든. 난 그렇게 가볍게 움직이는 사람은 처음 봤어.

여자야?

응, 아까 사원에서 만났는데 무료로 가이드를 해 준다고 해서.

그런 사람 조심하라고 하지 않았어? 결국 바가지 쓴다고.

아니 그렇진 않았어. 가이드는 훌륭했고 결국 돈도 안 받았거든.

그랬구나, 좋았겠다. 근데, 나 많이 졸려.

여기 누워.

그녀는 책상다리를 한 그에게 상체를 엎드렸다. 몸에 들어간 알콜 성분 탓에 그녀의 맥박은 빠르고 강하게 뛰고 있었다. 그는 그녀의 등을 토닥거려 주다가 벗어 놓았던 얇은 바람막이 외투를 덮어 주었다. 하늘은 신비스러운 암청색으로 물들었고 가끔 새들이 시야를 가로지르며 날아갔다. 지평은 소은을 업고 가야 한다는 생각에 술을 더 마시지는 않았다. 다시 고개를 들어 아까 인야가 있었던 자리로 눈길을 돌렸을 때 지평은 소스라치게 놀랐다. 그녀가 고개를 돌려 그를 응시하고 있었다. 그는 깜짝 놀랐지만 잠들어버린 소은은 알아채지 못했다. 두 사람은 말없이 서로를 바라보기 시작했다. 인야의 커다란 두 눈은 너무 깊어서 실제 거리보다 더 멀리 있는 것 같았지만 그녀의 입가에 걸친 은은한 미소를 분명 확인할 수 있었다. 놀라움은 잦아들었다. 그는 마음 속에 할 말이 떠오를 때까지 기다렸다.

인야.
지평.

여긴 내가 가장 좋아하는 곳이야.
그래, 아름다운 일몰이었어.
너희 둘도 아름다워.

너는 신비롭구나.
……
너는 신비로운 가이드.
고마워.
……
나는 매일 여기서 지는 해를 바라봐. 나를 보려면 이곳으로 와.

눈을 바라보며 마음에 떠오르는 단어를 말하고, 기다리다가 마음 속으로 들어오는 말을 듣고, 예전에 템플 스테이에서 알게 된 텔레파시와 비슷한 묵언 소통이 실제로도 가능하다니. 두 사람은 힘들지 않게 소리로 변하지 않은 이야기를 나눴다.

오빠, 나 얼마나 잔 거야?

글쎄, 시간이 꽤 지났지. 사람들도 다 가 버렸어. 우리도 이제 일어날까? 여기, 계산서 주세요.

돈을 받으러 온 소년의 눈에는 졸음이 내려앉아 있었다. 지평은 아이의 머리를 쓰다듬어주고 악수했다. 아이는 부끄러운 미소를 지었다. 소은은 그런 두 사람을 바라보며 여전히 졸리는 눈으로 빙긋 웃었다.

자, 업혀.

아니, 나 술 다 깼어. 정말 잘 잤거든. 오빠 허벅지는 단단한 것 같은데도 무척 편안해.

너 업으려고 술도 안 마셨는데.

가다가 지치면 말할게.

인적이 사라진 거리는 가로등도 거의 없어서 어두웠고 소은은 지평의 손을 점점 더 세게 잡았다.

무서워?

조금. 그래도 오빠가 있으니 괜찮아.

이제 업을까?

그래 줄래? 사실 아까부터 다리가 후들거리긴 했어.

어? 몸이 열이 좀 있구나. 잘 쉬어야겠다.

응. 나, 또 잠들어도 되지?

그럼.

지평은 나지막이 콧노래를 불렀고 소은의 숨소리는 금방 잦아들었다. 호흡은 평온했지만 등으로 전해지는 그녀의 체온은 점점 더 뜨거워졌다. 그는 소은을 업은 채 흐뭇한 표정으로 바라보는 호텔 벨보이와 눈인사를 나누고 방으로 향했다. 침대에 소은을 내려 놓고 흘러 내려온 머리카락을 쓸어 넘기고 이마에 손을 얹었다. 커다란 신음소리가 단내와 함께 터져 나왔다. 양말을 벗기고 발을 마사지해 주고 나서 깨끗한 수건에 찬물을 적셔 소은의 이마에 올려놓았다. 그녀는 움찔했다. 몇 번을 그렇게 하고 나니 열기가 좀 가라앉았다. 그는 잠든 소은의 머리 곁으로 다시 와서 잠시 바라보다가 욕실로 들어갔다.

5

어제 그거 정말 네가 한 말들이었지?

맞아. 너도 잘 하더구나. 난 처음부터 너 하고는 그게 가능할 것 같은 예감이 들었어.

버스 스탠드에서부터?

후후, 그렇지.

넌 내 마음도 다 읽을 수 있니?

그건 비밀이야. 이것만 얘기해 두지. 난 표정을 잘 읽어. 마음의 표정도.

지금은?

뭔가에 감동을 받은 것 같긴 한데. 그건 내 뒤로 보이는 일출 때문인 거지?

난 내가 인도에 와 있다는 사실 자체가 충격적이야. 한 번 가야지, 언젠가는 가게 되겠지 생각은 많이 했지만 이렇게 와 있다니. 내겐 인도 자체가 감동적이라고 해야 하나?

천천히 더 알아봐. 이 말도 안되게 황당한 나라에 대해서 알면 알수록 더 감동적일 테니. 어찌할 수도 없는 불합리한 상황 속에서 이토록 아름답게 살아가는 사람들이 있다는 건 아무래도 가슴 아픈 일이야.

인야는 갑자기 일어나 사원 쪽으로 빠르게 움직였다.

어디 가니?

소은에게 가 봐. 아픈 사람 그렇게 혼자 두는 법 아니니까.

지난번처럼 순식간에 그녀는 지평의 시야에서 사라져버렸다. 여전히 귓가에 맴도는 듯한 그녀의 말소리는 실제로 들린 것 같기도 하고 텔레파시 같기도 했다. 입술이 움직이긴 했지만 목소리는 입술이 아닌 인야의 몸 전체에서 흘러나오는 것 같았다. 지평은 눈을 찡그리며 천천히 고도를 높이는 태양을 잠시 바라보다가 호텔로 돌아갔다.

소은은 하루 종일 앓았다. 장거리 이동과 자전거 타기에다 더위 때문에 몸살이 왔고 생리까지 겹친 탓이었다. 지평은 하루 종일 소은의 머리맡을 지키고 있었다. 물수건을 뒤집고 물에 씻어 다시 이마에 얹어 주기를 반복했다. 밥 때가 되자 밖에 나가서 한국식 죽과 가장 비슷한 스튜를 사 왔다. 한 숟가락씩 후후 불어 소은에게 떠먹였다. 오후 늦게 소은의 열은 많이 내렸고 얼굴에도 다시 생기가 돌았다.

나, 좀더 아파야 되겠다. 오빠가 이렇게 나만 바라보고 챙겨주니 참 좋아서.

하하, 어린 애 같은 소리를. 얼른 나아. 볼 것도 많은데.

이젠 거의 괜찮아진 것 같아. 내일부터는 같이 돌아다닐 수 있을 거야.

그래도 무리하지는 마. 난 여기 며칠 더 있어도 되니까.

하루 종일 나 돌보느라 답답했을 텐데. 밖에 나가서 산책이라도 하고 와. 나는 또 잠이 쏟아져.

그럴래? 일어나서 배고프면 저 탁자 위에 놓인 죽 먹으면 된다. 옆에 바나나도 있고.

알았어. 근데 어디 갈 거야?

어, 해지는 거 보러 그 식당에 다시 가 보려고.

그래, 참 아름다운 일몰이긴 했어. 오늘도 그럴까? 사진 한 장 찍어 보내 줘.

그래, 자.

그냥 가?

이마에는 아직 미열이 있네. 잘 자.

기다리고 있었니?
너를? 일몰을?
둘 다.
둘 다 아니야. 난 아무것도 기다리지 않아. 내가 제일 싫어하는 게 기다리는 거야.
제일 좋아하는 건?
그런 거 없어. 나는 그냥 있을 뿐이야.
너 꼭 인도 사람처럼 말하는 구나.
지평의 실없는 농담에 인야가 환하게 미소 짓다가 다시 서쪽으로 고개를 돌렸다.
오늘은 해가 가려졌어. 역광이 아름다운 날도 있지만 오늘 구름은 너무 두꺼워서 그럴 일도 없을 거야.
배 고프지 않니? 내가 밥 사 줄게. 가이드 비용도 안 받아서 빚진 기분이거든.
너 배 고픈 모양이구나. 하루 종일 병간호 하느라 힘들었을 테니 어서 주문해.
어떻게 그걸 다 알지?
난 많은 걸 알고 있어.
넌 배 안 고파?
난 안 먹어.
저녁을 원래 안 먹어?
어, 안 먹어.
하긴 이렇게 말랐으니. 혹시 먹고 싶으면 얘기해, 나눠 줄 테니.
그럴 일 없어.
여기 탈리 하나요.
탈리에 적응한 거면 인도 적응 반은 한 건데.

그래? 오늘은 인도 사람들처럼 손으로 먹어볼까 하는데.

쉽지 않을 거야. 처음에는 음식이 손 전체에 다 묻어. 적응한 다음엔 엄지, 검지, 중지 끝에 한 마디씩만 묻히면서도 먹을 거 다 먹을 수 있게 되지. 나중에는 손가락으로 음식 맛을 느낄 수도 있어.

네 애기 좀 해 줄래? 난 너에 대해 아는 게 없어.

그렇지, 그렇게 차파티를 찢어서, 아 그렇게 크게 찢지는 말고. 음, 시간이 좀 필요하겠구나. 나에 대해 알고 싶어? 넌 곧 떠날 거잖아. 여자친구 아픈 것도 다 나아가고. 원래 여행객들이 여기 오래 머물지는 않아. 길어야 3일이지.

넌 처음부터 좀 이상했어. 지금도 이상하긴 마찬가지지만.

뭐가?

넌 뭐랄까, 좀 달라. 그리고 비현실적인 느낌, 그런 게 있어. 어제 여기서 나눈 대화 말이야. 내가 예전에 템플 스테이에서 배웠던 묵언 소통을 실제로 하는 것 같았거든. 그게 뭐냐 하면, 텔레파시 같은 거야. 마음으로 나누는 대화 같은 거지. 너 근데 진짜 내가 한 말 알아듣고 답한 거 맞지?

......

......

나 보고 신비롭다고 했지? 일몰이 아름답다는 애기도. 지금은?

사실 네가 내 앞에 있지만 여전히 그런 느낌이 남아 있어. 뭔가 함부로 범접하기 어려운 사람 같은. 인도에는 아름다운 여인들이 많다는 생각을 했었는데, 너는 특별히 더 그렇기도 해. 그런데 그런 여인이 나한테 먼저 다가왔다는 게 신기해. 그래서 더 비현실적인가?

나는 아무한테나 가지 않아. 나를 제대로 알아보는 사람에게만 갈 수 있어. 이젠 좀 익숙해진 모양이네. 며칠 내로 너도 인도 사람들처럼 손으로 잘 먹을 수 있게 되겠다. 넌 인도가 좋아?

잘 모르겠어. 사람들이 많이 다르긴 해. 다른 세상에 사는 사람들 같기도 하고. 여러 가지 문제도 많다고 하지만, 그런 건 모든 나라가

다 안고 있는 문제들이기도 하니까.

쉽게 말하는구나.

아, 그런 건 아니야. 카스트 제도의 잔재는 여전하고 어린이와 여성 인권이 개선되어야 한다는 건 나도 잘 알아. 사람들이 바라보는 건 각각의 단편 정도이기 때문에 어느 정도 포장이 되기 마련이고, 실체는 늘 애써서 들여다보는 사람들에게만 보이는 거니까. 아, 네 나라 이야기를 좀 심하게 한 건가? 마음이 상했다면 미안해.

아니, 아니야. 넌 틀리지 않았어. 그건 정말 끔찍한 일이야.

고개를 숙인 인야는 눈을 부릅뜨고 어딘가를 응시하고 있었는데 커다란 두 눈 가득 눈물이 일렁이고 있었다. 놀란 지평도 그 시선을 따라 고개를 숙였다.

내일 봐.

인야는 특유의 단아하고 비현실적인 걸음걸이로 이미 멀어져 가고 있었다.

인야, 인야!

사람들이 소리지르는 지평을 바라봤다. 인야는 이미 어두워져서 아득해진 길로 사라졌다.

좀 늦었네?

어, 깼어? 뭐야, 열이 다시 올라갔네. 내일 병원에 가 봐야겠다. 연락하지 그랬어.

나는 오빠가 사진 보내줄 때까지 기다렸어. 근데 해는 다 져버렸고 사진은 안 오고……

야! 그렇다고 이렇게 끙끙 앓고만 있으면 어떻게 하니?

몰라.

모르긴 뭘 몰라. 아직 문 연 약국이 있을 수도 있어. 나갔다 올게.

나 약 먹었어. 그리고 이건 시간이 지나면 괜찮아 질 거야. 내 몸은 내가 알아. 그냥 오빠가 차가운 물수건이나 내 이마에 올려 주면 안 될까? 난 그게 좋은데.

이건 어리광인가?

아픈 사람 놀리면 벌 받는다고 했거든? 우리 할머니가.

알았어. 좀 기다려.

지평은 화장실로 가서 물을 받고 수건을 몇 번 헹구고 짜 내기를 반복한 후에 작게 접은 후 다시 눈을 감고 누운 소은의 이마에 얹어 주었다. 다시 거칠어진 그녀의 숨소리를 들으며 희미하게 열꽃이 핀 볼과 부드러운 곡선을 그리는 눈썹을 내려다봤다. 자리를 일어나려는데 소은이 앓는 소리를 냈다.

오빠, 가지 말고 내 옆에 좀 누워 있으면 안 될까?

지평은 잠시 망설이는 눈빛으로 소은을 내려다 봤다. 그녀가 옆으로 몸을 옮기긴 했지만 1인용 침대는 두 사람이 눕기에 넉넉해 보이진 않았다.

뭐, 나 아프거든? 몸이 왜 안 좋은지는 이미 알고 있을 거고.

나 발 좀 씻고 올게.

그냥 올라오면 안 돼? 아, 또 마구 졸린다. 몰라, 맘대로 해.

그녀는 몸을 옆으로 돌려 누우며 눈을 감았고 그는 욕실에 들어가 발을 씻고 나왔다. 지평은 소은의 옆에 나란히 누웠다. 그녀의 몸에서 나오는 진동과 열기가 그의 오른팔에 전해졌다.

그녀는 눈을 감은 채로 속삭이듯 말했다.

내가 아프니까 이렇게 내 옆에 누우라고 할 수도 있는 거야. 오해하지 마.

잠시 후에는 그에게도 나른함이 몰려왔고 까무룩 잠들었다.

6

시간이 얼마나 흘렀는지 가늠할 수 없었다. 잠든 소은 때문에 쳐놓은 블라인드 틈으로 약간의 빛이 들어와 벽면에 어른거리고 있었다. 해는 이미 떠오른 것 같았다. 그는 침대 가장자리 쪽으로 돌아누워 있었고, 소은은 지평을 뒤에서 안은 채로 잠들어 있었다. 아픈 몸에서 뿜어져 나오는 열기는 사라졌고, 부드러운 온기가 그의 등을 감쌌다. 이제 다 나았구나, 생각하며 그는 침대에서 내려와 소은의 이마에 손을 얹었다. 소은의 창백한 이마는 시원했다. 지평은 그가 일어난 자리에 두 손을 떨어뜨린 채 어린아이처럼 몸을 옹크리고 고른 숨을 쉬며 잠든 그녀를 물끄러미 바라보다가 이불을 올려 어깨까지 덮어 주고 이마로 흘러내린 머리카락을 쓸어준 뒤 옷을 입었다.

산책도 할 겸 밖으로 나온 그는 사원 쪽으로 걸어갔다. 아침 안개를 머금은 사원은 신비로움을 간직한 채 변함없이 서 있었다. 사원의 구조에 이미 익숙해진 그는 여유롭게 두 가이드의 설명을 동시에 떠올리며 천천히 경내를 산책했다. 인야의 긴 설명을 들었고 소은이 온다는 말을 남기고 갑자기 사라져버렸던 장소에 도착한 후에는 그 순간을 회상하며 한참 동안 가만히 서 있었다. 그때, 뒤에서 보드라운 손길이 느껴졌다. 두 개의 손이 천천히 지평의 허리를 안았다. 하늘거리는 연한 청록색 소매를 보고 그 손이 인야의 것임을 알아챘다. 전과 달리 그녀의 몸은 또렷했다. 처음으로 인야의 몸이 그와 닿은 순간이었다. 그녀는 말이 없었다. 그는 약간 놀랐지만 이미 누구인지 알았기 때문에 소리내지 않고 인야의 손을 맞잡았다. 찰나의 설렘이 일었고 이내 친밀함이 두 사람을 감쌌다. 그의 등과 맞닿은 인야의 봉긋한 가슴으로 그녀의 맥박이 느껴졌다. 그는 눈을 감았다. 그녀의 손은 천천히 아래쪽으로 내려왔고 이미 단단해지기 시작한 지평의 앞부분과 닿았다. 그가 몸을 움찔했지만 인야는 멈추지 않았다. 그는 긴장했고 두려웠고 그녀는 거침 없었다. 그는 혹시 사람들이 올까 봐 주위를 살폈고 그녀는 그에게만 집중했다. 그는 소리를 내지 않으려 애썼고 그녀가 뱉어내는 숨결은 그를 더욱 흥분하게 만들었다. 그녀의 몸은 그의 몸 보다 작았지만 그녀의 포옹과 손길은 그를 넉넉히 감싸 안았다. 그의 맥박이 빨라졌다. 그의 등 뒤에서 떨어져 옆으로 다가선 그녀는 그의 손을 잡고 그가 알지 못하는 사원 내부의 비밀스러운 방으로 그를 이끌었다. 가이드의 자세한 설명과 인야의 특별하고 매력적인 설명에도 등장하지 않았던 비밀스러운 통로가 나타났다. 인야는 주저 없이 그를 데리고 어둠 속으로 들어갔다. 암순응에 필요한 시간이 흐르는 동안 지평은 인야의 하늘거리는 뒷모습과 맞잡은 손이 이끄는 대로 따라갈 수밖에 없었다. 그의 숨결은 거칠어졌지만 인야의 호흡은 가볍고 경쾌했다. 그들은 도저히 빛이 들어올 것 같지 않은 내밀한 곳에 도달했다. 높은 천장 어디에선가 희미한 젖빛 햇살이 희미하게 내려와 벽에 맺혀 있었다. 두 사람의 움직임과 호흡이 만들어낸 파동에 미세한 먼지들이 소리 없이 요동치고 있었다. 바닥에는 부드러운 양탄자가 깔려 있었다. 두 사람은 서로의 옷을 벗겼다. 그의 옷은 하나하나 벗겨졌고 그녀의 몸에서는 여러 겹의 옷이 한꺼번에 흘러내렸다. 그녀는 두 발 뒤로 물러났고 그의 몸을 바라봤다. 어둠 속에서 부드럽게 빛나는 그녀의 몸은 놀랍도록 아름다웠다. 그녀는 그에게로 천천히 다가와 까치발을 한 채 그의 목 뒤로 손을 올려 포옹하며 입을 맞췄다. 그는 정신을 잃을 것 같은 몽롱함에 빠져들었다. 그녀가 그를 천천히 눕혔다. 그의 몸 위로 올라온 그녀의 몸과 그의 몸이 완전히 포개졌다. 그녀는 그의 얼굴 구석구석 사랑스런 입맞춤을 퍼부었고 마침내 그의 입 속으로 혀를 밀어 넣었다. 그

것만으로도 그는 한껏 달아올랐고 몸이 터질듯한 흥분에 휩싸였다. 그녀는 사타구니를 약간 벌려 그가 견딜 수 있게 해 주었고 빠르지도 느리지도 않게 두 사람의 혀가 할 수 있는 모든 유희를 만끽했다. 입술을 뗀 그녀는 부드러운 팔과 가슴으로 그를 온전히 포획한 채 천천히 그의 목과 가슴과 배꼽에 입을 맞추며 내려가 발기할 대로 발기한 그의 페니스에 도달했다. 그녀의 입술이 닿는 순간 그는 그녀의 입 안에 사정했다. 그는 당황했지만 그녀는 아무렇지도 않다는 듯 다시 위로 올라와 다리를 벌리고 그가 그녀의 몸 안으로 들어올 수 있게 해 주었다. 그는 서툴렀고 어색했고 주저했고, 그녀는 자연스럽고 능숙하고 아름다웠다. 얼마간은 그녀만 움직이며 소리를 냈다. 지평은 터져 나오려는 소리를 억제하고 있었다. 잠시 후 그녀는 밀착한 몸을 풀지 않은 채로 몸을 돌려 자세를 역전시켰다. 위로 올라온 그가 움직이기 시작했다. 그가 보았던 사원 여기저기에 새겨진 장면들이 인야의 얼굴과 겹쳐졌다. 그가 다시 절정에 이를 무렵 그녀가 그를 멈추게 했다. 그는 다시 당혹스러웠지만 호흡을 가다듬고 그녀를 따랐다. 포갠 다리를 풀지 않은 채 두 사람은 천천히 일어났다. 인야는 한 쪽 벽으로 그를 데리고 가서 벽을 등진 채 다리를 들어올려 그를 더 깊이 들어오게 했다. 그는 잠시 주저했지만 곧 쾌락에 굴복했다. 그들의 몸에서는 땀방울이 끝없이 솟아 올랐다 사라졌다. 그녀의 땀에서는 달콤한 향기가 났다. 이제 거리낌이 사라진 두 사람은 신전의 조각들이 보여 준 모든 자세와 거기도 없는 자세와 그 모든 것과 상관없이 본능이 이끄는 대로 서로의 몸을 탐했다. 그도 더 이상 어색하거나 부끄럽거나 겁나지 않았다. 그녀가 얘기한 말들이 떠올랐다. 육체적인 것만이 아니라고 했던가, 이 행위를 통해서 육체를 넘어 정신적인 열락에 이를 수 있다고 했던가? 그럴 수도 있을 것 같았다. 이토록 아름다운 여인의 속으로 이렇게 끝없이 들어갈 수 있다니. 마지막 절정의 순간이 다가오고 있었고 그는 온 힘을 다해 정상을 향해 나아갔다. 그런데 그 순간은 다가오지 않았다. 그녀는 그 순간을 일부러 늦추고 있었다. 물러설 마음이 없었던 그는 계속 절정을 향해 나아가야 했다. 하지만 그녀는 그 지점을 더 뒤로 물리면서 그를 더 높고 아득히 먼 곳으로 끌어올리고 있었다. 그는 정신을 잃을지도 모른다고 생각했다. 그러나 멈출 수 없었다. 그녀가 이끄는 곳까지 가야 했다. 온 몸의 감각은 더 이상 충만해 질 수 없을 정도가 되었고 모든 혈관이 터져버릴 지경이었다. 순간 그녀의 움직임이 정 반대로 바뀌었다. 조금씩 그를 인도하며 멀어져 가던 그녀가 잠시 멈추는 듯 했는데 마치 먹이를 포획하는 야수같이 그를 엄습하는가 싶더니 그를 들어올려 바닥에 눕히고 그의 위로 올라왔다. 그녀는 그의 속 깊은 곳을 향해 돌진했다. 그녀는 아무 것도 남지 않은 그의 심연까지 들어왔다. 향기로운 땀으로 범벅이 된 두 사람은 절정에 도달하며 탄성을 질렀고 한 동안 무아지경의 황홀경에 머물렀다. 시간은 무한한 정지 상태에 도달했다. 그녀가 힘을 풀고 그의 위에 다시 엎드렸고, 처음처럼 다시 몸의 각 부분이 정확하게 포개진 상태로 호흡이 잦아들 때까지 가만히 있었다. 잠시 후 그녀는 흥분이 사라진 사랑스러움만으로 그에게 키스했다. 땀이 식어가는 그녀의 몸에서는 시원한 풀 내음이 솟아나왔다. 그는 뭔가 말하려 했지만 아무런 단어도 떠오르지 않았다. 두 사람의 숨소리와 맥박 소리 말고는 아무것도 들리지 않았다.

그녀가 갑자기 고개를 들고 말했다.

소은이야!

어? 뭐라고?

석양 보러 다시 와.

어느새 옷을 다 입은 그녀는 힐끗 미소를 지어 보이더니 순식간에 사원 밖으로 사라졌다.

인야, 인야!

그때 누군가의 목소리가 들려왔다. 그는 소스라치게 놀랐다.

오빠, 괜찮아? 아까부터 계속 신음소리를 내고. 나 때문에 오빠도 아프게 된 거야?

아, 아니 괜찮아.

어디 봐봐. 어머, 땀도 이렇게 많이 흘리고. 어떻게 해?

소은아, 잠깐만. 옷 좀 갈아입고.

그는 몽정으로 젖은 반바지가 보이지 않도록 그녀에게 등을 돌린 채 여행가방에서 옷을 꺼내 욕실로 들어갔다. 샤워기에서 쏟아지는 차가운 물줄기에 몸을 맡기고 한참 동안 멍하게 서 있었다. 인야의 몸에서 뿜어져 나온 향기의 잔상에서 벗어나기 위해 그는 머리를 세차게 흔들었다.

두 사람 다 앓고 난 후의 허기를 느꼈고 밖으로 나와 식당을 찾았다. 평소보다 더 많은 양을 주문해 허겁지겁 다 먹어 치웠다. 지평의 오른손은 그 사이 더 많이 인도식 식사법에 적응했다.

와~ 오빠 대단하다. 며칠 만에 거의 인도 사람 다 된 것 같아.

너도 해 봐. 정말 음식 맛도 좀 다르게 느껴지는 것 같거든.

글쎄, 오래 있을 것도 아닌데. 다음에 인도에 다시 오게 되면 해 볼게. 근데 자이살메르 가는 차는 언제 있대?

밤차도 있기는 한데, 너 몸 좀더 회복해야 하니까 하루 더 자고 내일 오전에 출발하는 거 타자.

아냐, 어서 가고 싶어. 난 왠지 여기가 싫어. 밤 버스 타도 괜찮아. 예매해 줘.

식당을 나온 두 사람은 잠시 헤어졌다. 소은은 시장에 들러서 몇 가지 기념품을 사기로 했고 지평은 버스 스탠드로 향했다. 소은의 몸이 회복된 건 다행이었지만 바로 오늘 밤 이곳을 떠나야 한다는 건 그를 당혹스럽게 했다. 인야와 다시 만날 기회는 한번 밖에 안 남은 셈이었다. 어쩔 수 없었다. 실제보다 더 생생해서 아직도 몸으로 인야의 모든 부분을 느낄 수 있을 정도지만 어쨌든 그건 꿈이었다. 그는 그녀와 처음 조우했던 곳으로 갔다. 인야와 그가 처음으로 눈을 마주쳤던 버스 승하차장은 한낮의 열기를 뿜어내는 빈 땅일 뿐이었다. 그는 예매 창구로 가서 자이살메르행 버스표 두 장을 샀다.

앓고 난 후의 소은은 신선한 생기를 회복해 반짝였다.

오빠, 어차피 할 일도 없고 이따 한국사람들끼리 김치 레스토랑에서 모인다는데 같이 가자. 오랜만에 라면이든 찌개든 한국 음식도 좀 먹고.

그 식당에서 하는 한국음식 약간 엉터리라고 그러지 않았어?

그래도 그게 어디야. 이런 인도 촌구석에서 신라면이라도 먹으면 속이 다 풀릴 것 같은데. 응? 같이 갈 거지.

너 데려다 줄게.

그럼 오빠는. 아, 또 그 일몰 식당 가려고?

어떻게 알았지?

뭐, 거기 숨겨 둔 여자라도 있는 것 같은데…… 알았어. 뭐야, 방금 그 표정은? 정말인 거야?

가자, 바래다 줄게.

말해 봐. 진짜 누구 만날 사람이라도 있어?

얘기하지 않았나? 그날 저녁 먹을 때 내가 누굴 봤다고 했잖아.

어, 기억난다. 근데 다시 돌아봤을 때는 아무도 없었지? 뭐야, 그럼 나는 못 봤는데 오빠만 본 사람이 있다는 거네? 게다가 여자고? 뭐야? 나도 같이 가야 하는 건가?

그럴 필요까지야. 넌 네 시간을 즐겨. 네가 좋아하는 대로 해. 어차피 오늘 밤엔 떠날 거니까.

하긴 오빠가 누굴 만난다 해도. 내가 가진 않을 건데 어떤 사람이고 오빠와는 어떤 얘기를 했는지 다 말해 줘야 해. 약속 안 하면 나 진짜 오빠 감시하러 같이 간다.

알았어, 다 얘기 해 줄게. 사실 감출 것도 없어. 자, 다 왔다. 잘 놀

아. 너무 무리하지 말고.

그래, 돌아가는 길에 간식거리도 좀 사 놓을 게. 이따 봐.

소은에게 모든 이야기를 다 들려줄 수는 없다. 말로 할 수 없는 건 어차피 말로는 전해지지 않는다. 그건 누구의 잘못도 아니다. 인야를 한번 더 만날 수는 있을까? 꿈 속에서 그녀와 나눈 사랑에 대해 인야에게 말해도 될까? 텔레파시도 가능하고 못 보는 것도 다 보는 것 같은 인야. 아직도 신비스러움으로 가려진 사람. 오늘은 그녀의 이야기를 더 많이 들어야겠다.

7

오늘도 그는 알아채지 못했다.

내가 육체를 갖지 않은 존재라는 것을. 그건 다행이고 그래야만 한다는 것도 안다. 하지만 내가 물질이 아니어서 만지거나 만져지지 않는 존재라는 게 너무 아쉽다. 오늘은 거의 그의 볼에 입을 맞출 뻔했다. 그랬다면 그는 아무 느낌도 없는 키스를 어떻게 받아들였을까? 소스라치게 놀랐을까? 아니면, 넌 정말 신기한 사람이구나. 키스조차 이렇게 아무런 감각이 없을 수가 있다니, 라고 말하며 내가 좋아하는 그 엷은 미소를 지어 주었을까? 그는 서두르거나 다그치지 않고 그냥 흘러가는 대로 내버려두는 사람이니까 나의 그런 감각 없는 입맞춤도 아무렇지도 않게 받아들일 수 있을지 모른다. 그래도 나는 두렵다. 혹 내 실체를 알아버린다면……. 그런데 이제는 그도 나를 만지고 싶어한다. 손을 잡고, 나란히 앉아 내 머리를 쓸어주고, 내 허리를 안고, 포옹을 하고, 볼 키스를 하고, 이마에 키스하고, 입을 맞추고, 더 길고 깊은 키스를 나누고, 결국 나와 한 몸이 되기를 바란다. 그것도 자연스러운 흐름이니까. 그는 그 모든 일을 아무런 의지 없이 해낼 수 있을 것만 같다. 이제 여기서 멈춰야 하는 걸까? 더 이상 그에게 다가가지 말고 그가 더 다가오게 해서도 안 되는 건가? 아, 그가 보인다. 허무하고 평화로운 눈빛, 온기를 살짝 머금은 미소와 부드러운 손짓. 그는 여자친구와 영원히 끝나지 않을 것 같은 여유로운 식사를 즐기고 있다. 나는 그녀가 몹시 부럽다. 그를 만지고 그의 섬세한 손길에 몸을 내어줄 수 있다니. 그 모든 떨림을 고스란히 느낄 수 있다니. 내게 남은 건 기억 뿐이다. 모든 것이 생생하게, 고스란히 남았지만 기억에는 실체가 없다.

8

벤치에 앉아 석양을 바라보는 인야가 지평의 시야에 들어왔다. 그녀는 황혼의 아름다움에 푹 빠진 탓인지 다가가는 그를 알아채지 못한 채 지평선 너머로 사라져 가는 태양과 차츰 더 붉어져가는 하늘을 가만히 바라보고 있었다.

인야.

나지막한 목소리로 그녀를 부른 것과 동시에 지평은 그녀의 어깨에 손을 얹으려고 팔을 뻗었다. 앞으로 기운 그의 상체, 뻗은 그의 손은 아무런 저항 없이 인야의 가슴을 관통했고 그는 앞으로 고꾸라지고 말았다. 두 사람은 함께 놀랐다. 지평은 말문이 막힌 채 눈을 휘둥그래 뜨고 인야를 바라보고 있었다. 인야는 말로는 설명할 수 없는 표정을 짓고 있었다. 입을 꼭 다물고 감정을 참아내고 있었지만 두 눈은 두려움과 공포와 아쉬움과 슬픔을 모두 머금고 있었다. 누군가 두 사람 사이로 지나가면서 지평은 후다닥 일어났다. 인야는 그대로 앉아 있었다.

안 돼! 다가오지 마. 어차피 넌 날 만질 수 없다는 걸 알았으니까. 뭔가 이상하다고 느낀 적이 있다는 것도 알아. 네 마음 속의 갈등도, 망설임도, 조금 전에 보여 준 용기도 다.

인야는 고개를 세차게 좌우로 흔들며 이야기했다. 지평은 두 손으로 머리를 감싼 채 말하는 인야를 바라보며 굳어버렸다. 귀로 스며드는 그녀의 목소리조차 비현실적으로 느껴졌다. 그의 눈에서 눈물이 솟아올랐다. 그 슬픔을 나눠가진 인야의 목소리는 이 세상의 소리가 아닌 듯 묘한 울림으로 떨리며 지평의 귀를 지나 마음 속으로 밀려 들어왔다.

네가 그렇게 슬퍼하니까 내가 더 미안하잖아. 그래서 미리 얘기하려고 했었는데, 날 만지면 안 된다고, 나랑은 그런 건 하지 않는 게 좋을 거라고. 그런 것 말고도 나눌 수 있는 건 많을 거라고. 그리고 우린 육체적인 접촉 없이도 많은 이야기를 주고 받은 거였잖아. 그런데 넌 결국 날 네 무의식 속으로 불러들였어. 내가 그렇게 좋았어?

지평은 뭐라고 말해야 할지 혼란스러웠다. 그건 분명 꿈 속에서 일어난 일이고 그 꿈은 그의 무의식이 만들어낸 것이었다. 그런데 인야는 그 일을 다 알고 있고 허구가 아닌 사실처럼 여기며 말했다.

그럼 뭐해? 너는 사실은, 실제로는 없는 거잖아. 만질 수도 없고, 안을 수도 없고. 없는 거 아니냐고!

쉽게 이해할 수 없을 거라는 건 나도 알아. 때로는 나도 내가 진짜 존재하는 건지 아닌지 혼란스러워. 나도 예전에는 육체를 입고 살았던 적이 있었지만, 이제는 오래된 기억일 뿐이야.

혼란스러움을 떨쳐버리지 못하며 얼굴이 일그러지는 그를 바라보던 인야가 크게 한숨을 쉬었다.

지평, 나는 네가 좋아. 너만큼 내게 다가와서 내 말을 다 들어준 사람은 없어. 그래서 더 많은 얘기를 들려준 거야. 그리고 지평. 이게 우리가 할 수 있는 것들의 끝이야. 더는 할 수 있는 게 없다면…… 나도 더 바랄 수는 없어. 네게는 소은이 있잖아. 저렇게 예쁘고 너를 향한 마음이 한결같은 사람이.

넌, 인야 너는 어떻게 할 건데.

나? 내가 뭘 할 수 있겠어? 방금 확인했잖아. 이렇게. 봐, 이렇게. 이런 거야. 이게 나라구.

인야는 두 팔을 뻗어 지평의 얼굴과 목과 가슴을 차례로 품는 시늉을 했다. 지평의 눈은 저절로 감겼지만 아무런 감각을 느낄 수 없음을 다시 확인하면서 다시 고통스러운 얼굴로 바뀌었다.

아, 제발, 한 번이라도 널 안고 싶어. 널 만지고, 네게 입을 맞추고, 널……

지평은 한참 동안 흐느꼈다.

울지 마. 달라지는 건 없으니까.

인야는 그를 마주보며 그대로 있었다.

배고프겠다. 너, 뭐라도 먹어. 네 손가락은 이제 거의 인도 사람 손처럼 변했어. 탈리 먹을 거지?

인야가 석양이 잘 보이는 자리로 먼저 시나브로 가버렸다. 지평은 몸을 추스르고 일어났지만 술에 취한 듯 비틀거리며 몸을 간신히 옮겨 자리에 앉았다.

탈리 둘, 아니 하나만 주세요.

후후, 나 탈리 하나 먹은 셈 칠게. 너는 착한 사람이야.

인야가 느낌이 없는 손으로 지평의 볼을 쓰다듬은 후 여전히 느낌 없는 입술을 내밀어 입을 맞췄다. 순간 그는 움찔했다. 아주 미세하지만 그녀의 감촉을 느낀 것 같았다.

그러지 마. 나 때문에 네가 미치도록 내버려둘 수는 없어.

두 사람은 잠시 서로를 물끄러미 바라봤다.

오늘은 더할 나위 없이 아름다운 석양을 볼 수 있겠다. 구름의 형태도, 공기도, 새들도, 너도, 나도.

넌 정말 누구니?

나? 아직 모르겠어?

내가 어떻게 널 알 수 있겠어.

꿈 속에서 본 나는 어땠어? 어, 뭐니? 벌써 얼굴이 빨개지려고 하다니, 부끄러워? 착하기만 한 게 아니고 순진하기까지. 하긴, 이렇게 먼 곳 카주라호까지 와서도 소은을 지켜주는 모습을 보면 잘 알 수 있지. 너는 참 보기 드문 남자야. 꿈에서는 그렇지 않았지만. 아니, 그럴 수 없었겠지. 내가 빈틈을 주지 않았으니까.

그럼 그 꿈 속의 너는 진짜 너였다는 거니?

때론 현실에서 불가능한 일들이 꿈 속에서는 실제로 일어나기도 하지. 꿈의 현실성이라고 하는 거야. 이런 얘기가 있어. 한 마을에 그 지방에서 제일 부자인 사람이 살았고 그 부자의 저택 앞에는 매일 구걸하는 거지가 있었어. 이상한 건, 부자는 늘 표정이 어둡고 불안해 보였는데 거지는 늘 행복하고 여유가 넘쳤다는 거야. 이상하게 여긴 한 사람이 두 사람을 각각 만나서 왜 그런지 물어봤지. 부자가 말했어. 나는 매일 악몽을 꿉니다. 꿈에서 나는 처참할 정도로 가난한 사람이 됩니다. 내 집 앞에서 구걸하는 저 거지보다 더 심하게 피폐한 사람이 되고 모든 사람들이 날 무시합니다. 나는 거기서 벗어날 수가 없습니다. 아, 오늘도 밤이 다가오는 게 두렵습니다. 그는 거지도 만났어. 그는 이렇게 얘기했지. 아, 어서 밤이 왔으면 좋겠습니다. 잠이 들면 나는 세상에 둘도 없는 행복한 사람이 됩니다. 꿈 속에서 나는 부자인데다가 인품도 훌륭해서 매일 사람들이 나를 찾아오고 나는 성대한 연회를 열어 사람들을 대접합니다. 비록 현실에서는 이런 거지로 살아가지만 꿈에서 만큼은 세상 누구도 부럽지 않은 사람이랍니다.

그 얘기 나도 알아. 근데 그게 너하고 무슨 상관인데?

난 이미 물질로는 존재하지 않아. 그래서 어떤 사람과 밀도 있는 관계를 맺고 싶으면 현실이 아닌 다른 방법을 통할 수밖에 없어.

꿈이 그런 거라는 거야?

그런 셈이지.

그럼 내 꿈 속에 나왔던 너는 정말 너였다는 거니?

그럴까? 그건 네 꿈이기 때문에 네가 결정하는 거야. 나는 단지 네 초대에 응한 것뿐.

아, 잘 모르겠어. 그럼 앞으로도 나는 너를 내 꿈에서 만날 수 있다는 건가?

말했잖아. 네 꿈이라고. 모든 사람이 꾸는 꿈은 다 각자의 영역이야. 다른 사람이 대신할 수 없어. 잘 생각해 봐. 현실에서는 네 인생이 네 마음대로 되지 않을 수도 있어. 심한 경우 자신의 삶을 살지 못하고 다른 사람이 정해 준 대로 살기도 하고, 하고 싶은 일은 못하고 억지로 싫은 일을 하며 시간을 낭비하기도 해. 반면에 뭐든 하고 싶은 대로 하며 살아가는 사람도 있지. 노력의 결과이든, 운이 좋았든, 부모를 잘 만났든. 그런데 꿈은 달라. 네 꿈은 온전히 네 것으로 만들 수 있지. 아까 말한 그 거지의 꿈처럼 말이야. 물론 대부분은 저절로 되지는 않아. 긴 시간 수행하고 시행착오도 겪어야 하지. 그런데 너는 달랐어.

여기 맥주 한 잔 주세요. 아직 네가 정말 누군지 말하지 않았어.

이제는 암청색으로 변해버린 하늘을 뚫어지게 바라보던 인야가 입을 열었다.

어떻게 말해야 할까? 무엇부터 들려주어야 할까?

넌 죽은 거지?

인야가 고개를 돌렸고 지평과 눈이 마주쳤다. 그녀의 온 몸에 슬픔이 드리워져 있었다.

아, 미안해. 굳이 말로 할 필요는 없었는데.

그가 손을 들어 그녀의 볼을 쓰다듬었다. 촉감은 느낄 수 없었지만 상관하지 않았다. 그녀는 그의 마음을 받아들였다. 그녀가 흘린 그림자 없는 눈물 방울은 바닥에 닿자마자 소멸했다. 그녀는 입을 열어 이야기를 시작했다.

9

이미 쇠락해가는 왕조이긴 했지만 나는 왕위계승서열 1순위의 왕
녀였어. 나는 어렸을 때부터 우리 문명의 정수를 잘 알고 있는 현자
들로부터 각종 교육을 받았지. 여동생들과 달리 무술에도 관심이 많
았던 나는 몸을 단련하기를 게을리하지 않았어. 20대 초반의 나이가
되었을 때 모든 병사들에게 인정받는 장교자리까지 오를 수 있었어.
왕녀의 특혜 같은 건 조금도 허용하지 않았어. 단 한번도 봐주지 말
라고 했지. 나는 타고난 전투병이기도 했지만 남들보다 더 많이 집요
하게 기술들을 연마했어. 궁중에서 배우던 정신적인 수련까지 더해
지고 다듬어진 후에는 무술이든 정신력이든 나를 이길 사람이 없었
어.

그래서 네 몸이……

그래, 좋은 몸은 열심히 육체를 단련한 사람에게 우리 몸이 주는
선물이야. 특별한 질병이 없다면 사람의 몸은 그가 먹은 것과 행동한
것과 마음 먹은 것을 뒤섞어 가감 없이 보여줘. 네 몸을 보면 잘 알
수 있지. 너는 많이 절제된 마음을 가진 사람이야. 앞으로는 참지만
말고 발산해 봐. 그럼 더 균형 잡히고 자유롭고 강한 몸을 가질 수
있을 거야. 마음은 당연히 몸과 상호작용하는 거니까 그것도 지금과
는 달라질 거야.

몸이 뭐 그리 중요하겠니?

그럴까? 몸은 마음을 따르고 마음은 몸을 따르지. 나는 많은 전투
에서 전과를 올렸고 몇 번은 결정적인 승리를 거뒀어. 아빠의 명령이

아닌 병사들의 열화 같은 요구에 의해 부대장의 지위에 올랐어. 다른 나라에 비해서는 규모가 작아 전체적인 전력의 총량은 크지 않았지만 병사들의 개별적인 전투력이나 집단적인 전술 소화 능력은 훌륭했지. 그런데 그런 우리로서도 감당할 수 없었던 적들이 쳐들어온 거야.

　그날은 무술 훈련을 쉬고 묵언수행을 하는 날이었어. 스승과 제자들이 모두 알몸으로 가부좌를 하고 하루 종일 앉아 아무 말도 하지 않고 있는 거였지. 아직 익숙하지 않은 남자들은 중간에 발기가 되기도 하고 사정도 하는데 그런 것도 다 용납이 되는 시간이었어. 신체적 조건을 봐도 여자가 훨씬 더 깊이 있는 수련을 할 수 있다는 게 분명한데 정점에 이른 깨달은 자들 중에 여자가 드물다는 게 나는 늘 의문스러웠어. 수련을 마치고 몸을 씻으러 욕장에 들어갔을 때 전령이 다가와 적군이 국경을 넘었다는 소식을 전했어. 곧 총동원령이 선포되었고 잠시 후에 전군이 다 모여 총사령관이자 왕인 내 아빠의 명령을 기다렸지.

　여자이기 때문에 특혜를 입는 게 싫었던 나는 늘 다른 병사들과 똑같은 갑옷을 입었어. 움직임만으로는 내가 여자임을 알아챌 수 없었지. 오히려 모든 섬세한 동작의 끝에서는 나는 좀 더 빠르고 정확했어. 백병전에서 나는 거의 살인병기에 가까웠어. 전담 근위병도 불가피한 상황이 아니라면 나를 근접 경호할 수 없도록 했지.

　첫날 전투는 치열했지만 해가 지도록 승부가 나지 않았어. 양측 다 사상자가 너무 많았어. 피가 진영을 휘감아 돌아나갈 정도였지. 양측 총사령관이 다음날 전투를 재개하는데 합의했어. 우리는 간밤에 전력을 점검하고 기력을 보충한 뒤 잘 쉬어야 했어. 치열한 전투 중에 늘 그랬듯 나는 찰과상은 무시하고 칼에 베인 큰 상처들을 소독하고 꿰매는 임시조치를 하고 있었어. 그때 총사령관이 나를 찾아 왔어. 울음을 애써 참아내는 그 애잔한 표정……

인야, 몸은 좀 어떠냐?

여기까지 나오시다니. 상처는 깊지 않아요. 문제 없어요.

네가 벤 목이 수백이라고 들었다. 내일은 전면에 서지 말고 뒤쪽에서 전체 전황을 살피거라. 오늘 네 전과를 목도한 적군들이 더 필사적으로 네 목을 노리고 달려들 거다. 어디 보자, 상처가 가볍지 않아보인다. 어의를 불러 줄 테니 치료 받도록 해라.

아뇨, 이 정도 상처는 늘 달고 살았어요. 일찍 침소로 가서 쉬세요. 내일도 험난한 날이 될 거예요. 내일도 승부가 나지 않으면 우리가 진다는 거, 잘 아시죠?

……

마지막 기회예요. 아빠, 잘 자요.

단 한번도 내가 아들이었으면 좋았을 거라는 말씀을 하지 않으며 무엇이든 다 할 수 있도록 허락하고 응원해 주었던 아빠였어. 이번이 아빠의 얼굴을 마지막으로 바라보는 순간일 지도 모른다는 생각에 슬픔이 몰려왔지만 이를 앙다물고 승리를 향한 의지만 보여드렸지.

그런데 내가 본 너의 몸은……

상처가 없었다고? 내가 죽은 지가, 아니 그렇게 된 지가 언젠데 그런 게 아직 남아 있겠어?

……

아빠가 돌아가고 나서 나는 감정을 가라앉히기 위해 가부좌를 하고 명상에 들었어. 얼마간 시간이 흘렀을 때 근위병이 방문자가 왔다고 보고했어. 문이 열리고 뒤따라 들어온 전령이 고개를 숙이고 팔을 뻗어 내민 봉투 속에는 적국의 장수가 보낸 편지가 들어 있었어. 편지는 전쟁과는 아무 상관 없는 초대장이었지.

누구도 생사를 장담할 수 없는 전투가 내일 우리를 기다리고 있습니다. 우리는 각자의 나라에 속한 사람들이므로 서로 적군이 되어 싸움을 벌이고 기회가 된다면 주저하지 않고 서로의 심장을 찌르고 목을 베고 팔다리를 자를 겁니다. 나도 지금까지 숱한 고비를 넘기며 살아왔고 그 와중에 많은 사람들의 목을 베고 심장을 찔렀습니다. 내일의 전투는 그 밀도와 맹렬함이 한층 더할 테지요. 내일 밤을 숨이 끊어진 채 맞을 것 같다는 예감이 나를 엄습합니다. 이 두려움을 달래고 서로를 죽여야만 하는 운명의 장난을 희롱하기 위해, 아니 그저 우리의 젊은 날 한 때를 기념하고 추억하기 위해 당신을 초대합니다. 함께 데려올 사람이 있다면 세 사람까지 동행해도 좋습니다. 무기를 가져와도 좋지만 최종 회합장소에 들어오기 전에는 내려놓아야 합니다. 술과 음식은 얼마든지 있고, 의심이 된다면 나에게 먼저 먹이고 확인한 후 취해도 됩니다. 회합은 자정까지 두 시간 동안만 벌어집니다. 잠을 자 두어야 내일 동틀 무렵의 정기를 받아 전투를 벌일 수 있을 테니까요. 아, 그리고 그 안에서 벌어지는 모든 일과 대화는 밖으로 새어 나가선 안 됩니다. 들어선 이후 눈을 세 번 깜빡일 때까지 판단할 시간이 주어집니다. 아니라고 생각되면 바로 돌아가도 좋습니다. 안전은 보장합니다. 자, 어서 채비하세요. 오는 길은 편지를 전한 전령의 인도를 받으면 됩니다.

예전에 들었던 이야기가 기억 났어. 그 나라의 왕자에 관한 이야기였지. 지덕체를 겸비한 사람이 그곳에도 있다는. 편지의 맨 밑에 적힌 그의 이름이 내 마음에 박혔어. 두 나라 사이에 반목이 아닌 평화가 자리잡았다면 우린 아마도 우호적인 관계로 만났을 수도 있었을 거야. 전쟁보다는 학문이나 문화를 주제로 많은 이야기를 나누며 지적인 희열에 함께 탐닉했을 지도 몰라. 잠시 혼란스러웠고 갈등했지만 곧 준비를 마치고 길을 나섰어. 동행한 세 사람은 내 형제와도 같은 장수들이었지. 미리 정탐을 철저하게 했는지 전령은 사람들은 잘 모르는 길로 우릴 안내했어. 잠시 후 평소에는 절대 발견할 수 없는 숨겨진 오솔길로 접어들어 좀 더 나아갔어. 희미하게 빛이 새어 나오는 한 천막이 눈에 띄었어. 우리는 말에서 내렸고 나처럼 장수의 복장을 제대로 갖추었지만 여인임을 서로 알아차릴 수 있었던 적국 장교들에게 무기를 넘겨 줬어. 그들의 얼굴에서 적의라든지 긴장감 같은 건 느껴지지 않았어. 묘한 평온이 그 천막을 둘러싸고 있었거든. 휘장이 열리고 우리는 안으로 들어갔어.

아, 그를 처음 본 순간 내 몸과 마음을 휘감았던 격랑을 어떻게 설명할 수 있을까? 그가 우리를 위해 마련한 자리에 앉으라고 권하지 않았더라면 나는 그 자리에 주저앉았을 거야. 그건 내가 평생 그려왔던, 어떤 것인지, 무엇인지, 어떤 방식일지, 어떤 순간일지, 알 수 없으면서도 무한히 동경해왔던 바로 그 사람의 존재를 확인하는 순간이었어. 추상적이고 모호했던 모든 것을 구체화시켜 놓은 실체를 보는……. 나중에 그가 말했지. 그 역시 같은 감정을 느꼈다고.

잘 오셨습니다. 영광입니다. 반갑습니다.

그는 또박또박하면서도 친근하고 부드러운 목소리로 나를 환영했어.

일부러 목소리를 낮추지 않아도 됩니다. 당신에 대해서는 이미 많이 알고 있습니다, 공주님.

그는 우리에게 남은 시간이 많지 않음을 잘 알고 있었지.

그랬군요. 그럼 오늘 전투에서도 분명 나를 봤을 텐데. 나를 살려둔 이유는?

살려둔 게 아니고 당신이 스스로를 살린 겁니다. 용맹함도 검술도 전황을 바라보는 시야도 모두 훌륭했습니다. 내 생각대로 당신은 참 놀라운 사람이고, 그래서 더 아까운 사람입니다. 자, 이건 우리 나라에서 가장 좋은 술입니다. 강하고 부드러운 두 가지 맛을 동시에 느낄 수 있는 귀한 술이죠. 첫 건배 제의는 내가 하겠습니다. 당신의 친구 세 사람도 같이 합시다. 나는 당신들이 부럽습니다. 오늘 용감하게 싸우다 영면에 든 모든 전우들을 위해.

우리 모두는 엄숙한 표정으로 잔을 높이 들었다가 향긋함을 머금

은 독주를 삼켰지. 그런데 잔을 내려놓은 그의 얼굴에는 말할 수 없
는 안타까움이 드리워져 있었어. 고개를 떨군 그의 눈에는 눈물이 그
렁그렁했지.

슬픈가요?

네, 매우 그렇습니다. 나는 이 일을 좋아하지 않아요. 오늘만 해도
내가 목숨처럼 아끼던 많은 형제들의 목이 잘리고 심장이 뚫리고 불
구가 되었으니까요. 당신도 마찬가지 아닌가요? 그리고 내일 우린 결
국 다시 맞서야 하고 둘 중 하나는 죽어야 합니다. 나는 그게 싫습니
다.

그래서 나를 초대한 건가요? 미안해서?

내 목소리는 떨리고 있었어. 분노와 슬픔과 아쉬움과 안타까움이
뒤섞인 복잡한 심경을 드러내고 싶지 않았지만 나도 어쩔 수 없었어.

다른 방안을 모색할 수는 없었나요? 이렇게 피를 부르는 전쟁이
꼭 필요했나요?

당신도 알 겁니다. 내 부친이 수년간 보낸 외교적 제안들을. 그런
데 당신의 나라는 자존심이 세더군요. 단 하나의 굴욕도 받아들일 마
음이 없어 보였습니다. 내 나라의 왕도 어느 정도의 인내심을 지닌
사람이지만 한계에 달하면 결국 전쟁을 선택합니다. 우린 지금 그런
세상에 살고 있어요. 그 자리에 앉은 사람은 그런 결정을 내리지 않
을 수 없다는 건 당신이 더 잘 알고 있을 테지요. 그러니 우린 싸울
수밖에 없는 겁니다. 자 이번엔 당신이.

그가 일어나 내 앞에 놓인 잔에 조심스럽게 술을 부었어. 내리 깔
린 그의 속눈썹이 떨리고 있었어. 나는 잔을 든 손이 떨리지 않게 마
음을 다스리며 잔을 들어올렸어.

우리 모두의 죽음을 위해. 그리고 평화로운 다음 생을 위해. 그리
고 당신을 위해.

나는 내 마음을 드러낼 수 밖에 없었어. 아니, 그건 저절로 분출되
었을 거야. 감추어 봤자 결국 후회만 남을 거니까. 그는 놀라면서도

기뻐했어. 순간 그의 마음이 녹아 내렸다는 것도 알았지.

당신의 얼굴을 더 자세히 볼 수 있을까요? 이렇게 가까이 마주할 기회는 다시 없을 것 같아서 특별히 부탁하는 겁니다.

나는 천천히 투구를 벗었어. 드러난 내 얼굴을 찬찬히 바라보는 그의 눈길은 아름다웠어. 슬픔의 그림자는 한층 더 짙어져 고통으로 변해가고 있었지.

우리는 한참 동안 침묵하며 서로의 얼굴을 바라보고만 있었어.

잠시 사람들을 물려도 될까요?

나는 고개를 끄덕여 허락했어. 사람들이 다 나가고 두 사람만 남았어. 그리고 그의 입에서 나온 한마디에 참았던 울음이 터졌어.

사랑합니다. 당신을 사랑합니다.

그의 눈에서도 눈물이 흘러내리고 있었지. 내가 일어났고 그도 일어났어. 우린 서로를 안고 한참을 울었어.

그는 여자를 알지 못하는 남자였어. 나도 남자를 알지 못했지. 그런 남녀가 육체적 쾌락을 통달한 사람들처럼 되기까지 시간이 얼마나 걸렸을 것 같니? 나는 그 시간이 찰나처럼 느껴져. 지금도 찰나의 순간이면 내 몸은 그와 함께 했던 쾌락을 바로 느낄 수 있어. 아무 말도 하지 않고, 아무것도 의도하지 않고 그렇게 서로의 몸이 원하는 대로 그 안에 깃들인 서로를 향한 마음과 욕망에 굴복했어. 수 없는 전투에서 비롯된 상흔들에 서로의 손길이 닿을 때마다 작은 비명을 지르며 웃기도 많이 웃었지. 그런 소소한 고통도 거대한 쾌락의 폭풍 속으로 함몰해버렸어. 아름답고 소중한 시간이었어. 그 안에는 슬픔이 없었지. 버릴 것도, 욕심 낼 것도, 거리낄 것도 없었어. 나는 지금도 그 모두를 알게 해준 그의 초대에 감사해.

우리의 심장박동이 잦아들고 평온을 되찾았을 때 밖에서 소리가 들렸어.

이제 가실 시간입니다.

알몸이었던 우리는 서로 거리를 두고 일어나 상대방의 몸을 마지막으로 응시했어. 머리 끝부터 발 끝까지 단 한 구석도 잊어버리지 않기 위해. 모든 형상과 굴곡은 물론이고, 그 몸이 만들어낸 진동과 쾌감과 안온함도 다 기억하겠다는 듯. 그리고 찔리고 베이고 긁힌 크고 작은 상처들까지도. 술을 먹었고 서로의 몸을 그토록 깊게 탐했지만 우린 전혀 지치거나 환멸에 빠지거나 후회스럽거나 우월감에 빠지지도 않았어. 정신은 내내 명료했고 마음은 평화로웠어. 우린 그렇게 하나가 되었던 거야.

욕망이 사라진 후에 남겨진 친밀함을 영원히 즐기고 싶었지만 우린 마지막 포옹을 나누고 옷을 입어야 했어. 사람들이 다시 들어왔고 커다란 항아리가 가운데 놓였지. 그가 입을 열었어.

이제 마지막입니다. 여기 있는 사람들 중 다수는 죽음을 맞이할 것이고, 살아남더라도 다시는 만날 수 없을지 모릅니다. 서로 살아남기를 기원해줍시다. 우리가 살고 죽는 것은 다 신의 뜻입니다. 거기에는 차별이 없고 아무런 의도도 없습니다. 결국 우린 그 의미를 알 수 없습니다. 다만, 나는 내일 전쟁이 끝나고 승패가 갈린 후에도 여러분이 살아 숨쉬고 있기를 바랍니다. 삶이 이어지기만 한다면 모든 가능성과 함께 할 수 있기 때문입니다.

그가 말을 이어가는 동안 사람들은 항아리를 돌려가며 이별주를 들이키기 시작했어. 마지막 사람이 항아리를 내려놓자 그는 그 자리의 모든 사람과 차례차례 포옹을 했고 우리도 각자 다 그렇게 했지. 슬픔은 밀려났지만 말할 수 없는 쓸쓸함이 그 천막을 가득 채웠어. 그가 마지막으로 나를 다시 안았어. 그의 눈과 입은 미소를 띠고 있었지만 눈가에는 눈물이 흐르고 있었고 목소리는 떨렸어.

고마워요, 나의 여인이여.

나를 이기고 살아남아요. 모든 가능성과 만나요.

나와 일행은 무사히 우리 진영에 도착해 동 틀 무렵까지 휴식을 취할 수 있었어. 나는 꿈 속에서 그와 평생을 함께 살면서 아이들을 낳고, 어려움을 이겨내고, 늙고, 손주들을 보고, 더 늙어서 먼저 죽음을 맞이하는 나를 바라보는 노년의 그를 볼 수 있었어. 행복한 꿈이었지. 깨어났을 때 나는 죽음이 두렵지 않았고 죽음에 이르는 길에 놓인 삶의 그 무엇도 무의미했어. 내 속은 이미 늙어 있었거든.

나는 적군의 본진을 우회한 뒤 측면에서 가장 취약한 곳을 뚫고 들어가 적 핵심의 뒤쪽을 타격하는 임무를 맡았어. 성공할 가능성은 매우 낮았지만 승리를 위해서는 전략적으로 가장 중요한 작전 중 하나였지. 대원들 모두가 죽음을 결의하고 돌격대 바로 후미에서 전진하다가 옆으로 빠져 나와 숲을 통과해 나아가기 시작했어. 수백 번도 더 오간 익숙한 숲이었지만 우리의 긴장감이 공기를 바꿨는지 늘 보이던 동물들이 하나도 보이지 않았어. 비현실적인 광경이었고 전의는 더 불타올랐어.

전투는 끔찍하고 치열했어. 오전이 가기 전에 이미 전황이 불리해졌어. 우리는 전력을 다해 싸웠지만 병력이 너무 부족했어. 그러나 우리 모두는 항복 같은 건 생각도 하지 않았지. 내가 이끌던 소대는 내 의지와는 다르게 퇴각해야 했고 방어에 적합한 골짜기로 후퇴했어. 병사들이 입구를 봉쇄하고 지키는 동안 나는 상처투성이인 몸을 추스르며 잠시 쉬었어. 죽기를 각오한 자존심 빼고 다 무너졌지만 도주나 자결을 입에 담은 병사는 아무도 없었어. 망가질 대로 망가진 내 전투복 대신 그나마 멀쩡한 병사의 투구와 갑옷을 막 챙겨 입은 나는 전열을 재정비하고 죽음이 뻔히 예견된 마지막 전투를 준비했어. 그때 입구 쪽에서 큰 소리가 나더니 방어선이 순식간에 무너졌고 적 기병들이 들이닥쳤어. 나는 다시 칼을 잡았어. 맨 앞에서 돌진해오는 기마병의 창을 피하면서 몸을 날려 그의 왼쪽 날갯죽지를 향해 칼을 꽂았어. 칼은 심장을 관통했고 말에서 떨어진 그의 몸에서는 피가 쏟아져 나왔어. 순식간에 벌어진 일이었지. 나는 다시 일어나 뒤따르는 기병들의 공격을 피해야 했어. 그런데 그들이 갑자기 말에서 내리더니 큰 소리로 흐느끼면서 아까 내가 찌른 칼에 쓰러진 사람에게 다가가는 거야. 등에서 가슴 쪽으로 심장을 관통한 칼을 뽑는 순간에 그가 지르는 비명이 골짜기에 크게 메아리쳤고 피가 철철 넘쳐 흘렀어. 한 병사가 흐느끼며 다가가더니 죽어가는 그 사람의 투구를 벗겼어. 아~

인야는 보이지 않는 투구를 잡은 듯 두 손을 떨면서 절규했다.

그 사람이었어. 내가 그를 찔렀어. 내가 그를 죽인 거야. 내 손으로 그의 심장에 칼을 꽂아 단숨에 그의 숨을 끊으려 했어. 나는 오열하며 무너져 내렸어. 그가 간신히 눈을 떠 나를 바라봤고 힘겹게 손을 들어 나를 불렀어. 그를 향해 걸어가며 나는 투구를 벗고 갑옷도 벗어 던졌어. 더 이상 이런 빌어먹을 전쟁, 말도 안 되는 싸움을 계속할 마음은 완전히 사라져버렸기 때문에. 피가 철철 흘러나오던 그를 뒤에서 안고 그의 얼굴에 볼을 대고 마지막 온기를 느끼려 애썼어. 그는 말을 할 수도 없는 상태에서 내 눈만 뚫어지게 쳐다봤지. 나는 하염없이 눈물만 흘렸어. 수많은 연습을 통해 자동반응처럼 기병의 공격을 피하며 상대의 숨통을 단숨에 끊어버리는 동작을 연마했던 내가 원망스러웠지. 그런 식으로 내 공격을 받은 적군 중에 살아남은 자는 단 하나도 없었으니까. 그에게 남은 시간은 얼마 없었어. 죽지 말라는 말도 할 수 없었어. 양국 병사들도 모두 무기를 내려놓고 말없이 그의 죽음을 지켜봤어.

그는 나를 알아본 걸까? 그런데도 나를 향해, 나를 죽이기 위해 달려들었던 걸까? 죽음을 목전에 두고 그 사실을 안 걸까? 나는 둘 중 하나가 죽어야 한다고 했던 그의 말이 그렇게 이루어지리라고는 상상도 하지 못했어.

그는 내 품에서 숨을 거뒀어. 피도 많이 흘리고 아팠을 텐데 내 품

안의 그는 아이처럼 편안한 얼굴이었어. 나를 매혹시켰던 무한히 깊은 눈동자로 끝까지 나를 바라보고 있었어. 그의 눈을 들여다보는 내 가슴도 찢어질 듯 아팠어. 여러 생각이 중첩되어 떠올라 마음과 몸에 상흔을 남기고 사라졌어.

　당신의 죽음이 내가 자행하는 살인의 마지막이기를. 내가 이 전쟁에서 살아난들 무슨 의미가 있을까요? 적국이 가장 총애하는 장수를 죽인 상대국의 장수를 살려두지도 않겠지만, 설사 그런다고 해도 평생 그리워하고 기다려왔던 단 한 사람을 죽인 내가 제정신으로 살아갈 수는 없어요. 한 사람의 생에서 만나야 할 단 한 사람을 만난다는 게 얼마나 어려운 일인지 잘 알아요. 당신의 용감하고 당돌한 초대로 나는 그 행운을, 이미 정해져 있었을지도 모를 인연을 마주하게 되었죠. 첫 눈맞춤, 첫 입맞춤, 첫 사랑, 첫 이별, 첫 재회, 첫 아픔. 나는 다시 하고 싶지 않아요. 당신이 아닌 누군가와 그 모든 것을 반복한들 당신과 함께하며 주고받은 그 떨림을 다시 느낄 수는 없어요. 억지로 잊으려 애쓰기도 싫고 무심한 마음으로 다가올 모든 사람들을 대하기도 싫어요. 나를 데려가요. 나와 함께 당신이 가는 곳으로 가요. 당신에게 연결되어 당신을 끌어당기는 그 길에 나도 편승하게 해줘요. 나를 데려가요.

　순간 그가 눈을 크게 떴어. 내가 마음으로 내뱉은 모든 말을 그가 알아들은 거야. 그의 눈동자 속은 깊은 동굴처럼 꺼져 들어갔어. 바닥을 알 수 없는 심연으로 내려가는 그 눈 속으로 나도 빠져들어갔지. 무서웠지만 그를 믿었어. 하루 동안이었지만 그와 내가 나누고 알아낸 모든 것으로 충분했어. 전투에서 입은 상처들이 아니고 엄습한 공포감 때문에 온 몸이 아팠어. 나는 그게 내가 그의 죽음에 동참하는 증거라고 믿었고 그 고통을 기꺼이 받아들였어. 다음 순간 그의 눈동자 속 동굴이 닫히고 물기가 사라진 칠흑 같은 검정색으로 바뀌더니 그의 마지막이 도래했어. 그가 숨을 거두는 순간 내 몸의 모든 움직임도 정지했어. 내 심장은 더 이상 피를 만들어내거나 뿜어내지 않았고 곧이어 숨도 멈췄어. 나도 죽은 거였어. 그는 그의 몸을 떠나 가볍게 공중으로 떠올랐고 나를 바라보며 손을 내밀었어. 몸을 빠져 나온 나도 그를 향해 날아올랐어. 그런데 내가 다가가는 것보다 그가 멀어져 가는 속도가 점점 더 빨라지더니 그가 사라져버렸어. 나는 아 무 것도 느껴지지 않는 허공에서 길을 잃어버렸지. 나는 절대 공포와 맞닥뜨렸어. 끔찍한 공포, 죽음보다 더한 무서움이었어. 영원하고 무 한한 어둠. 완전히 빈 상태라는 게 그런 걸까? 앞뒤좌우, 아래위, 나 를 둘러싼 그 어떤 방향에도 내가 나아갈 표지는 보이지 않았어. 나 는 무작정 이리저리 몸을 돌려봤지만 아무것도 보이지 않았고 아무 것도 만질 수 없었지. 시간은 멈춰버린 듯했어. 보이지 않으니 시간 의 흐름도 느낄 수 없었지. 슬픔조차도 한참이 지난 뒤에야 인식할 수 있었어. 얼마 후 정신을 차려보니 저 아래 내 마지막 기억의 흔적 인 그 골짜기가 눈에 들어왔어. 어쩔 수 없이 나는 죽은 내 육신이 있는 곳으로 돌아갈 수밖에 없었어. 죽은 내 몸은 죽은 것 같지 않았 어. 시간이 흘렀는데도 변함없이 생기가 도는 것 같았고 내 품에 안 긴 그도 마찬가지였어. 혼란스러웠지. 두 사람은 정말 죽은 것일까? 나는 정말 죽었나? 죽었다고 착각하고 있나? 혹, 다시 살아날 수도 있는 걸까?

　인야의 이야기는 거기서 멈췄다. 그녀는 거의 탈진해버릴 것 같았 다. 그녀의 몸은 더 흐릿해졌다. 지평은 그녀가 사라지거나 소멸해버 릴지도 모른다는 생각에 두려워졌다. 그가 손을 뻗어 그녀의 볼에 손 바닥을 가져갔다.
　인야, 인야! 돌아와!
　다행히 그녀가 다시 입을 열면서 그 현상은 멈췄고 인야의 푸른 색이 조금 회복되었다.

　그건 내 착각이었어. 양국의 병사들은 서로가 아끼던 장수들을 데려가기 위해 우리를 떼어놓으려 했지. 그런데 이미 우리들의 몸은 서로 부둥켜안은 채 그대로 단단하게 굳은 상태였어. 그렇다고 그들이 가장 아끼던 장수들의 죽은 몸을 함부로 건드릴 수도 없었지. 이리저리 애써보던 병사들은 결국 우릴 분리하려는 시도를 포기하고 우리들의 몸을 골짜기의 깊숙한 곳에 조심스럽게 옮겨 놓고, 유품인 투구와 검을 챙겨서 각자의 진영으로 돌아갔어.

전투는 막바지에 이르렀고 전세는 이미 기울었어. 내 죽음을 목도했던 병사들은 아빠에게 내 투구를 전해주고 바로 돌아서서 전투에 가담해 끝까지 싸웠고 모두 죽음을 피하지 못했어. 전쟁은 적국의 승리로 끝났어. 굴욕적인 조건을 거부한 아빠는 처형되었고 내 동생들도 같은 운명을 맞았어. 아빠는 내 투구를 가슴에 꼭 안은 채로 죽음을 맞이했어. 작지만 강했던 내 나라의 백성들 모두 노예의 길보다는 죽음을 택했지. 완벽한 몰락이었어. 하지만 나는 그렇게 부끄럽지 않은 종말을 선택한 모든 사람들이 자랑스러워.

깊은 한숨을 쉬는 인야의 볼에 수정처럼 빛나는 눈물이 쉼 없이 흘러내렸다.

우리 문명은 소멸했지, 흔적도 없이.

너는 어떻게 됐어? 너와 그 남자는?

그 이야기는……

인야의 얼굴에 당혹감이 엄습했다.

무슨 일이 벌어진 거야?

이 이야기는 정말 하고 싶지 않아.

들려 줘. 어차피 나한테 말한 것만큼 들려준 사람도 별로 없을 것 같은데, 안 그래?

맞아. 네가 처음이야. 그리고 이게 마지막이 될 거야.

마지막이라면……

이제 나도 지쳤거든. 그래서 그만 하려고.

그만 한다는 건.

그냥 소멸되는 거지.

소멸…… 된다고?

10

너 아직 그 골짜기에 있는 거니? 지금이라도 찾아가면 볼 수 있는 거 아니야?

인야는 흠칫 놀라는 듯했다. 지평의 가슴이 뛰었다.

그렇구나! 그래 넌, 네 몸은 아직 거기 있는 거야. 그렇지?

입을 앙다문 그녀가 천천히 일어나더니 움직이기 시작했다. 그녀는 스르르 움직였지만 따라가는 지평은 종종걸음으로 걸어가거나 뛰어야 했다. 도로에서 벗어난 오솔길을 한참 지난 후에 풀숲으로 우거진 완만한 비탈을 올랐다. 그의 숨은 턱까지 차 올랐다. 아름드리 나무와 잡초가 뒤섞인 곳을 관통해야 다다를 수 있는 비밀스러운 곳. 그 안에 뭐가 있는지 알고 있는 사람이 아니라면 절대 발견할 수 없는 장소였다. 인야는 그 모든 경로를 소리 없이 부드럽게 통과했지만 지평은 힘겹게 풀숲을 헤치고 나아가야 했다. 마침내 그곳에 도달했을 때 앞서 가던 인야가 속도를 늦추더니 몸을 돌리고 지평을 멈춰 세웠다.

지평, 잘 들어. 이제부터 일어날 일은 나도 모르는 일이야. 그리고 이건 너에게 위험할 수도 있어. 지금이라도 돌아가고 싶으면 돌아가. 나는 여기서 그냥 소멸되어도 상관없으니까.

그게 무슨 말인지……

다시 앞장선 인야는 빽빽한 풀숲 한 부분으로 쑥 들어갔다. 어른 한 사람이 간신히 들어갈 정도의 틈새였는데 그나마 잡초로 덮혀서 모르는 사람은 절대로 찾을 수 없는 입구였다. 인야는 길도 없는 풀

202

숲을 가로지르며 한참 동안 거침없이 나아갔다. 어둠 속에서 인야의 몸은 은은한 빛을 머금은 채 빛났다.

저 앞을 봐.

어둠 속에서 희미하게 푸른 빛이 감도는 형상이 보였다.

저게 나야.

인야와 지평은 조심스럽게 그 앞으로 나아갔다. 그곳에 인야의 몸이 남아 있었다. 그녀가 사랑했던, 그러나 그녀의 검에 찔려 죽은 남자를 품에 안고 극한의 슬픔과 상실의 끝에서 들이닥친 죽음을 맞았던 순간 그대로 굳어버린 채였다. 그 남자의 몸은 세월의 흔적을 고스란히 간직하며 말라붙은 미라가 되어 있었다. 반면, 인야의 몸은 호흡이나 맥박이 없다는 것만 아니라면 갑자기 몰아 닥친 피곤함에 굴복해 잠든 사람처럼 툭 건드리면 바로 깨어날 듯 촉촉한 물기마저 머금은 듯했다. 그는 혼란스러웠다. 자신의 죽은 몸을 물끄러미 바라보는 형상이 인야인지, 오래도록 형체를 유지하며 변함없이 자리를 지키고 있는, 그래서 최소한 만질 수는 있는 그 몸이 인야인지, 아니면 그 둘은 한 쪽이 없이는 완전해질 수 없는 그래서 결국 하나가 될 수밖에 없는 불완전한 존재들인지……

인야는 무심하고 단호한 표정으로 미동도 없이 가만히 썩어 미이라가 된 오래된 남자의 몸을 안은 채 굳어버린 자신을 바라보았다. 잊을 수 없는 하룻밤의 사랑으로 모든 것을 주고 받았던 남자, 그녀의 첫 남자를. 그녀가 천천히 입을 열었다.

지평, 놀라지 말고 잘 들어. 이제 나는 저 몸 속으로 다시 들어갈 거야.

그는 소스라치며 낮은 비명을 질렀다. 등골이 오싹했다.

다시 육신과 영혼이 합쳐져서 하나의 객체가 될 수 있을지, 제대로 죽음을 맞이하고 이승을 떠날 수 있게 될지 나도 모르겠어. 만약 네가 네 마음을 나에게 준다면, 손을 내밀어 내 손을 잡아준다면…….. 아, 모르겠어. 잘못되면 너도 죽을 수 있어. 그렇지만 이게 나에게 남은 마지막 가능성이야. 나는 아직도 믿지 않아. 나에게 믿음 같은 건 없고 세상에 그것보다 더 의미 없는 말도 없으니까. 하지만……, 하지만 지금 내가 매달릴 수 있는 건 그것 하나 뿐이야. 모든 건 너에게 달렸어. 나에 대한 네 마음에 달렸다고 해야 하는 게 더 맞겠지. 다시 말하지만 그냥 내버려두어도 좋아. 너에게는……

아니, 나는 너를 놓치고 싶지 않아. 잘 모르겠지만, 지금 내 마음이 그래.

그렇다면……

인야는 고개를 들어 지평과 입을 맞췄다. 물론 실제적인 느낌은 없었다. 하지만 그는 그녀의 마음을 느꼈다. 그 마음이 구체적으로 어떤 형태인지는 가늠할 수 없었다. 그 어떤 표현으로도 설명할 수 없었다. 그러나 그는 형언할 수 없는 그 마음을 온전히 받아들였고, 받아들인 그의 마음이 만들어낸 용기에 의지했다. 그리고 다음 순간 그녀가 그간 견뎌온 기나긴 기다림, 소멸에 대한 공포, 그를 향한 미안함과 그 뒤에서 자라나기 시작한 새로운 사랑 같은 덩어리를 느꼈다. 그는 가슴에 손을 얹고 그녀를 바라봤다. 두 사람은 함께 그 느낌에 의지해 알 수 없는 미래를 향해 몸을 던졌다.

인야는 그와 함께 자신의 몸에 다가갔고, 뒤돌아선 후 그에게서 시선을 떼지 않은 채 몸을 낮추어 앉으면서 오래된 그녀의 몸과 같은 자세를 취했다. 그녀의 몸과 영혼이 거의 완벽하게 겹치려는 순간 그녀가 손을 내밀며 말했다.

지금이야, 내 손을 잡아!

인도의 선물

캘커타에서 그를 만났다. 마리아 호텔의 도미토리는 한국인 배낭여행객들이 거의 점령했고 떠난 사람의 빈자리도 다시 한국사람이 채우곤 했다. 그 사람도 마리아 호텔에 투숙하고 싶었지만 그땐 자리가 없었다. 그는 근처 파라곤 호텔의 도미토리에 자리를 잡았다. 평균키에 마른 체구, 약간 긴 머리에 콧수염과 구레나룻도 있었다. 썩 잘생긴 얼굴은 아니었지만 편안해 보이는 인상이었다. 그는 인도인이든 한국인이든 만나는 모든 사람들과 허물없이 이야기했다. 일본 애들과 영어로 얘기하는 소리를 가까이서 들을 수 있었는데, 발음이 참좋았다. 서른이 조금 넘은 것 같아 보였고, 그 때 캘커타에 넘쳐나던 한국인 여행객들 중에서는 나이가 많은 축에 들었다. 나는 원래 인도로 갈 생각이 없었다. 학원 일을 그만두고 이것 저것 생각이 많았다. 미래에 대한 계획도 세울 겸 여행을 가려고 알아보다가 우연히 인도행 비행기 티켓을 손에 쥐게 되었다. 방콕을 경유해 델리로 들어가는 그 비행기표가 내 인생을 그렇게 뒤흔들 줄 그때는 몰랐다. 첫 해외여행이었고 인도에 대해서는 아무런 사전지식이 없었다. 가이드북을 하나 사서 배낭 속에 넣기는 했다. 비행기에서 옆자리에 앉은 인도인 아저씨가 나에게 말을 걸어왔다. 어디로 가는가? 인도. 인도 어디? 델리, 뉴델리. 뉴델리 어디로 가는가? 순간 당황했다. 가이드북에서 힐끗 본 것 중에 바자르란 단어가 떠올랐다. 그래 바자르에 가지 뭐. 바자르. 바자르라고? 델리에는 바자르가 천 개도 넘게 있다. 그 중 어느 바자르에 간다는 건가? 오, 정말? 덜컥 겁이 났다. 나는 정말 아무것도 모르고 있구나! 내가 처음으로 해외여행길에 오른 것과, 10억이 넘는 인구가 사는 대국으로 간다는 것, 그리고 복잡함과 혼란스럽기로는 세계 최고라고 할 수 있는 뉴델리에 간다는 사실. 영어가 잘 통한다고 해도 내 영어실력은 신통치 않다는 것 등등 여러 가지 생각이 몰려오면서 착륙 시간이 두려워지기 시작했다. 공항에 내리면서 만난 한국사람들의 도움으로 뉴델리의 한 바자르 근처 게스트하우스에 투숙하는 데는 성공했다. 그리고 3일 동안 나는 한 발짝도 밖으로 나가지 못했다. 무서웠다. 그런 나에게 용기를 준 건 게스트하우스 바로 앞에 있는 차이 가게에서 마신 인도 식 홍차 차이 한 잔이었다. 사흘째 되던 날 이른 아침이었다. 창문을 열고 간밤의 혼돈을 머금은 끈적한 공기를 들이마시고 거리를 향해 고개를 돌렸을 때였다. 길거리 차이 가게의 인도인 아저씨가 미소를 지으며 손짓을 했다. 짜이~ 라고 날카로운 하이 톤으로 자신의 가게가 뭘 파는지 알려줬다. 처음으로 내 속에서 올라온 용기가 망설임과 두려움을 밀어내는 순간이었다. 지나다니는 사람들과 소들을 피해 길을 건너서 그 가게로 다가갔다. 차이가 인도식 밀크티라는 건 알고 있었다. 다만, 길거리 담벼락에 붙어서 몇 개 되지도 않는 조리도구로 만들어 팔 거라곤 상상하지 못했다. 이미 아저씨의 엄지와 집게 손가락 사이에는 내가 마셔야 할 차이가 담긴 흙으로 빚은 잔이 들려 있었다. 분홍빛을 머금은 예쁜 갈색이었다. 얼마인가요? 먼저 마셔요. 당신이 행복하면 돈을 주시오. 네? 처음엔 무슨 말인지 못 알아들었다. 아저씨의 얼굴에는 최고의 요리를 넣어놓고 평가를 기다리는 요리사의 여유 있는 미소가 가득했다. 인도에서 그 날 이후로 수 없이 마시게 될 차이가 처음으로 내 입술과 혀와 식도를 타고 뱃속으로 흘러 들어간다. 어때, 행복한가? 네, 아주 많아요. 얼마 내면 되죠? 당신이 주고 싶은 만큼. 네? 아저씨의 미소는 장난기를 머금고 있다. 전대를 열어보니 1루피짜리 동전이 몇 개 있다. 세 개를 꺼내 고생스런 세월이 잘 새겨진 아저씨의 손에 올려준다. 좋다는 뜻으로 아래턱을 좌우로 흔들며 웃는다. 차이 한 잔은 1루피 정도에 팔린다는 건 나중에 알게 되었지만 상관없었다. 분명 주고 싶은 만큼 주었고 나는 그만큼 행복했으니까. 잔을 돌려주려고 손을 내밀자 아저씨가 바닥으로 눈길을 보낸다. 바닥에는 발길에 부서진 토기의 잔해가 가득했다. 아!

흙으로 만든 거니까. 나도 잔을 바닥에 떨어뜨리고 발로 밟았다. 아저씨가 다시 고개를 까딱이며 미소를 지었다. 멋진 티타임이었다. 그 아침 이후로 나는 매일 일찍 일어나 인도의 어느 거리에서든 가장 먼저 하루를 시작하는 차이 가게에서 첫 번째로 우려낸 차이를 마시는 즐거움을 놓치지 않았다. 그 남자와 함께 여행하는 동안에는 늘 먼저 일어나 새벽 산책을 나갔다. 따뜻한 차이를 마시고 돌아와 여전히 아침잠에 빠져있는 그의 얼굴을 쓰다듬으며 하루를 시작했다. 차츰 사라지기 시작한 두려움, 인도인의 영어와 내 뚝딱 영어가 별반 다르지 않다는 자그마한 당돌함, 그곳도 사람이 사는 곳이라는 생각 덕분에 나는 조금씩 인도와 여행을 즐길 수 있게 되었다.

뉴델리에는 별로 볼 게 없었다. 나는 타지마할이 있는 아그라로 이동했다. 우유 빛 무덤은 사랑스럽고 아름다웠다. 자이푸르에서 바람의 궁전을 보고, 자이살메르에서는 낙타를 타고 사막 사파리도 했다. 나는 차츰 알게 되었다. 인도인들은 밝은 피부를 가진 외국인을 참 좋아하고 미소와 명랑함은 어디서나 환영 받는다. 무엇보다 눈으로 주고받는 감정의 교류만큼 효과적인 것도 없음을.

캘커타에는 한국사람들이 참 많았다. 그건 좋기도 하고 부담스럽기도 했다. 어디서건 내가 좋아할 만한 사람들과 어떻게 해도 마음이 안 가는 밉상들이 있기 마련이니까. 캘커타의 한국인 여행자 중에는 장기체류자가 많았는데 그들은 대부분 마더 테레사가 세운 시설들에서 자원봉사자로 일하고 있었다. 원래 여행자들 사이에는 느슨한 연대감이 형성된다. 그건 국적이나, 나이, 성별과는 무관하게 단지 여행을 떠나왔다는 것만으로 생겨난다. 책임을 지거나 부담스럽게 배려할 필요 없는 대등하고 자유롭고 가벼운 연대감에 대해 나도 조금씩 알아가는 중이었다. 그런데 자원봉사자들은 좀 달랐다. 캘커타에서 한 달 이상 머무르는 한국인들의 대부분은 자원봉사자들이었고 그들 사이에는 더 강한 연대의식이 형성되어 있었다. 다 그런 건 아니었지만 새로 도착한 여행자가 사다르 스트리트의 숙소에 투숙하게 되면 먼저 말을 걸어왔고 항상 자원봉사를 권유했다. 왜 좋은지, 얼마나 가치 있는 일인지, 누구누구가 참여하고 있는지 등등. 나는 그런 게 있다는 것도 몰랐고 별로 내키지도 않아서 참여하지 않았다. 캘커타의 다양한 면면을 살펴보고 인도인들과 여러 나라에서 온 여행자들을 만나는 것만으로도 매일매일 나는 충만했다.

그는 오전에 프렘단이라는 봉사처에서 자원봉사를 하고 있었다. 마더 테레사 미션이 관할하는 시설 중 가장 환자가 많고 일도 고된 곳이라고 했다. 오후에는 쉬거나 캘커타 여기저기를 돌아다니며 소일하고 있었다. 어느 날 오후 길거리 시장에서 이것저것 구경하다 더위를 식히며 한 쪽에 앉아 쉬고 있을 때였다. 그가 내게 다가왔다. 오른쪽 어깨에 크로스백을 메고 한 손에는 스케치북과 빈디가 들려 있었다. 안녕하세요? 내가 먼저 인사하자 그는 약간 어색한 미소를 지었다. 어, 안녕하세요? 뭐 샀어요? 어, 이거 빈디. 색깔이 참 예뻐서. 그런데 남자가 빈디를? 내가 할 건 아니고 나랑 맨날 노는 애들한테 주려고 산 거예요. 애들? 구세군회관 앞에 가면 거리에서 사는 애들 있잖아요. 걔들하고 좀 친해졌거든요. 아, 그렇군요. 이거 하나 붙여 줄까요? 이 색깔이 어울리겠는데. 나는 약간 당황했지만 이미 그의 검지 손가락 끝에 올라간 빈디는 내 미간에 근접해 있었다. 눈을 감았다. 두 눈 사이, 인도인들이 영혼의 눈이 있다고 믿는다는 그 곳에 처음 빈디가 붙었다. 예쁜데요. 눈이 커서 그런가…… 안녕, 또 봐요. 애들을 보러 가는 그가 골목으로 사라졌고 내 미간에는 간질간질한 느낌이 잠시 남아 있었다. 며칠 후, 구세군회관 앞 건너편을 지나가다가 거리의 아이들과 함께 놀고 있는 그를 발견했다. 맨발에 지저분한 옷을 걸친 아이들. 여자애들의 얼굴에는 그가 붙여 주었을 색색의 빈디가 커다란 눈 사이에서 반짝이고 있었다. 아이들의 깔깔대는 소리에 묻혀 노는데 열중한 그는 내 시선을 눈치채지 못했다. 그가 입고 있는 옷도 점점 지저분해져 가고 있었다. 가끔 아침 일찍 차이를 마시다가 자원봉사자들과 함께 걸어가는 그는 소박하지만 깔끔한 옷

차림이었다. 빨래를 자주 하는 구나 싶었다. 아이들은 그를 토마스라고 불렀다. 마치 삼촌과 조카들 같이 편하고 우호적일 수밖에 없는 관계에서 생겨날 만한 친밀한 평화가 그들을 감싸고 있었다. 거리의 아이들이 제대로 된 영어를 구사할 리가 없지만 아무런 문제도 없어 보였다. 그들은 함께 같은 곳을 바라보고 웃고, 환호하고, 때때로 조용해지기도 했다. 그가 늘 가지고 다니는 스케치북이 그 모든 것을 가능하게 하는 건가 싶어 궁금증이 솟아났다. 발길을 돌려 나와 친해진 단골 차이 가게에서 일하는 인도 소년 라무를 보러 갔다. 라무의 일터는 제대로 된 건물이 아니다. 좁은 골목의 담벼락 앞에 곤로와 주전자와 차이 잔 등을 놓거나 수납할 수 있는 최소한의 집기들이 놓여 있었다. 맞은 편 담벼락에 놓은 등받이 없는 나무 벤치 하나가 전부였다. 라무는 그 간이주방과 벤치 사이 넓이가 약 3미터 남짓한 골목길을 가로지르며 차를 날랐다. 영어를 거의 못해서 제대로 된 대화는 할 수 없었다. 아침 일찍, 식사 후, 자기 전 등, 하루에도 네다섯 번씩 들려 차이를 팔아주다 보니 주인아저씨도 라무도 나랑 친해졌다. 멀리서도 나와 눈이 마주치면 라무는 바로 주방에 차이 한 잔을 주문해 놓고 기다렸다. 손님이 없어 한가할 때면 라무를 옆에 앉혀놓고 이런 저런 얘기를 들려주면서 머리를 쓰다듬어주곤 했다. 한없이 깊고 맑은 눈동자는 언제 봐도 사랑스러웠다. 나중에 인도 남부까지 여행을 마치고 다시 캘커타로 왔을 때도 가장 먼저 달려간 곳이 그 차이 가게였다. 모자간의 상봉이라도 하는 것처럼 반가워하는 우리를 그가 옆에서 흐뭇하게 바라보고 있었고, 그 모습을 지켜보던 이웃 가게 할아버지는 이렇게 말했다. 당신들, 애 엄마 아빠 해!

그는 꾸준히 자원봉사에 참여했고 그 쪽 사람들하고도 많이 친해졌다. 인도에 관한 책을 써서 유명해진 사람들이 왔다 가기도 했고 가끔 한국사람들끼리 파티도 하고 자원봉사자들 전체가 모이는 파티도 있었다. 나는 친해진 한 언니로부터 그런 저런 소식을 듣고 있었다. 1월이 다 지나갈 무렵이었다. 몇몇 사람들이 인도 동북부 다르질링으로 간다는 소식을 들었다. 다음 행선지를 정해 놓지 않았던 나와 언니도 그 여행에 동참하기로 했다. 그리고 자원봉사 하던 사람들 중 네 명도 같이 가게 되었는데 그 사람도 함께 간다고 했다. 다르질링 행 버스가 출발하는 시외버스 터미널까지 가는 택시는 많은 사람들을 인도로 오게 만든 작가 아저씨가 잡아 주었고, 여러 사람들이 나와서 배웅했다. 택시 한 대에 승객은 여섯 사람이었다. 남자가 둘이어서 그는 다른 남자와 함께 조수석에 끼어 앉았고 체구가 크지 않았던 여자 넷은 뒷자리에 편안하게 앉아 터미널로 향했다.

다르질링은 해발 이천 미터가 넘는 곳이었다. 버스에서 내려 갈아 탄 지프차는 구불구불한 산악도로를 아슬아슬 곡예하듯 올라갔다. 운전수 말고 조수도 한 사람 있었는데, 10대 중반의 소년이었다. 차는 출발했지만 그 아이는 차 안에 없었다. 어, 얘는 어디 간 거야? 내 옆에 앉은 그가 주변을 돌아보더니 차 뒤에 매달려 이리저리 흔들리는 아이를 발견했다. 뒤 범퍼 위에 발을 디디고 벌 서듯 두 팔을 위로 뻗어 지프차 지붕 위의 난간을 잡은 채 주변을 살피며 두리번거리고 있는 아이를 보고 그가 소리쳤다. 너 왜 거기 있어? 일루 들어와! 여기 빈자리도 있는데. 그런데 소년은 고개를 가로저으며 쓸쓸하게 미소를 지을 뿐이었다. 그게 조수의 자리인 모양이었다. 지프차가 이천 미터까지 오르는 오르막길을 주파하는 내내 소년은 그렇게 매달려 있었다. 아이를 바라보는 그의 눈이 슬퍼 보였다. 그의 스케치북에는 이렇게 적혔다. 그 아이에게 지프차 핸들은 꿈이다.

타워 뷰라는 멋진 이름의 싸구려 숙소에 도착했다. 모두 도미토리에 짐을 풀고 딸린 식당에서 첫 식사를 했다. 몇몇 서양인들도 있었다. 도미토리는 너무 추웠다. 그는 샤워를 하는 중간에 더운 물이 떨어져 당황했다며 김이 모락모락 나는 머리를 말리면서 웃었다. 그와 언니와 나는 남았고 다른 세 사람은 다음 날 난방이 잘 되고 온수도 잘 나오는 숙소로 옮겼다. 처음에 나는 주로 언니와 함께 시간을 보냈고 그는 다른 세 사람과 놀았다. 사흘이 지났다. 밥보다 빵을 좋아하는 언니가 매일 갔던 다르질링에서 제일 큰 제과점에 들려 쉬고 있을 때 그와 처음으로 마주 앉았다. 그가 스케치북과 펜을 꺼내 뭔가를 적기 시작했다. 스케치북 봐도 돼요? 이거? 그래, 뭐. 표지와 가장자리는 이미 낡을 대로 낡아 한 일년은 오지로 여행한 사람의 소지품 같았다. 한 권이 거의 다 채워져 가고 있었는데 모든 페이지가 깨알 같은 글씨와 그림으로 가득 차 있었다. 건물보다 사람들 그림이 더 재미있었다. 그는 매일 함께 뒹굴며 놀던 거리의 아이들에게도 그 스케치북을 건네 줬고 그 시기에 적힌 페이지들은 유난히 때가 많이 묻어 있었다. 아이들이 그린 그림과 글도 몇 장 보였다. 초상화도 여러 장 있었는데 빠른 속도로 그렸을 크로키와 긴 시간 정성을 다해 세세하게 그린 것까지 다양했다. 내가 스케치북을 보며 깔깔대고 웃으면 그는 미소를 지었다. 그렇게 재미있어? 네, 여기다 벌써 내 얘기도 적었네요. 응, 뭐든 다 적으니까. 매일 쓴 돈도 이렇게 다 기록해요? 여행 한두 달 할 것도 아니라 대충 알고는 있어야 해서. 꼼꼼하네요. 뭐, 별로. 인도에는 얼마나 더 있을 건가요? 글쎄, 다 보려면 3월은 지나야 할 것 같은데. 그렇게 오래? 다르질링 다음엔 어디로 가요? 네팔에 잠깐 들렸다가 다시 인도로 내려와서 남쪽으로 계속 내려갈 거야. 어디까지? 인도 남쪽 끝까지. 카냐쿠마리라는 우리나라로 치면 땅끝마을 같은 곳이야. 북위 7도에 있는데 세 개의 바다가 모이는 곳이야. 세 개의 바다? 인도양, 아라비아해, 벵골만. 그래요? 어, 여기 요시다 얘기도 있네. 나도 알아요. 애 착한데. 응, 내가 코나룩의 선 템플에 가라고 알려 줬었는데 다녀와서 정말 좋았다고 어찌나 고마워하는지. 거기 주소랑 전화번호까지 적어 줬어. 일본 가면 들릴 곳이 하나 더 생긴 거지. 후후, 좋겠다. 이미 스물 대여섯 나라를 섭렵한 여행 고수와 초보 여행자 사이에도 편안하고 부담 없는 동류의식 같은 게 생겨나고 있었다. 그 동안 여행 다닌 곳 중에서 어디가 제일 좋았어요? 음, 도시를 꼽으라면 파리. 나라를 선택하라면 인도. 인도가 그렇게 좋아요? 그래, 인도는 모든 걸 선물하니까. 그런가? 나도 좋긴 해요. 유럽을 가도 참 좋을 거야. 볼 것 많고 여행하기 편하고. 여기도 편한 걸요. 인도에 비하면 유럽은 거의 천국이지. 그는 몇 년 전 다녀온 유럽 여행을 추억하며 이야기를 이어갔다. 내가 다녀보지 못한 나라들에 대한 얘기였고 그는 자랑하고 싶었을지도 모른다. 그런데 그게 밉지 않았다. 사람들이 흔히 내뱉는 너 그거 알아? 거기 가 봤어? 라는 식의 유치한 방식이 아니어서였다. 시간 가는 줄 모르고 얘기하다가 다시 사람들과 섞였고 함께 빵집을 나섰다. 멀리 캉첸중가의 다섯 봉우리는 붉게 물들어 있었다. 숙소로 돌아오니 네덜란드에서 온 모리스라는 남자가 혼자 식당 한 구석에 앉아서 죽을 천천히 떠 먹으며 책을 읽고 있었다. 어제 호텔 식당에서 봤을 때도 그는 별 맛도 없는 죽을 먹고 있었다. 그거, 맛있어? 흠, 그럴 수도 있고 아닐 수도 있지. 나는 그럴 수도 있다는 쪽을 선택했다. 아줌마, 여기 죽 하나 추가요. 이틀 전에 얘기를 나눈 뒤라 조금 친해진 것 같았다. 그가 또 심각한 표정으로 입을 연다. 그래, 생각 좀 해 봤어? 뭘? 아, 난 아직 잘 모르겠어. 네 얘기가 나한텐 아직 좀 어려워서 말이야. 그래? 네 친구하고도 어제 얘길 좀 했는데. 뭐래? 뭐 잘 이해하더군. 하지만, 내 말을 믿는 것 같진 않았어. 그는 일단 기독교인이니까. 그런데 편협한 것 같진 않았어. 그래서 편하게 내 얘길 다 들려 줬지. 그랬구나, 어쩐지 좀 심각한 표정이긴 했는데. 근데, 이 죽은 정말 별 맛이 없어. 음식을 맛으로만 먹는 건 아니지. 이 속에 몸에 좋은 건 다 들어있어. 네 몸은 좋아할 거야. 후후, 너 답군. 체링, 여기 커피 한 잔 부탁해. 체링은 타워 뷰 식당에서 만난 세 명의 어린아이 중 하나였다. 발그레한 볼 위에 맹렬하게 반짝이는 눈을 지닌 예쁜 아이였다. 늘 그렇듯 커피는 흘러 넘쳐서 잔 받침에 있는 것만도 한 모금은 될 것 같아 보였다. 아 참, 좀 덜 담아도 된다니까. 하하, 봐 둬. 그게 타워 뷰 방식이니까. 달그락거리는 소리를 내며 곡예 하듯 느릿느릿 주방에서 테이블까지 무한한 거리를 걸어 커다란 잔을 내 앞에 조심스럽게 내려놓는다. 긴장이 풀린 듯 장난스런 한숨을 내쉬고 돌아가려는 체링을 붙잡았다. 꼭 안아 주고 볼을 맞대 비볐다. 아이, 예뻐라. 볼이 더 발그레해진 체링은 내 품에서 나가자마자 쏜살같이 주방으로 달려가더니 돌아서서 날 보고 가지런한 이빨을 드러내며 환하게 웃는다. 사랑스럽다. 식당 한 컨에는 게임기가 놓여있고 주인집 아들은 그 장난감을 독차지하고선 몇 시간째 게임에 열중하고 있다. 그 보다 어린 한 남자아이는 체링과는 다른 허드렛일을 하고 있었다. 커피는 너무 양이 많아서 결국 남겼다. 계산을 하고 먼저 일어나 도미토리로 가 보니 그가 돌아와 잘 준비를 하고 있었다. 어제 모리스하고 얘기했다면서요? 응, 그랬지. 아주 긴 이야기였어. 좀 어렵기도 했고. 잘 이해했다고 그러던데⋯⋯. 그냥 들어준 거지 뭐. 그 녀석, 절벽에서 뛰어내릴 거야. 뭐라고요? 그 얘기대로 실행에 옮길 수 있는 방법은 그것밖에 없어. 다르게 표현했지만 결국은 그렇게 될 수 밖에 없어. 진짜 그럴지는 아무도 모르는 거지만. 윤회나 열반에 관한 얘기는 재미있었어. 나중에 읽어 봐. 여기 다 적어 놨으니까. 근데, 나보고도 동참하라고 하길래. 그래서요? 난 아직 할 일이 많다고 했지. 좀 실망한 눈치였어. 누가 그럴 수 있겠어. 사실 미친 짓인데 말이야. 그러게요. 나중에 타워 뷰 호텔을 떠날 때도 두 사람은 뭔가 의미 있는 말을 주고 받는 것 같았다. 내 눈에 두 사람의 진지함은 막상막하였다. 그런데 오늘 낮에는 어디 갔었어요? 교회. 오늘 일요일이잖아. 아, 그랬군요. 여기 한인교회가 있어요? 아니, 그냥 여기서 가까운 교회야. 마침 영어 예배가 있어서 간 거야. 한국사람은 한 명도 없었어. 일요일마다 교회에 가요? 인도에서도 그랬어요? 가능하면 그러려고 하지. 캘커타에서는요? 거기선 마더 테레사 미션 센터 예배에 참석했어. 수녀들이랑 자원봉사자들이 같이 모여서 하는 거야. 성당에도 가는 거예요? 응, 난 상관없어. 유럽 여행 때에도 성당 많이 갔어. 바르셀로나에서는 사그라다 파밀리아 지하에 있는 성당에도 갔었어. 물론 스페인어 예배라 하나도 못 알아들었지만. 그렇구나. 그는 내가 싫어하는 꽉 막힌 보수 기독교인은 아닌 것 같았다. 숙소를 옮긴 세 사람은 귀국 일정이 임박해 있었고 언니와 그와 나는 네팔로 건너가기로 해서 다음 날 헤어졌다.

우리가 올라 탄 허름한 버스는 인도 네팔간 국경을 향해 달려갔다. 승객은 별로 많지 않았고 언니와 내가 수다를 떠는 내내 우리 바로 뒷자리에 앉은 그는 창 밖을 응시하고 있었다. 그 새 수염과 머리는 더 자라 있었다. 국경 바로 앞에서 버스가 멈췄다. 아파트 경비실 같이 생긴 출입국사무소에서 입국세를 내고 여권에 스탬프를 찍으면 되는 간단한 입국수속. 무심코 걸어가는 언니와 내 뒤에서 그가 소리쳤다. 방금 네팔로 건너 갔어! 네? 지금 여기가 인도 네팔 국경인 거야. 선이 안 그어져 있어서 보이진 않지만. 나는 인도에 있고, 거긴 네팔. 아, 그렇구나. 야, 신기하다. 우리 사진 찍자. 그래, 그래. 거기서봐. 한 나라에 한 발씩, 그렇지. 넌 안 찍어? 난 괜찮아. 아, 옛날에 다 해 봤겠구나, 유럽에서. 맞죠? 유럽에선 주로 기차 안에서 국경을 넘었어. 걸어서 넘은 건 그리스에서 터키 갈 때랑 이집트와 이스라엘 왔다 갔다 할 때였지. 그는 역시 여행 고수다. 바뀐 차는 인도보다 더 험한 산길을 오르내리며 달리더니 카트만두에 우릴 내려 주었다. 뉴델리에 도착하려 할 때의 두려움이 기억났다. 그런데 지금은 마음을 열어도 될 만한 사람들과 함께 있다. 야, 근데 우리 오늘 어디서 자냐? 아, 내가 하나 알아 본 데가 있어. 호텔 캘리포니아라고 옥상 도미토리가 아주 멋진 곳인데 여기서 멀지 않아. 그래? 가자. 우린 몰려드는 호객꾼들을 헤치며 나아가는 그의 뒤를 따랐다. 10여 분을 걸어 여행자들이 모이는 타멜 거리에 도착했다. 트레킹할 사람들을 모집하는 여행사들이 즐비했고 간판도 대부분 영어로 적혀 있어서 인도와 크게 다르지 않았다. 아, 저기다. 그의 손가락이 가리키는 곳에 정말 호텔 캘리포니아라고 써진 작고 동그란 간판이 보였다. 원래 노래에 의하면 체크아웃은 할 수 있는데 떠날 수는 없다고 되어있어. 그건 또 뭔 소리니? 노래 가사가 그렇다고, 하하! 일단 들어가 보자.

불을 하나도 켜지 않아 어두운 프런트에 앉아 있던 어두운 피부색의 중년 남자가 화들짝 놀라며 일어나 우리를 맞이했다. 여기 옥상에 도미토리가 있죠? 그걸 어떻게 알았소? 먼저 방을 볼 수 있을까요? 아, 물론. 나를 따라 오시오. 어두운 계단실을 올라 빛이 쏟아지는 옥상으로 나왔다. 카트만두 전체와 멀리 주변을 둘러싼 히말라야가 사방에 펼쳐져 있었다. 도미토리는 커다란 옥탑 방 같았다. 세 사람의 얼굴에는 만족스런 미소가 번졌다. 좋군요. 빈자리는 있죠? 보다시피 텅 비었소. 내가 가서 체크인 하고 올게. 여권 좀 줘. 그래, 고마워. 티 나지 않게 배려하는 그의 마음이 느껴져 기분이 좋았다. 여섯 개의 침대가 나란히 놓여 있었다. 마리아 호텔과는 달리 침대 사이사이에 여유가 있어서 한결 더 편했다. 우리는 문과 가까운 쪽 세 개의 침대를 차지했다. 번갈아 샤워를 하면서 버스 여행의 여독을 씻어냈다. 머리를 말리며 나왔는데 그가 짐을 풀고 있었다. 자, 여권. 고마워요. 뭘. 일단 뭐 좀 먹으러 나가야지? 여기 김치 하우스라고 한국음식점이 있다는데, 오늘은 한식으로? 오케이, 그러자. 오랜만에 제대로 밥 좀 먹겠네. 그는 나중에 둘이 여행하게 되었을 때도 그랬다. 어디를 갈지 가이드북을 보고 알아 놓고 기차 편 예매도 미리 다 해줘서 나는 우리가 어디로 가는지 신경 쓰지 않고 다닐 수 있었다. 대신 나는 먹을 거리를 챙겼다. 이른 아침 차이를 마시며 음식 잘 하는 식당을 알아보는 게 내 몫이었다. 김치 하우스의 음식은 기대 이상이었다. 그리고 거기서 또 한 사람을 만났다. 우리보다 먼저 와서 혼자 밥을 먹고 있던 사람. 내가 먼저 다가갔다. 혹시 한국사람 아닌가요? 기다리고 있었다는 듯 이미 친근한 표정의 그녀. 네 맞아요. 오~ 정말 오랜만에 한국사람을 봐요. 그래요? 우린 맨날 같이 있었는데. 여긴 한국사람 별로 없어요. 이리 와서 같이 먹어요. 어찌나 반가와 하는지 안경 너머 반짝이는 눈가에는 눈물도 약간 고인 것 같았다. 우린 내키는 대로 이것저것 잔뜩 시켜서 배불리 먹으면서 외로운 그녀가 마음껏 수다를 떨게 했다. 밥값은 언니와의 실랑이 끝에 내가 냈다. 그녀와는 내일 다시 만나기로 하고 호텔 캘리포니아로 돌아왔다. 그 사이 나머지 세 개의 침대에는 갓 이십 대를 넘겼을 것 같은 이 태리 남자들이 자리를 잡았다. 그는 피곤한지 먼저 잠이 들었고 그 옆 침대의 의 언니도 누워서 눈을 감은 채 하품을 하고 있었다. 가디 건을 챙겨 밖으로 나왔다. 아직 거리에는 사람들이 꽤 있었다. 정해 진 목적지는 없었지만 빠른 속도로 걸으며 눈으로는 양 옆의 상점들 을 훑었다. 작은 선술집 하나가 눈에 들어왔다. 손님도 몇 사람 남아 있었다. 그 중 한 사람이 내게 한국말로 말을 걸어왔다. 생김으로 봐 서 한국사람은 아닌 것 같았는데 말투가 너무 자연스러웠다. 한국에 서 5년 동안 일했어요. 한국 노래도 좋아해요. 네팔에는 지금 일자리 가 많이 없어요. 다시 한국 가려고 준비하고 있어요. 여기 여행 왔어 요? 네. 혼자서? 아뇨, 일행이 있는데 지금 다 잠들었어요. 여기 똥바 맛있는데, 먹어 봤어요? 똥바라구요? 우린 맨날 먹는 거죠. 그가 주 방을 향해 뭐라고 했고 잠시 후에 내 앞에 똥바가 놓였다. 지름이 큰 대나무 줄기를 잘라서 만든 통에 굵은 빨대가 꽂혀 있었다. 내가 사 는 거예요. 아, 네? 마셔봐요. 네팔 막걸리는 목구멍에 따뜻한 온기를 남기며 넘어갔다. 맛있죠? 네, 재미있네요. 술을 빨대로 먹긴 처음이 에요. 아마 한국 돌아가면 제일 많이 생각나는 게 이 똥바일 거예요. 우린 거기 있을 때 만들어 먹기도 했어요. 그는 한국에서 살며 힘들 었던 이야기를 들려주었다. 나보다 어린 사람이었지만 고생을 많이 해서인지 손도 거칠고 얼굴에 잔주름도 많이 잡혀 있었다. 똥바 한 통을 다 비울 때까지 그의 수다를 들어주고 나니 내 몸도 나른해졌 다. 여기 물 좀 주세요. 아니, 생수 말고 그냥 물로 줘요. 와, 생수 안 먹고 그냥 물 먹어도 탈 안나요? 네, 늘 그냥 물을 마셔요. 멋지네요. 여행자들 중엔 그런 사람 못 봤는데. 인도에서도 다들 놀라곤 했죠. 그만 가봐야겠어요. 내일은 친구들하고 올게요. 내일은 내가 쏘지요, 후후. 하하, 그래요. 취기가 올라와 약간 어지러웠지만 빠르게 걸어 호텔로 돌아왔다. 그가 들려준 이야기를 나는 귀담아 들었다. 이집트나 이태리 같이 여행객을 상대로 한 소매치기나 도둑들이 많은 곳에서는 길에서 헤매거나 지도를 보면 안돼. 길을 잃어버리면 일단 가게에 들어가서 지도를 확인하고, 다시 길로 나와서는 시선을 똑바로 하고 빨리 걸어야 해. 그러면 웬만해서는 당하지 않을 거야. 그는 여전히 고른 숨을 쉬며 자고 있었다. 얼굴을 자세히 살펴보니 여드름 자국이 남아있고, 턱 밑에 큰 흉터가 있었다. 얇은 입술과 쌍꺼풀 없는 눈 사이 콧날이 높았다. 그가 반대쪽으로 돌려 눕고 나서야 내 침대로 올라가 누웠고, 똥바 덕분에 금방 잠들었다.

아침 산책을 마치고 돌아와보니 그가 침대에 앉은 채 가이드북을 읽고 있었다. 카트만두는 걸어서 다니는 코스가 아주 좋은데. 다들 걷는 거 좋아하니까, 오늘은 워킹 투어 어때? 그래, 그러자. 어, 언니도 일어났구나? 근데 너 어제 밤에 혼자 어딜 나갔다 온 거야? 다들 곯아 떨어진 것 같아서 혼자 나간 거지 뭐. 오늘 저녁에 같이 가. 똥바라고 막걸리 비슷하고 아주 맛있는 술이 있어. 그거 가이드북에도 나와 있어. 대나무 자른 통에 넣어 빨대로 먹는 따뜻한 술, 맞지? 네.

그가 자랑스럽게 앞장서서 안내하는 대로 걸어 다닌 하루. 조금 피곤하긴 했지만 이런저런 설명을 곁들인 개인 가이드 투어를 한 것 같아 기분이 좋았다. 호텔에서 멀지 않은 두르바 스퀘어, 파탄, 박타푸르까지 이틀간 카트만두에서 꼭 봐야 할 유적을 봤다. 쿠마리라는 어린 여신의 슬픈 눈동자는 오래도록 기억에 남았다. 매일 저녁 식사 후에는 선술집에 들려 똥바를 마시며 하루의 피곤을 달랬다. 마지막 날 밤에는 한적한 곳의 허름하고 작은 극장에서 한 네팔인이 소개해 준 '대상'이라는 영화를 봤다. 네팔, 프랑스 합작 영화인데 제목처럼 사막을 가로질러 무역하는 대상 일가의 이야기였다. 관람을 마치고 숙소로 걸어가는 길에 그가 웃으며 내게 말했다. 내가 정말 좋아하는 노래가 이 영화 제목이랑 같아. 가사 중에 'Journey in the sky'라는 부분이 있는데, 아까 절벽을 타고 대상이 이동하는 장면이 딱 그랬어. 그 할아버지가 죽은 뒤에 조장하는 부분에선 눈물도 흘렸어. 그래요?

고마워, 덕분에 잘 봤어. 그 노래 들려줄 수 있어요? 어, 페이지스의 노래는 너무 고음이라 내가 부르긴 좀 무리야. 대신 마이클 런스 투 락 노래 들려줄까? 네, 뭐. 무반주로 그가 부른 'That's Why'. 쉬운 노래였지만 나름 감미로웠다. 너 노래 잘하는구나. 부를 수 있는 거 몇 개 안 돼. 후후, 같이 다니면 더 들려줄 거죠? 야, 애 내일 아침에 포카라로 간다고 했어. 아, 그렇구나. 나중에 다시 만나면……. 그는 봐야 할 건물이 있다면서 서둘러 인도로 다시 돌아가려 했다. 포카라에서도 트레킹은 안 할 것 같았다. 그날 밤에 들린 곳은 작은 별이라는 선술집. 순박한 사람들이 즐겁게 일하는 사랑스러운 곳이었다. 계산을 하려고 하자 아저씨가 묻는다. 헤이, 친구들 한국식으로 할 거요, 일본식으로 할 거요? 하하, 물론 한국식이죠. 오케이. 언제부터인가 우리는 돌아가며 밥을 사고 있었다. 우리는 서로 여지를 남기고 여유 있게 생각하고 계산적일 필요 없는 편안한 친구가 되었다. 그날도 똥바를 먹었지만 쉽게 잠들지 못했다. 아침 일찍 출발하는 버스를 타야 하는 그는 자기 전에 미리 배낭을 꾸리고 있었다. 언제나 그렇듯 차분한 무표정이었다. 나는 그 얼굴을 한 달이 지나서야 다시 볼 수 있었다. 인도 한가운데, 함피에서였다.

눈을 떴다. 햇살이 도미토리를 환하게 비추고 있다. 언니는 아직 자고 있다. 옆 침대는 깔끔하다. 아, 그가 떠났구나. 지금쯤 포카라행 버스에 실려 아슬아슬한 산길을 오르내리고 있겠지? 그 옆 세 침대의 이태리 남자들은 아직 자고 있다. 상체를 일으키며 머리띠에 손을 뻗으려는데 읽고 있던 책 표지에 노란색 포스트잇이 붙어있었다. Thousand kisses to you. 스케치북에서 보던 글씨체 그대로다. 그 사람의 마음이 이 메모에 얼마나 담긴 것일까? 정말 나에게 그 많은 키스를 퍼붓고 싶었던 걸까? 아니면 그냥 인사치레인가? 왜 어젯밤에 말하지 않았을까? 어떤 암시도 특별한 눈길도 주지 않았는데. 아님, 내가 눈치를 못 챈 건가? 난 나름대로 민감한데. 아무런 감정이 없는데 그런 말을 남길 리는 없다. 그런데 이 남자, 이미 떠나 버렸다!

벌써 일어났어? 응. 근데 아침부터 뭘 그렇게 생각해? 아니, 뭐. 걔는
잘 갔지? 가는 거 봤어? 아니. 침대 정돈해 놓은 거 봐. 우리도 그냥
오늘 포카라로 같이 갈 걸 그랬나? 그러게. 오늘은 뭘 하나. 이틀 동
안 많이 걸었더니 피곤하긴 하다. 좀 쉬다가 김치 하우스에나 가자.
이미 언니의 말소리는 잘 들리지 않았다. 언니, 나 좀 나갔다 올게.
어딜? 언니, 포카라엔 나랑 같이 갈 거지? 어? 그럼, 같이 가야지. 알
았어. 나는 옷을 챙겨 입고 빠른 걸음으로 거리로 나섰다. 아직 이른
아침이라 문을 연 여행사는 없었다. 한 찻집에 들어가 차를 시키고
앉아 다시 생각에 잠겼다. 다시 거리로 나왔다. 포카라라고 써 붙인
여행사가 문을 열었다. 안녕, 좋은 아침. 오늘 포카라 가는 버스 있나
요? 포카라 가는 버스는 없어요. 내일 아침 차라면 몰라도. 하루에
한번 밖에 없다고요? 포카라는 멀어요. 다른 여행사에 가도 마찬가지
일 거요. 고개를 돌리는 그를 뒤로하고 다시 거리로 나와 다른 여행사
를 찾았다. 서너 군데를 더 들렀지만 돌아온 대답은 같았다. 결국 호
텔에서 가까운 여행사에서 포카라행 버스표 두 장을 샀다. 호텔 앞에
서 아침 7시에 픽업한다고 했다. 그도 그 시간에 맞춰 체크아웃 했을
것이다. 도미토리에 돌아와 보니 언니가 나갈 채비를 하고 있었다.
아무리 기다려도 안 오길래 찾아보려던 참이야. 미안, 자 이거. 응?
내일 아침에 포카라로 가는 버스표. 그럼, 오늘 밥값은 내가 낼게. 그
사람 포카라에 오래 안 있을 거라고 했지? 뭐, 서둘러 인도로 다시
간다고 하긴 했지. 나가서 밥이나 먹자. 그 날은 낮에도 저녁에도 밤
에도 시간이 더디게 갔다. 잠을 설치고 일어나 포카라행 버스에 올랐
다. 낭떠러지 아래로 석회를 머금은 서늘한 푸른 색 강물이 흘렀다.
버스는 이리 저리 흔들리며 구절양장 같은 길을 아슬아슬 곡예하듯
달렸지만 나는 하나도 무섭지 않았다. 포카라에는 오후 늦게 도착했
다. 모든 숙소에 다 들러서 그가 투숙한 곳을 알아볼 수도 없는 노릇
이고 장거리 버스 여행에 지치기도 해서 가까운 숙소에 일단 체크인
했다. 저녁을 먹고 난 후에도 식당에 앉아 있었다. 한국사람들이 꽤

드나들었지만 그는 보이지 않았다. 다음 날, 점심을 먹으러 온 인드라 게스트하우스에 투숙하고 있는 여행자와 얘기를 나누다가 그 사람이 어제 밤 인도로 다시 돌아갔다는 사실을 알게 되었다. 아, 늦었다. 그의 행선지는 알 수가 없다. 인도 전역을 다 돌아다니겠다고 하지 않았던가? 안나푸르나 트레킹을 떠나는 언니와 헤어졌고, 나는 다시 인도로 돌아갔다. 델리를 거쳐 바라나시에서 시간을 보내고 있을 때 캘커타에서 만나 친해졌던 한 여행자가 그의 동선을 알려주었다. 그는 아잔타, 아우랑가바드를 거쳐 함피로 가서 쉴 예정이라고 했다. 지도를 보니 인도의 내륙 서쪽 도시들을 거쳐 남하하는 중이었다. 그래, 인도 최남단까지 간다고 했었지. 정말 그럴 모양이군. 그런데 아우랑가바드도 멀고, 함피는 더 먼 곳이었다. 쉬지 않고 가도 며칠은 걸릴 것 같았다. 그곳은 한국인들이 잘 가는 곳도 아니었다. 어쨌든 함피라는 곳에서 쉰다고 했으니, 그 곳에 가면 만날 수 있을 거였다. 기차역으로 가서 표를 끊었다. 함피까지 힘들고 지루한 여행길에 올랐다.

여행자들과 소식을 주고받는 중에 뉴델리에 두 번째 들렀을 때 만났던 동생 하나가 함피로 향하고 있다는 걸 알게 되었다. 그녀는 아우랑가바드에 들려 석굴을 둘러보고 함피로 갈 예정이었다. 그녀가 그 사람을 먼저 아우랑가바드에서 볼 수도 있을 것 같았다. 그녀와 함피에서 만나기로 약속을 잡았다. 내가 함피에 도착한 때는 3월 초순이었고 낮 기온이 35도가 넘는 무더위가 이미 시작되어 있었다. 호스펫에서 아주 맛있는 푸리를 먹고 함피로 향했다. 얼마 안 되는 사람들이 옹기종기 모여 사는 작은 시골마을 같은 함피. 그런데 소박한 마을 주변에는 한 때 찬란했던 문명이 남긴 유적들이 폐허가 된 채 널려있었다. 약속했던 대로 그녀를 만나 반갑게 재회했다. 그녀는 아우랑가바드에서 그를 만났던 이야기를 들려주었다. 이제는 기다리면 된다. 낮 시간에야 유적지를 보러 돌아다닌다고 해도 저녁밥은 마을로 돌아와 해결할 테니, 그러다 보면 만날 거라고 생각했다. 유명한 망고 트리 식당에도 한 번은 들릴 거라는 생각에 우리는 매일 거기서 저녁을 먹었다. 함피에 온 지 사흘째, 망고 트리 식당 맞은 편 바나나 농장 앞에서 자전거를 대고 있는 그를 만났다. 한 달 치만큼 자란 수염과 머리카락, 더 마른 몸, 더 검어진 얼굴. 그러나 변함없는 차분함. 그녀는 팔짝 뛰며 반가워했다. 안녕하세요, 아저씨! 와, 여기서 또 만나네. 저녁 안 먹었지? 같이 밥 먹자. 바나나 잎에 올려놓은 쌀밥과 커리, 몇 가지 야채, 주위로 돌아다니는 바퀴벌레, 키 큰 나무에 매달린 그네를 타는 서양인들, 아래를 흐르는 퉁가바드라강, 아름답게 물들어가는 석양. 아저씨, 내일은 어디 갈 거예요? 글쎄, 함피에서 볼 건 거의 다 봤어. 원래 여기서 좀 쉴 거여서, 내일은 비루팍샤 템플에만 가 보려고. 어디어디 봤어요? 비탈라 템플도 참 좋았지. 남쪽으로 가면 옛 궁전 터가 있는데, 거기도 볼만해. 계단식 피라미드를 땅에 박아 놨다가 뽑아버리고 남은 모양의 거대한 목욕탕도 있는데, 멋졌어. 자전거 타고 갔었는데 아무도 없었어. 그는 그렇게 알차게 여행기를 써가고 있었다. 내일 점심 같이 먹을까요? 그래, 좋지. 그 날은 그와 저녁을 먹느라 내가 매일 석양을 보기 위해 찾았던 마탕가 힐에 오르지 못했다. 하늘에서 커다란 바위덩어리들이 쏟아져 쌓인 듯한 그 언덕에 오르면 세상에서 제일 아름다운 일몰을 볼 수 있다. 마탕가 힐에서 해 지는 거 봤어요? 아니, 아직. 내일 일몰 보러 거기도 가요. 그래. 그가 나를 보며 씩 웃었다. 다음날 함께 점심을 먹으면서 그의 스케치북을 열어봤다. 이미 반 정도가 채워져 가고 있는 두 번째 스케치북에는 함피에서 그린 그림도 몇 개 있었다. 여기, 이게 내가 제일 좋아하는 스케치야. 다 쓰러진 문명의 폐허에 남은 기둥 하나. 미소를 지으며 말했지만 쓸쓸한 느낌이 그대로 전해졌다. 이거 그리는 동안도 혼자였겠네요? 응, 아무도 없었어. 한국사람을 한 명 만나긴 했어. 여행사 직원이었거든. 새로운 루트를 개척하려고 바쁘게 돌아다닌다면서 나랑 한 5분 얘기했나? 여유 있게 여행하는 내가 부럽다고 말하곤 가 버렸어. 혼자 다니면 외롭지 않아요? 원래 여행은 혼자 하는 거 아닌가? 돌아가면 또 사람들이랑 늘 함께 있을 건데. 인도에서는 사실 늘 한국사람들하고 함께 있었어. 캘커타에서도, 다르질링에서도, 카트만두에서도. 포카라에서야 비로소 혼자가 됐지. 그리고 이제 또 사람들을 만났네. 그래서, 그게 싫어요? 아, 아니, 그런 건 아니고. 진정한 여행은 혼자 하는 거라는 그의 말에는 외로움이 베어 있었다. 그래서 그런 말을 남기면서도 떠나버린 건가 싶었다. 이튿날 다시 오른 마탕가 힐. 마침 구름도 거의 없었다. 정말 예쁜 선홍색 태양과 지평선 위로 내려 앉은 노을을 볼 수 있었다. 그도 감탄했다. 마을로 돌아가는 어둠이 깔린 길에서 그가 다시 노래를 불러 주었다. 무디 블루스의 'Running Water'. 역시 조용하고 감미로운 노래였다. 영어로 부를 수 있는 노래가 몇 개는 되는 것 같았다. 다음날, 우리는 버스를 타고 고아에 같이 가기로 했다.

버스에 외국인은 우리 셋 밖에 없었고, 다른 승객들은 모두 가난한 시골 사람들이었다. 통로 왼쪽은 두 개, 오른쪽은 세 개의 좌석이 놓인 버스여서 세 사람이 함께 앉을 수 있었다. 우리 앞에는 먼 곳에 있는 큰 병원에 아픈 아기를 데려가는 젊은 부부가 앉았다. 버스는 호스펫에 잠시 정차했다. 다른 버스로 갈아타는 막간에 지난번 함피로 가는 길에 들렀던 식당을 다시 찾았다. 그는 여전히 어디서나 탈리를 시켜 먹는다. 이젠 인도인들만큼이나 손놀림이 능숙해 져서 다 먹은 후에도 오른손 엄지, 검지, 중지 세 손가락의 제일 끝 마디에만 음식이 묻어 있었다. 여기 푸리는 진짜 맛있다. 탈리도 최고야. 식기를 사용해 식사를 하던 인도 젊은이들은 그렇게 능숙하게 손을 사용하는 동양인 남자를 신기하다는 듯이 쳐다보곤 했다. 서빙하는 직원이 식기를 가져오기를 기다렸다가 자랑스러운 표정으로 'No spoon!'이라 말하는 그를 보고 한참 깔깔대며 웃었다. 근데, 왜 손으로 먹게 된 거예요? 캘커타에 있을 때 한국에서 가져왔던 휴지가 다 떨어져서 사러 갔는데 너무 비싸더라고. 길거리 식당에서 매일 사먹던 쵸우면이나 계란복음밥보다 비쌌거든. 그래서 그 날부터 왼손으로 뒤처리를 하기 시작했지. 아, 지저분해. 아니, 그 반대야. 휴지로 닦는 데는 한계가 있어. 물로 씻는 게 훨씬 더 깨끗해. 근데, 손이...... 화장실 나와서 비누로 씻으면 돼. 그래도 난 못할 것 같아. 동생과 나는 그의 오른손과 왼손을 번갈아 노려봤다. 나도 며칠간은 고생했지. 이것도 연습이 필요해. 왼손의 용도가 정해지니까 자연스럽게 오른손도 역할을 찾은 거지. 후후, 어쨌든 대단한 것 같아요. 언니, 여기 봐. 거의 묻지도 않았어. 맛도 느낄 수 있는 거 아냐? 인도인들처럼? 아니, 그 정도까지는, 하하. 즐거운 식사를 마치고 다시 버스에 올랐다. 차창 밖으로 땅거미가 내렸고 길 위로 올라와서 방해하던 소나 닭도 은신처로 돌아간 듯 길은 한적했다. 차가 갑자기 덜컹거렸고 요란하던 엔진이 꺼지더니 버스가 멈췄다. 왜 그러지? 누굴 기다리는 거 아닌가요? 아닌 것 같은데. 저기 봐 운전수랑 조수랑 다 내려서 차 밑에 들어갔어. 고장인가 봐. 근데 언니, 우리 앞자리에 있던 아기 말이야. 많이 아파서 병원에 간다고 했었잖아. 어떻게 하나? 그러게. 엔진 오일이 다 새 버린 건가? 운전석 옆의 불룩한 부분이 엔진을 덮는 뚜껑이었던 것 같고, 그 속에서 솟아나는 매캐한 연기를 보고 그가 말했다. 저 정도면 쉽게 고칠 수 있는 게 아닐 것 같은데. 이미 많은 사람들이 버스에서 내려 바람을 쐬고 있었다. 우리도 밖으로 나왔다. 한결 시원해진 밤바람. 호스펫과 고아 사이 어디쯤 시골마을. 주변엔 인가도 별로 없고 가로등도 없어 캄캄했다. 인도사람들은 그들 답게 군데군데 모여서 얘기하느라 바빴다. 어디선가 위험이라고 말하는 소리가 들렸다. 가까이 가서 엿들어 보니 그 주변을 좀 안다는 사람이 그곳이 위험한 곳이라고 했다. 그리고 버스는 저 운전수와 조수의 힘으로 고칠 수 있는 상태가 아니니 몇 시간 내로 출발하기는 글렀다는 거였다. 오빠, 여기가 위험한 곳이래요. 그래? 그나저나 그 아기는 어떻게 하지? 이렇게 마냥 기다릴 게 아닌 것 같은데. 잠시 생각에 잠겼던 그가 차에 다시 올라가 아기를 안고 있는 젊은 부부와 애기하기 시작했다. 그는 안타까워하고 있었다. 내가 봐도 아기는 버스가 출발할 때보다 더 힘이 없어 보였다. 초점을 잃은 커다란 눈과, 늘어진 사지. 아기의 엄마와 아빠는 뭘 어쩌겠냐는 듯 무심한 얼굴로 앞만 보고 있었다. 그들이 별 반응을 보이지 않자 그는 차에서 내려 나이 든 인도인들에게 가서 말하기 시작했다. 저 아이를 그냥 두면 위험할 것 같으니 아이 부모가 지나가는 차라도 타고 갈 수 있게 도와야 하지 않느냐는 거였다. 한참 토론을 하고 나더니 한 할아버지를 앞세우고 사람들이 버스로 올라갔다. 다시 토론이 이어졌다. 아이의 부모는 여전히 무기력한 표정으로 아이만 바라보고 있었다. 갑자기 밖에서 누군가가 큰 소리를 질렀다. 사람들이 아이 부모를 데리고 나왔는데, 누군가 지나가던 작은 버스를 불러 세우더니 자초지종을 설명했다. 다행히 아이와 부부는 그 미니버스에 오를 수 있었다. 뒷자리에 아이를 보듬고 앉은 여자의 입가에 잠시 희미한 미소가 번졌다. 잘됐다, 언니. 그래, 아기한테 별 일 없어야 할 텐데. 그나저나 우리는 어떻게 하지? 사람들이 꽤 많이 줄었어. 오빠, 우리도 다른 차 타고 가야 하지 않을까요? 그는 또 잠시 생각에 잠겼다. 그래, 짐 갖고 나오자. 그가 차장과 뭔가 얘기하더니 차비를 환불 받았다. 잠시 후, 지나가던 대형 트럭을 차장이 불러 세웠다. 이거 타면 된대. 원래 버스가 가기로 한 터미널 근처에서 내려 주기로 했어. 잘 됐네요. 처음으로 타 보는 초대형 화물트럭. 운전석 옆에 조수, 그 옆에 그 사람, 나, 동생까지 다섯 사람이 앉았는데도 여유가 있을 정도로 큰 트럭이었다. 머리도 수염도 백발인 할아버지 운전수는 온 몸으로 운전하고 있었다. 그는 좀 불안했는지 졸지도 않고 내내 앞만 쳐다봤다. 길이 좁아 맞은편에서 차가 오면 서로 양보를 해야 했는데 그 때마다 앙상한 팔로 핸들을 돌리는 할아버지의 숨소리가 거칠어졌다. 그렇게 몇 시간을 달려 후블리 버스터미널 근처에서 내렸다. 할아버지에게 100루피를 건넸다. 손을 내저으며 받지 않으려고 했지만 그러기엔 그의 노동이 너무 힘겨워 보였다. 결국 환한 미소로 돈을 받아 들고 웃었다. 자정이 훨씬 넘은 시간에도 터미널에는 사람들이 꽤 많았다. 그를 따라 고아의 해변도시 파나지로 가는 버스에 몸을 실었다. 그는 여자들이 고생하는 게 미안한 눈치였다. 아침이 밝아오고 나서야 파나지 버스 스탠드에 도착했다. 이번에도 그는 미리 숙소를 알아 놓았다며 앞장을 섰다. 엘리트 보딩 앤드 로징이라는 이상하고 긴 이름의 숙소에 도착했다. 우리가 체크인한 방은 1인용 침대 세 개가 놓인 널찍한 트리플 룸이었다. 트리플 룸이 있다는 건 어떻게 알았어요? 론리 플래닛에 그렇게 나와 있어. 나도 트리플 룸은 처음이야. 그는 마치 여동생 둘과 함께 여행하는 오빠처럼 우리를 데리고 다녔다. 나이 어린 순서대로 샤워를 했다. 마지막으로 욕실에서 나와 머리를 말리느라 바쁜 우리에게 다가오는 그의 얼굴에는 피곤함이 사라져 있었다. 그냥 쉴까, 올드 고아에 가서 포르투갈 유적이랑 시신이 썩지 않아서 성인이 되었다는 프란시스 자비에르 시체 보러 갈까? 가요! 그는 한 목소리로 대답하는 우리를 향해 흐뭇한 미소를 지었다. 다시 들른 버스 스탠드 건물에 딸린 캔틴에서 아침을 먹었다. 그는 여전히 탈리, 나와 동생은 푸리와 이것 저것을 시켰다. 올드 고아행 버스에 올랐다. 남인도에 접어들어서인지 풍경도 생경했고 사람들의 생김새도 달랐다. 마치 유럽의 한 도시에 온 듯 건물들이 예뻤다. 그가 건물의 양식에 대해 이런저런 설명을 해 주었다. 프란시스 자비에르의 시체는 현실감이 없었다. 그렇게 오랫동안 변하지 않고 남아있는 자신의 시신을 그의 영혼은 어떤 마음으로 바라보고 있을까? 사람들은 별 것도 아닌 것에 큰 의미를 부여한다. 성당 건너편 잔디가 깔린 공원에는 큰 나무들 밑으로 그늘이 드리워져 있었다. 그가 가방을 베개 삼아 누웠는데 곧 골아 떨어졌다. 트럭에서도 잠을 거의 안 잤으니 졸릴 만도 하지. 우리 산책할까? 그래요, 언니. 동생과 나는 소박한 골목길을 돌아다녔다. 우리가 다시 돌아왔을 때도 그는 같은 자세로 깊은 잠에 빠져 있었다. 그는 잠자는 걸 참 좋아하는 사람이었다. 대학시절에도, 직장을 다니면서도 밤을 새워 일한 적이 많아서 아무리 많이 자도 그 부족분을 다 채울 수 없다고 했다. 파나지로 다시 돌아온 우리는 근처의 옥상식당에서 저녁을 먹고 맥주를 나눠 마시며 수다를 떨었다. 다음날 아침에는 전날 사 놓은 여러 가지 과일을 깎아 아침으로 먹고 싱커림 해변으로 갔다. 인도에서 처음으로 만나는 바다, 아라비아해였다. 그는 모래 위에 눕더니 또 낮잠을 잤다. 해변을 빠져 나오는 길목의 식당을 지나는데 한 인도 남자가 기타를 치고 있었다. 오, 기타 잘 친다. 그래요? 우리가 그를 향해 눈길을 보내자 그가 손짓하며 우리를 불렀다. 그는 다가가는 우리를 향해 더 열정적으로 연주실력을 뽐냈다. 혹시 Guns and Roses 노래 할 줄 알아요? 물론. 그럼 Don't Cry 불러 줘요. 기타 실력은 훌륭했지만 그의 노래는 별로였다. 그의 이름은 아쌈. 아쌈이 그에게 노래를 시켰다. 식당에서 뭘 먹지도 않았지만 함께 즐거운 시간을 보냈다.

셋은 아름다운 해변으로 유명한 안주나에 들렀고 해변의 한 식당에서 요시다와 재회했다. 그는 남인도를 거쳐 아라비아해 연안을 타고 북상중이었다. 방갈로어에서 하루를 보내고 코친에 도착했다. 그가 미리 알아본 숙소는 독특한 전통을 가지고 있었다. 접수대 뒤쪽 벽에 투숙객들의 국적을 따라 방 호수 밑에 해당되는 국기를 끼워 놓는다고 적혀 있어. 와! 그럼 이제 거기 태극기도 걸리겠네요. 호호, 그럼 참 좋겠다. 숙소는 침대 두 개가 놓인 널찍한 2인실이었다. 짐을 풀고 샤워를 하고 내려왔는데, 아니나 다를까 예쁘고 깜찍한 태극기가 우리가 투숙한 방 번호 아래에 끼워져 있었다. 언니, 나 눈물 나려고 해. 동생은 무엇에든 감동하고 바로 눈물을 흘릴 수 있었다. 이틀 후면 그녀는 안다만 제도를 향해 떠날 예정이었고 술을 마실 때마다 그 이별을 생각하는 그녀의 눈에는 눈물이 글썽거렸다. 안다만 제도로 가는 배를 탈 수 있는 마드라스행 버스표를 그가 몰래 예매해 그녀에게 보여주자 그녀는 폴짝 뛰며 기뻐했다. 그날 저녁은 그녀가 샀다. 그 사람과 내가 먼저 버스를 타고 카냐쿠마리를 향해 떠나는 날, 차창 밖으로 손을 흔드는 우리를 바라보던 동생은 또 눈물을 흘렸다.

　그는 몇 번이나 가이드북을 들춰보며 걱정스런 눈빛으로 고개를 가로 젓곤 했다. 차창 밖 서쪽 하늘에는 이미 노을이 지고 있었다. 뭐가 잘못 됐나요? 어, 좀 이상해서. 내가 시간을 잘못 본 것 같아. 아무래도 트리반드룸에 내려서 쉬어 가야 되겠어. 그래요. 나는 아무래도 좋았다. 버스 스탠드에 내리자마자 그는 식당부터 찾았다. 나는 푸리, 그는 탈리. 늘 같은 메뉴였다. 나는 로컬 워터를 달라고 하고 그는 콜라를 시키는 것도, 식기를 챙기는 직원을 향해 그가 자랑스럽게 '노 스푼'을 외치는 것도 마찬가지였다. 나는 맥주도 한 병 시켜서 마셨다. 그는 마시지 않았다. 수돗물 한 컵을 한 번에 들이키는 나와 인도인들보다 더 능숙하게 오른손으로 탈리를 먹는 그를 보며 좋아하는 현지인들과의 교감도 여전했다. 밤새 버스를 타고 카냐쿠마리까지 갈 수도 있었는데 또 버스에서 밤을 지내게 하고 싶지 않아서 중간에 내리기로 한 거였다. 그건 나중에 스케치북을 보고 알았다. 여유 있게 저녁을 먹고 숙소를 찾아 나섰다. 밤에 낯선 도시에 불쑥 도착했지만 나는 그만 따라가면 되는 거라 참 편했다. 그리 멀지 않은 곳에 숙소가 있었다. 이름은 이상했다. 투어리스트 파라다이스. 프런트에서 그가 더블 룸을 하나 달라고 했다. 더블 룸? 그건 침대가 하나인 방 아닌가? 그답지 않은 선택이라 생각했지만 말하지 않았다. 안내를 받아 위층으로 올라갔다. 크지도 작지도 않은 방 안에는 킹 사이즈 침대, 작은 탁자와 의자 두 개, 화장실이 딸려 있었다. 여러 가지로 신경을 많이 써서 더 피곤할 텐데 나보고 먼저 씻으라고 했다. 샤워실 문이 이상하게 밖에서 잠그게 되어 있었다. 머리를 말리며 나와 보니 그가 밝은 얼굴로 미소를 짓고 있었다. 여기서 쉬고 가길 잘 한 것 같아. 내일 아침에 버스 타면 오후 일찍 카냐쿠마리에 도착할 거야. 그럼 세 개의 바다가 만나는 해변을 볼 수 있게 되는 거지. 저녁에는 보름달이 뜨는 월출도 보고. 월출 본 적 있어요? 아니, 이번이 처음이야. 그가 샤워를 하러 들어갔다. 나는 침대에 눕자마자 잠들었다. 방 안으로 들어오는 희미한 햇살을 감지하며 눈을 떴다. 어떻게 잠들었는지 잘 기억나지 않았다. 나는 침대 한가운데에 편안하게 누워 있었다. 앗! 그럼 이 사람은? 그는 내 오른편으로 고개를 돌린 채 침대 가장자리에서 몸을 잔뜩 웅크린 채 자고 있었다. 손가락으로 살짝 건드리기만 해도 침대에서 굴러 떨어질 것 같았다. 그 모습이 우습기도 하고 안심이 되기도 했다. 그가 어떤 사람인지 조금 더 알 것 같았다. 이불을 목덜미까지 올려 주고 잠시 잠든 얼굴을 바라보다 소리 없이 거리로 나왔다. 산책하다가 차이를 한 잔 마셨다. 외국인이 잘 오지 않는 도시라서 그런지 나를 쳐다보는 눈길에는 호기심이 가득했다. 돌아와 보니 그가 편안한 자세로 누워있었다. 내가 밖으로 나간 걸 확인하고 다시 잠든 것 같았다. 가까이 가서 보니 아기 같은 얼굴이었다. 한참 동안 머리를 쓰다듬어 주고 이마에 내려온 머리칼을 쓸어 넘겼다. 그가 눈을 떴다. 그의 홍채는 연갈색이다. 어, 벌써 일어났어? 네, 산책하고 차이도 마시고 왔어요, 후후, 부지런하군. 피곤할 텐데 더 자요. 아냐, 아침 먹으러 가자. 숙소 로비 한 켠의 작은 카페에서 빵과 커피로 아침을 때우고 바로 체크아웃 했다. 우리를 실은 버스는 적도를 향해 달렸다. 카냐쿠마리는 북위 7도야. 내가 태어나서 적도에 가장 가까이 가는 셈이군. 그래요? 사람들도 아프리카인에 가깝다고 써져 있어. 인도가 크긴 크니까. 그는 내가 심심할까 봐 이런 저런 얘기를 들려주었다. 말주변도 좋고 유머감각도 꽤 있었다. 괜찮은 동행이다. 버스 안으로 스며드는 바람에 소금기 섞인 바다 냄새가 실려오는 듯싶었는데 사람들이 내릴 준비를 하기 시작했다. 한적한 버스 스탠드에 내렸다. 역시 외국인은 우리 두 사람 밖에 없었다. 인도로 한국인들이 많이 온다고들 하지만 인도 최남단까지 내려올 사람이 몇이나 있을까? 나도 그 사람이 간다니까 따라왔을 뿐이었다. 비포장도로를 걷기 시작했는데 그가 고개를 돌려 나를 바라보았다. 우리 손잡을까? 네~. 남자치곤 약간 작은 손이었지만 내 손을 감싸기에는 충분했다. 마을까지 말없이 걸었다. 바다가 내려다보이는 비싼 호텔의 로비로 들어섰는데 그가 찾는 숙소는 그 곳이 아니었다. 체크인은 그곳에서 했지만 열쇠만 받아서 다시 나왔다. 허름한 게스트하우스의 넓은 도미토리 안에 놓인 침대들 중 가운데 두 개를 차지하고 짐을 풀었다. 나는 그것도 좋았다. 거기서도 창 밖으로 바다가 보였다. 투숙객이 별로 없어서 밤에는 좀 무서웠는데, 내가 얘기 해 달라, 노래를 해 달라 부탁하면 다 들어주었다.

챙길 사람이 한 사람밖에 없어서인지 그는 한층 여유 있어 보였다. 내가 식당에서 포장해 온 밥을 천천히 먹고 거리로 나와 손을 잡고 해변으로 내려갔다. 세 개의 대양이 만나는 깊이를 알 수 없는 검은 해수면 위로 커다란 보름달이 떠오른 장면은 아름다웠다. 그는 우리가 나란히 앉아 월출을 바라보는 뒷모습을 그려 스케치북에 남겼다. 다음 날, 그는 기차역으로 가서 카냐쿠마리부터 캘커타까지 가는 기차 편을 모두 예매하고 왔다. 몇 개의 구간은 대기표였지만 대부분은 자리가 날 거라고 했다. 그러고 나니 안심이 되는지 그의 표정이 한층 더 밝아 보였다. 나는 주변의 맛집을 알아봤고 그를 데리고 가서 주로 생선요리를 시켜 먹었다. 머리가 많이 자라서 길거리에서 산 헤어밴드를 착용한 그를 보고 인도 남자들이 여자 같다고 키득거리기도 했고 그는 유쾌한 농담으로 응수했다. 카냐쿠마리를 떠난 기차는 천천히 다시 북상했다. 좌석 하나의 대기표가 아직 그대로였고 확보된 자리는 통로와 나란한 2층 침대의 위쪽이었다. 낮 동안은 아래 침대의 접어놓은 자리에 마주보고 앉아있을 수 있었다. 시간이 조금 지나자 피곤해져서 눕고 싶다고 했더니 그가 의자를 펴 침대로 만들고 그 위에 올라가 앉더니 허벅지를 톡톡 두드렸다. 그의 허벅지에 머리를 기대고 누웠다가 까무룩 잠이 들었다. 편안했다. 그가 작은 목소리로 나를 깨웠다. 저것 좀 봐봐. 네? 풍차야. 풍력발전기 말이야. 어머! 진짜네요. 끝없이 펼쳐진 평원에 구불구불 이어진 선로 주위로 하얀 풍차들이 천천히 돌아가고 있었다. 방금 잠에서 깬 나에게 그 광경은 꿈 속에서 보는 듯한 풍경이었다. 이번에는 그가 내 다리를 베고 누워 잠을 청했다. 나는 그의 얼굴을 쓰다듬었다. 몇 시간을 그렇게 하고 있어도 지루하지 않았다. 내 손가락은 지금도 그 모든 굴곡을 다 기억하고 있다. 그도 그게 좋았는지 편안한 미소를 지으며 누워있었다. 많은 시간이 그렇게 채워져 갔다.

챈나이에서 하이데라바드로 가는 기차에서 문제 아닌 문제가 생겼다. 기차표 두 개중 하나의 대기표에 좌석이 배정되지 않았다. 확보된 자리는 통로와 나란한 자리의 위쪽이었다. 우리는 일단 아래쪽 의자에 앉아 시간을 보냈다. 날이 어두워지자 맞은편 콤파트먼트에 앉은 인도인 가족들이 자꾸 걱정스런 표정을 지으며 말했다. 당신들 두 사람, 자리는 하나, 큰 문제야! 나는 미소를 지으며 대답했다. 문제 없어. 아래쪽 자리를 차지할 인도 남자가 기차에 탔고 우리는 번갈아가며 세면을 하고 나서 위쪽 티어에 올라갔다. 내가 바깥쪽을 향해 돌아 누웠고 그는 통로를 바라보며 누웠다. 두 사람의 머리카락과 어깨와 엉덩이와 발 뒤꿈치가 닿았다. 조금 불편하긴 했지만 정말 아무 문제도 없었다.

기차 안으로 햇살이 스며들기 시작했다. 아침이다. 천천히 눈꺼풀을 들어올렸다. 치렁치렁해지기 시작한 흑갈색 머리카락 사이로 드러난 그의 목덜미가 제일 먼저 시야에 들어왔다. 내 오른손은 그의 허리춤에 올라가 있었다. 그는 고른 숨을 쉬며 자고 또 자도 채울 수 없을 수면 부족분을 채우고 있었다. 그의 뒷머리를 쓸어 이리저리 옮기며 그가 깨어날 때까지 기다렸다.

캘커타에 도착하기 전 마지막으로 들른 도시는 태양사원으로 유명한 해변도시 코나륵이었다. 예전에 캘커타에서 만난 요시다에게 그가 소개해 주었다던 유적이었다. 이번에도 우리는 그가 미리 찍어 둔 숙소를 찾아갔다. 그런데 접수대에서 한참을 얘기하던 그가 체크인을 하지 않고 돌아섰다. 아무래도 안 되겠어. 물도 잘 안 나오고 좀 별로야. 아까 누가 들려 보라고 했던 호텔로 가 보자. 호객꾼처럼 보이는 인도청년이 소개했던 호텔로 갔다. 널찍한 데다가 시간제한이 있지만 물도 잘 나온다고 했다. 여기로 하자. 나는 아무래도 좋았다. 다시 더블 룸을 쓰게 되었다. 짐을 풀고 샤워를 하고 태양사원을 향해 갔다. 인도인들은 우리를 일본인 신혼부부 정도로 여기고 있었다. 호객행위의 목표는 나인데 가격 흥정은 그와 했다. 매일 면도를 하면서 그의 얼굴은 말끔해졌지만 4개월 동안 기른 머리와 깡마른 몸과 날카로운 콧날이 그를 일본인처럼 보이게 했다. 석양을 머금은 사원은 정말 아름다웠다. 그가 가이드북에서 알아낸 이런 저런 얘기를 들으면서 한가롭게 사원을 둘러봤다. 해가 지고 조명이 켜진 뒤에도 사원을 떠나지 않고 그와 함께 한 쪽에 앉아 쉬고 있는데 갑자기 모든 전등이 꺼졌다. 정전인가? 그가 내 손을 잡아 천천히 일으켰다. 칠흑 같은 어둠에 눈이 적응해 서서히 사물을 분간할 수 있을 때까지 그는 천천히 내 손을 잡고 출구를 향해 걸었다. 그가 있어 다행이다. 숙소도 어둡기는 마찬가지여서 우리는 호텔 입구의 벤치에 앉아 밤하늘을 바라봤다. 반딧불 여러 마리가 날아다니고 있었다. 나는 내 속에 있던 얘기를 꺼내 그에게 들려주기 시작했다. 힘들었고 힘들 것이지만 나는 잘 해낼 수 있을 거라고. 그는 묵묵히 생각에 잠긴 표정으로 내 얘기를 들었다. 다시 전기가 들어왔고 우리는 방으로 돌아갔다. 그 날은 그의 침 넘어가는 소리가 유난히 크게 들렸다.

늘 그렇듯 먼저 일어나 잠시 그의 얼굴을 쓰다듬고 밖으로 나와 새벽 공기와 차이를 마셨다. 방으로 돌아가 잠든 그의 얼굴을 쓰다듬었다. 무슨 꿈을 꾸는지 아기처럼 평온한 얼굴로 잠에 빠진 그의 얼굴을 끝없이 바라보고 만졌다. 한참 만에 그가 눈을 떴다. 물끄러미 나를 쳐다보던 그가 처음으로 나에 대한 마음을 털어놓았다. 나를 좋아한다는 말. 나는 기뻐하며 그의 품 안으로 들어갔다. 영원히 그렇게 안겨 있고 싶었다.

우리는 햇살이 방 안을 가득 채울 때가지 말 없이 나란히 누워 있었다. 그가 잠시 나갔다 오겠다며 일어났다. 다시 돌아온 그가 아침을 먹고 태양사원 가이드 투어를 하기로 했다며 미소를 지었다. 어제 우릴 따라다니던 중년의 가이드를 만나고 온 거였다. 식사를 마치고 사원 입구로 갔다. 가이드 아저씨는 우리를 기다리고 있었다. 그도 우리를 신혼부부로 여기고 있었다. 신전으로 오르는 계단 앞에서 허리를 굽히더니 그와 가족의 생계를 책임질 수 있게 해주는 신전에 경의를 표했다. 검지와 중지를 계단에 대었다가 입술과 이마에 번갈아 대고 손을 모아 다시 인사한 후에야 본격적인 안내를 시작했다. 가이드의 설명은 장황하고 재미있고 지루하고 야했다. 여길 봐요, 춘분, 하지, 추분에 떠오르는 태양을 향해 축이 맞춰져 있답니다. 여기에 이 사원을 설계한 건축가가 자신이 일하는 모습을 새겼어요. 섹스는 우리 삶의 일부입니다. 부끄러워할 게 아니죠. 우리가 아직 키스도 나누지 않은 관계임을 알았더라면 하지 않았을 얘기도 했다. 나중에 기념사진을 찍어 주면서 어느 정도 눈치를 챘을 지도 모르겠다. 코나룩에서 우리는 조금 더 가까워졌다.

235

인도를 반시계 방향으로 한 바퀴 돌아 다시 캘커타로 돌아왔다. 익숙한 풍경, 익숙한 냄새. 고향에 돌아온 것처럼 반가웠다. 3월 하순에 접어든 터라 낮 시간의 더위는 견디기 힘들 정도였다. 이번에는 그도 나와 함께 마리아 호텔에 자리를 잡을 수 있었다. 짐을 풀고 나서 나는 그를 데리고 라무가 일하는 차이가게부터 찾아갔다. 라무는 아직 거기 있었다. 못 본 새 조금 더 큰 것 같기도 했다. 내가 호들갑을 떨며 라무를 안아주고 그에게 소개했다. 얘가 라무예요. 잘 생겼죠? 그래, 반갑다, 라무. 이제는 그의 얼굴도 많이 그을어서 거의 인도인 피부같이 보였다. 그 날 저녁은 그가 캘커타에서 제일 좋아한다는 시즐러를 먹었다. 맥주도 시켜놓고 오랜만에 고향에 온 느낌을 만끽했다. 식당에서 쓰는 냅킨에 내가 암송할 수 있는 시 몇 편을 적어 그에게 보여주었다. 그는 시를 읽고 감동했다. 참 좋은 시야. 슬프네.

이 시들을 어떻게 다 외웠어? 좋아하는 마음으로 여러 번 읽으면 돼요. 그래? 난 여러 번 외워도 까먹는데. 후후, 사람마다 다르겠죠. 그가 갑자기 말했다. 키스하고 싶어. 내 입술은 내 마음과는 반대로 움직였다. 안 돼요. 나를 향한 그의 마음은 더 커졌다. 그 마음을 확인한 나는 기뻤다. 우리는 말 없이 맥주를 더 마셨다. 식당을 나와 호텔로 돌아갔다. 우리 옥상으로 올라가요. 어, 그럴까? 낮 시간의 열기가 축축하게 가라앉은 도시 위로 선선한 바람이 불기 시작했다. 옥상에는 아무도 없었다. 우리는 난간에 팔을 올려 놓고 반짝이는 불빛 사이로 온갖 소리가 새어 나오는 도시를 바라봤다. 그를 향해 고개를 돌리고 말했다. 키스해 주세요. 그의 눈이 반짝였다. 내 입술에 그의 얇고 부드러운 입술이 닿았다. 얼마나 그렇게 서로의 입술을 탐했을까. 영원히 그럴 수 있을 것 같았다. 향기가 나요, 그거 알아요? 그는 무슨 말인지 이해하지 못했다. 그는 말없이 다시 내 입술을 찾았다. 방으로 돌아와서도 우리는 떨어지지 않았다. 서로를 안고 잠들었다. 다음 날 저녁에는 영화를 보러 갔다. 우리는 영화를 보지 않았다. 다음 날 그가 도미토리로 방을 옮기는 게 좋겠다고 말했다. 큰일 날 것 같아서……. 그래요, 괜찮아요. 나는 둘만의 시간을 더 많이 가지고 싶었지만 그의 자제력이 어느 정도인지 알게 된 후여서 크게 아쉽지도 않았다. 그는 보기 드문 도덕주의자 같은 사람이었다. 그가 내 속으로 들어온 건 한국으로 돌아가고 시간이 한참 지났을 때였다. 그땐 이미 나와 결혼하겠다는 마음을 굳힌 이후였다.

사흘 후에 봐. 그래요, 잘 다녀와요. 오래 전부터 예정하고 있었다는 다카 여행길을 떠나는 그와 캘커타 국제공항에서 헤어졌다. 국제공항이긴 한데 게이트가 하나밖에 없다며 재미있다는 듯 그가 웃었다. 그가 존경한다는 루이스 칸이라는 건축가가 오래 전에 설계한 세계에서 제일 가난한 나라의 국회의사당 하나를 보기 위해 비행기를 타고 가는 그를 나는 이해할 수 없었다. 나로선 3일만에 다시 볼 수 있는 그리 길지 않은 이별이라 어렵지 않게 견딜 수 있을 것 같으니까 놓아준 거였다. 출발시간이 임박해서야 우리는 입맞춤을 그만두었고 서로의 몸을 풀어주었다. 금방 볼 사람이고 아주 짧은 이별이지만 나는 눈물을 많이 흘렸고 그는 당황했다. 그는 말 없이 내 눈을 바라보며 시야에서 멀어져 갔다. 한국으로 돌아간 이후에는 서로 멀리 떨어져 살아가면서 주말에 만났기 때문에 자주 이메일을 주고 받았지만 우리가 처음으로 떨어져 지낸 그 3일 동안에는 아무런 연락도 주고받지 않았다. 시간은 아주 천천히 흘러갔다. 나는 내 손가락의 기억에 의지해 그의 얼굴을 만들어내고 무너뜨리기를 반복했다. 3일이 지났고 다시 그를 보기 위해 일찍 공항으로 나갔다. 함피에서도 그를 만나기 위해 3일을 같은 거리와 식당에서 기다렸지만 재회의 순간에는 제대로 반가움을 전하지도 못했었다. 이 사람은 얼마나 더 많이 나를 떠나고 돌아오면서 나를 힘들게 할까? 그 모든 이별을 어떻게 견뎌야 할까. 변함없는 모습의 그가 다시 나타났다. 나를 찾는 눈동자. 나를 발견하고 환하게 밝아오는 얼굴. 사흘 동안 수백 번 만들고 지웠던 얼굴이다. 나는 그를 향해 돌진해 몸을 던졌다. 약간 비틀거렸지만 넘어지지 않고 잘 버틴 그의 입술에 내 입술을 포갰다. 그는 당황했지만 기뻐했다. 내가 미리 잡아 두었던 공항에서 시내로 들어오는 택시의 뒷좌석에서 포갠 입술이 떨어질 틈은 없었다. 목적지에 도착했다고 말하는 운전기사의 말을 듣고 나서야 우리는 호흡을 가다듬을 수 있었다. 저녁을 먹으며 그의 세 번째 스케치북을 열었다. 과연 한 건물을 보기 위해 비행기까지 타고 가야 할 만큼 아름다운 건물이라는 것을 그의 그림을 보고 확인할 수 있었다. 정말 예쁜 건물이네요. 용서할게요. 그는 거기서도 좋은 사람들을 만났고 도움을 주고 받았다. 동행이 없어서 그랬는지 3일 동안 그는 그림도 많이 그리고 글도 많이 적었다. 그가 지향하는 홀로 하는 여행의 묘미란 그런 거였겠지. 그리고 그 곳에서 새로 사귄 친구에게 나를 소개하는 글을 발견했다.

그녀는 인도의 선물이야.

　그가 떠나려 하고 있었다. 36시간의 기차여행 후에 그는 뭄바이에서 한국으로 가는 비행기를 탄다. 카트만두에서처럼 일방적인 이별도 아니고 기약 없이 떠나는 것도 아니었다. 2주 후에는 다시 만날 수 있고 그 전에라도 이메일로 서로의 소식을 주고받을 수 있었다. 그런데 내 눈에서는 하염없이 눈물이 흘러내렸다. 그는 적잖이 당황한 표정으로 나를 바라보기만 했다. 왜냐고 묻지도 않았다. 여자를 제대로 사귀어 본 적이 없는 그가 내 눈물의 의미를 이해할 리는 만무했다. 나는 그를 보았다. 그는 혼자서 살아가고 있었다. 그의 곁에는 우리가 함께 살아 생겨난 아이들이 맴돌고 있었다. 아이들은 행복했지만 그는 쓸쓸하고 외로워 보였다. 나는 그의 곁에 없었다. 그가 나에게 왜 우느냐고 물어봤더라도 나는 대답할 수 없었을 것이다. 그는 그저 내 손을 잡았다가, 눈물을 닦아 주다가, 품에 안아 주다가, 내 뒤로 먼 산을 보다가, 다시 나를 물끄러미 바라보았다. 어쩔 수 없음, 어쩔 수 없음. 호루라기 소리가 길게 울리고 나서 기차가 움직이기 시작했다. 그는 천천히 일어나 내 손을 잡아 일으켰다. 그는 마지막으로 나를 꼭 안아주고 길게 입을 맞추었다. 그만 울어. 메일 보낼게, 안녕. 나는 아무 말도 하지 못했다. 멀어져 가는 그의 모습이 사라질 때까지 눈을 떼지 않았다. 그가 사라졌다. 주변의 인도인 짐꾼들이 나를 쳐다보고 있었다. 힘겹게 발길을 돌려 사다르 스트리트로 다시 돌아왔다. 나는 침대 위로 무너져 내렸고 다음날 아침에야 일어날 수 있었다.

　기차에서 꼬박 이틀 밤을 보낸 후에 뭄바이에 도착한 그는 그의 영어 이름과 같은 세인트 토마스 교회에서 예배에 참여하고 한국행 비행기에 올랐다.

　바깥보다는 덜 더웠지만 기차 안도 엄청 더웠어. 갈증이 많이 나서 내내 콜라를 마셨는데도 어찌나 땀이 많이 나던지. 매트에 팔을 대었다 떼면 땀이 고였어. 화장실을 갈 필요도 없었어. 근데 그렇게 후덥지근한 객실 통로에서 놀라운 광경을 봤어. 열 살도 안돼 보이는 애들이 좁은 통로를 쏜살같이 가로지르며 재주넘기를 하는 거야. 나는 위쪽 자리에 비스듬히 누워서 모든 장면을 잘 내려다봤지. 시큰둥한 사람들이 보건 말건 어찌나 열정적으로 하던지. 다 끝나고 가려던 애들을 불러서 돈을 줬어. 내가 본 최고의 서커스였어.

나는 며칠 더 캘커타에서 하는 일 없이 빈둥대다가 방콕행 비행기를 탔다. 그곳에도 여러 나라에서 온 여행자들이 많이 있었다. 이미 인도를 경험한 나에게 태국 여행은 전혀 불편하거나 힘들지 않았다. 새로운 풍경과 표정이 선물하는 설렘과 하루하루 늘어나는 친근함이 자리를 바꾸는 여행의 묘미를 만끽하고 한국으로 돌아왔다. 그가 공항으로 마중 나와 있었다. 우리는 다시 긴 포옹과 입맞춤을 나눴다. 그에게 나는 첫 여자였고 아주 오랫동안 마지막 여자이기도 했다. 내가 그의 곁을 떠난 후에도 그는 오랫동안 나를 마지막 여자로 남겨두었다. 아이들을 부모에게 의탁하지 말고 남은 사람의 슬하에서 키우기로 한 약속을 그는 잘 지켰고 참 좋은 아빠로 아이들 곁에 있어 주었다. 그러나 좋은 사람을 만나라는 부탁은 들어주지 않았다. 그는 그의 꿈 속으로 나를 불러들였고 나는 늘 우리가 연애하던 시절의 모습으로 그의 초대에 응했다. 그는 다른 곳에서 현존하는 나를 만나고, 하고 싶은 얘기를 하고 듣고 싶은 얘기를 듣기를 간절히 원했다. 잠들기 전에 그는 종종 나를 초대하며 이렇게 말했다. 여보, 나한테 와서 얘기 좀 해 줘. 거기 있는지, 어떻게 하고 있는지 알고 싶어. 꼭 나와 줘. 그러나 나는 그 부탁을 들어주지 않았다. 어차피 나중에 그도 알게 될 것들을 미리 알려주고 싶지 않았다. 한 번은 그의 곁에 잠시 머물렀던 적이 있었는데 그가 나의 존재를 알아차렸다. 둔하다고 많이도 놀렸었는데. 그런 그가 내 영혼을 의식하고 내가 물리적인 존재가 아닌 다른 상태로 분명 존재한다고 확신하게 되었다. 그만큼 내가 보고 싶었던 모양이다. 이제는 그곳에서의 기준으로도 얼마 후면 그를 다시 본다. 시간의 흐름이 한 방향이 아닌 이 곳에서는 기다림이라는 개념도 없어서 내가 늘 그를 기다리며 몸과 마음으로 느꼈던 설렘 같은 건 없다. 그래도 우리 둘은 함께 했던 모든 기억을 소환한다. 육체가 없으니 서로 부둥켜 안고 입을 맞추는 행위는 의미가 없다. 그래도 나는 그를 위해 나를 온전히 내어준다.

작가의 말

인도에 한번도 안 가본 사람은 있어도 한번만 가 본 사람은 없다. 나는 인도에 한번 갔었다. 그렇다면 나는 언젠가 반드시 인도에 다시 가게 될 사람으로 당분간 살아가고 있는 셈이다. 몇 개월 동안 그 나라를 돌아다녔다고 그 땅과 사람들과 그 둘 사이에 벌어진 많은 이야기를 얼마나 알 수 있을까?

나는 아직 인도를 모른다. 다만, 내가 겪은 일과 내가 만난 사람들과 이야기와 파생된 기억이 남았다.

모든 것은 변한다. 그러나 벌어진 일은 절대 변하지 않고 그 시간과 그 장소에 그대로 있다. 변해버린 내가 그 곳으로 다시 찾아가 사람들과 그들이 만들었던 이야기를 다시 살피는 일은 즐겁고 안타깝고 슬프고 설렌다.

나는 늘 글로 가득한 책을 원했다. 꽉 찬 이야기 보따리를 담은 종이의 묶음을 만들고 싶었다. 내 속의 들끓는 이야기들은 지금도 내 손이 움직이기를 기다린다. 그 일부라도 이렇게 내어 놓았으니 나는 그만큼 자유롭다. 나는 계속 쓰며 살아간다.

감사의 말

나의 첫 책을 읽었던 모든 이에게 감사합니다.

그 책의 무거움을 떨쳐내려고 애썼는데 잘 되었는지 모르겠네요. 읽는 즐거움을 잠시라도 느꼈다면 그것으로 족합니다. 여기 실린 이야기들이 당신에게 공명을 일으키며 마음 한 구석에 가 닿았기를.

이 책을 만나고 이야기에 빠져들고 희로애락을 함께 한 당신에게 고마움을 전합니다.

서평을 써달라는 당돌한 부탁에 기꺼이 몇 자 적어 보내준 친구들과 내 마음 속에 영원히 남아 있는 그녀와 그 선물을 안겨준 인도에 감사합니다.

2024년 여름, 오금동에서,
이언